春濃花開 下

風文創 076

禾晏 著

風 文創
076

目錄

第三十一回 起私心親姊妹紛爭 尋珍兒慈婉玉出府……007
第三十二回 傳謠言梅太太震怒 恐查辦梅海泉憂心……033
第三十三回 楊晟之正言彈聖意 張紫菱軟語訴家情……059
第三十四回 有心人登門成佳緣 癡兒女結親成大禮……075
第三十五回 訪姨娘語慰西跨院 諷郎君情濃抱竹館……095
第三十六回 楊景之遭覺鬧外宅 鴛鴦侶濃情遊花園……121
第三十七回 苦姝玉命喪深宮院 病楊母魂斷喜壽宴……153
第三十八回 楊三郎起心掌家業 鄭姨娘逞強遭懲罰……173
第三十九回 觀情形春露剖心意 思往事紫萱說見聞……191
第四十回 藏詩書醋潑酸楊三 送丫鬟氣死病鸞姐……209
第四十一回 菊二姐惦念綢緞鋪 碧丫鬟思戀楊三爺……229
第四十二回 欲勾引碧霜抖風流 斥無恥婉玉逐刁奴……243
第四十三回 楊昊之縱慾丟性命 梅婉玉遺情笑花間……265
番外篇……289

金陵〔四木家〕人物關係表

〔梅家〕

- 梅海泉 — 夫人 吳氏
  - 長子 梅書遠
  - 次子 梅書達
  - 長女 梅蓮英（已死）

〔楊家〕

- 楊母
  - 楊崢 — 夫人 柳氏；姨娘 鄭氏
    - 長子 楊昊之 — 長媳 梅蓮英（已死）
      - 長孫 楊林珍
    - 次子 楊景之 — 次媳 柯穎鸞
    - 長女 楊蕙蘭
    - 次女 楊蕙菊
    - 三子 楊晟之（庶出）

柳家

- 柳壽峰
  - 夫人 孫氏
    - 長子 柳禛
    - 長媳 張紫菱
    - 長女 柳婧玉（入宮）
    - 次女 柳娟玉
    - 四女 柳妍玉
  - 姨娘 周氏
    - 次子 柳祥（庶出）
    - 三女 柳姝玉（庶出）
  - 姨娘 花氏
    - 五女 柳婉玉（庶出）

柯家

- 柯旭
  - 夫人 馮氏
    - 長子 柯琿
    - 長媳 柳娟玉
    - 次子 柯瑞
    - 長女 柯穎鸞
  - 姨娘 袁氏
    - 次女 柯穎思（庶出）

第三十一回　起私心親姊妹紛爭　尋珍兒慈婉玉出府

碧桃對婉玉道：「老太太房裡有一處隔間，原先她打牌乏了就進去歇著，如今那間空著，我剛命兩個丫頭收拾妥當，重新換過了褥蓆墊枕，又乾淨又清靜，姑娘不如移到那裡歇著，待會兒就跟老太太一處用晚飯，珍哥兒玩累了也該回來了。」

婉玉也不願在綴菊閣多待，便帶了丫鬟隨碧桃一同去了，到楊母處一看，果見有一處用玲瓏槽子木板隔出來的房間，門口垂著珠簾，簾後是紫檀邊座嵌玉石螺鈿的花卉寶座屏，屋中香氛瀰漫，窗下設一長條案，擺一尊瑪瑙觀音座像，兩旁各有一盞三十支燭頭的銀燭檯，燭光搖曳銀花火樹一般。門口處有一貴妃榻，鋪著閃緞緙絲的裝蟒繡堆，榻旁設一海棠几子，茗碗、茶具、點心、瓜果等一應俱全。婉玉心中暗道：「這屋子平時老太太誰都不給進，今日騰出來招待我也算給了臉了。」又見屋中陳設奢華，默默嘆息楊家富有。

丫鬟們奉上茶點來，待人都退下，婉玉坐在貴妃榻上拉著采纖的手道：「適才她們打妳哪兒了？給我看看，還疼不疼？」

采纖道：「也沒打重，沒叫姑娘吃虧就好了。」

怡人嘆道：「幸虧沒鬧出大事來。」又瞪了采纖一眼，嗔道：「妳做事也忒浮躁了些，哪兒能上去就對小姐、姑娘們動手，萬一惹了麻煩豈不是連累咱們姑娘？況要不是姑娘護著妳，妳打了主子小姐，也夠妳喝一壺的。」

采纖哼一聲道：「難道就眼睜睜的看著姑娘吃虧受委屈？那些人就是揀軟柿子捏，若換個厲害的主兒，看看她們敢不敢滿嘴嚼蛆！」頓了頓又道：「碰上正人君子，自然是以禮相待的；若是碰到潑婦無賴，妳還學老夫子一嘴的禮義端正，最後是人家把妳按到泥兒裡，還會啐一口說『呸！軟蛋聳包！』」

婉玉「噗哧」一聲笑了出來，道：「瞧瞧，哪兒學來這麼一篇道理，還一套一套的。」

采纖道：「這是咱們家二爺說的，我兄弟觀棋是二爺身邊的小廝。今兒來之前，二爺恐姑娘受委屈，特地讓我兄弟送信兒過來，說楊家的姑娘原先就給姑娘氣受，這回保不齊說幾句不三不四的，誰欺負了姑娘，要咱們也不必客氣，臉面都沒了，還顧得上什麼禮數，乾脆撕開來，出了事有他兜著。」

怡人道：「原來妳是找著靠山了，莫怪方才耍了這麼大的威風。」

采纖道：「二爺說了，原本她們這些人就該對姑娘敬著、巴結著，咱們不耍威風、端架子是給她們臉面，若倒打一耙欺負到咱們頭上，就該兜頭一個大耳刮子扇過去。妳們看二爺到楊家，哪裡受過半分委屈，那些惡人就是欺負姑娘臉軟心善，凡事不愛言語聲張。」

婉玉心想：「弟弟素是個爭強鬥狠的，又有個驕縱的性兒，對自家人極護短，這話定是他說的。待回了家還要好好叮囑他一番，他日後去了京城，可不能像在金陵這般跋扈了。」

看了采纖一眼道：「我說呢，妳這小猴兒崽子最會看人眼色，今兒個竟然帶頭跳出去，原來是受了那個混世魔王的指點了。」

采纖噘嘴道：「我還不是為了姑娘好，要不是這麼鬧一鬧，那幾個能乖乖服軟跟姑娘賠不是？楊家能給姑娘換到這屋裡歇著？姑娘早就該擺款兒殺殺她們的威風。」

剛說到此處，只聽外面傳來腳步聲和說話聲，柳氏帶了五、六名女眷走到外間宴席處，口中道：「我們家老太太年歲大了，精神頭不免差著些，不如幾位就在這屋裡歇一回，一會兒丫鬟就擺上桌子，咱們抹上幾把牌，也好樂一樂。」

董氏道：「急什麼，不如咱們湊一起說說話兒吧。」

柳氏今日正春風得意，楊昊之娶了她娘家哥哥的嫡出女兒，於楊家來說，正是一樁上好的親事，她也有意在旁人跟前顯擺，便請眾人落坐，丫鬟們又上來奉茶。同跟著柳氏進屋的均是與楊家交好且在金陵有些頭臉人家的女眷，自然都挑著喜慶吉利的話兒跟柳氏說。董氏道：「新娘子真是再標緻不過，不愧是柳家出來的，我眼瞅著那通身的氣派，真好比她姊姊淑妃娘娘。」說到此處掩口笑道：「嘖嘖，都是柳家嫡出的女兒，自然是錯不了的。」

這一番話連柳氏也連在內捧了起來，柳氏心裡舒坦，面上含笑道：「這倒不是我誇口，我那外甥女兒容貌、性情都是個尖兒，行事伶俐平和，還知道疼人……這是我們昊哥兒有福，也是兩個孩子的姻緣。」

婉玉聽柳氏談及妍玉「行事伶俐和平」，嘴上掛了絲譏笑。眾女眷紛紛道：「都道是姻緣天注定，如今楊、柳兩家親上加親，外甥女成了兒媳婦，莫說是妳這做婆婆的，就連我們也都跟著歡喜。」說著都跟著笑了起來。

董氏緊接著道：「楊家滿門的富貴，姊姊待人也寬柔，只可惜我那侄女沒福。」說著長嘆一口氣，又用帕子去按眼角。婉玉登時一怒，心中冷笑道：「好、好得緊，竟拿我出來說嘴討好楊家！」

柳氏忙道：「可不是？原先昊哥兒媳婦雖說腿腳不大好，但我也是當親閨女一樣疼著，事事處處照看著，唯恐她受什麼委屈……唉，這也是命，她跟我們家沒緣分罷了。」眾人聽了均跟著嘆惋。

婉玉聽了此言心中又怒，心想：「我自嫁到楊家，她這做婆婆的可曾正眼瞧過我幾回？言談間總夾槍帶棒，每每惦著往大房裡塞妖妖嬌嬌的丫頭……」剛一生氣又覺得可笑，搖了搖頭，暗道：「已是前生的事了，又何必為了它跟自己過不去。」只端了茶喝，低聲囑咐怡人和采纖在屋裡各自歇著不要作聲，自己則躺到貴妃榻上，用帕子蓋著臉假寐，再不理會隔間外眾人說什麼。

眾人說笑了一回，董氏對柳氏處處奉承，讚完楊昊之和柳妍玉，又去讚楊蕙菊，柳氏心裡熨貼，對董氏越發親近了幾分，想到董氏今日亦帶了兩個女兒來，便道：「府上兩位千金是一胞雙生的姊妹，出落得好生整齊，容貌、身量一模一樣的，直教人認不出來哪個是姊姊、哪個是妹妹，我只粗粗見過一、兩面，更分不清了。」

董氏方才說了半晌就是勾著柳氏來說雙生女，聞言忙笑道：「別說是妳們，就連我也常分不清，但雖說這兩人生得一樣，細細分辨還是能看出來，我這就把這兩人喚過來，妳們見了就知道了。」說完便一迭聲命丫鬟去把雙生女叫來。

不多時，梅燕雙和梅燕回便掀開簾子走了進來，給屋中諸人施禮，眾人見這一對小姊妹姿容秀麗，如同一對瓷娃娃一般，均拍著手笑道：「真真兒是一模一樣，我們可分不出來了。」

柳氏對董氏道：「妳是個有福的，這兩個女孩子都這般俊俏，旁人得了一個就該燒高香了，妳卻偏偏得了一雙。」

董氏笑道：「穿淺洋紅色的是姊姊，穿銀紅色的是妹妹。」說著對雙生女使了個眼色，朝柳氏努了努嘴。

梅燕雙老大不情願，垂了頭裝傻，反倒是梅燕回對柳氏殷勤笑道：「方才我還跟姊姊說，柳家的姑娘怎的一個比一個好看，如今見了柳姨媽才明白，原來是『生女隨姑』，這才是尋著根由了。」

話一出口，眾人都跟著笑了起來，指著梅燕回笑道：「瞧瞧、瞧瞧，不光生得俊，還伶俐，嘴跟塗了蜜似的，也忒會討人喜歡了。」

董氏對梅燕回嗔道：「小孩子家，說話沒個輕重，長輩也是妳能隨便消遣的？」

柳氏正因著梅燕回的話心中歡喜，忙道：「不妨事、不妨事。」又對雙生女招手道：「快過來，讓我好好瞧瞧。」梅燕回忙笑吟吟的湊上前，梅燕雙低著頭退了半步，站在梅燕回身後。柳氏拉著雙生女的手仔細打量一番，讚了一回，又細細問平時都做何事。梅燕回有問有答，言談間處處存了討好之意，反觀梅燕雙口中只「嗯」、「啊」應著，不過敷衍罷了，遠不及梅燕回言語伶俐、落落大方。

柳氏抬頭對董氏微微笑道：「這小姊妹雖生得像，但我看卻是南轅北轍的性子。」

董氏正看著梅燕雙病懨懨的模樣，心裡著急，聽柳氏這般一說，趕緊堆起笑道：「雙兒是姊姊，到底性子沈穩些，不像妹妹愛說話，平日裡也喜歡做做針線，妳看我身上掛的物件就是她過了正月做出來的。」說著把腰間繫的荷包摘下來，遞了過去。

柳氏接過來一看，只見是個秋香底子五色掐金滿繡的菱形荷包，上頭繡牡丹花樣，翠稀紅濃，取「花開富貴」的吉祥意思，十分精巧別致。柳氏不由讚道：「好鮮亮的活計！」多看了梅燕雙幾眼，喜得拉了她的手道：「好孩子，看著就這麼文文靜靜的，手還這麼巧。」

饒是梅燕雙不願被楊家相中，但得了誇獎心裡也自然歡喜，低了頭靦覥道：「姨媽過讚了。」

柳氏又看了看荷包，抬頭再次打量梅燕雙，眉眼含笑。梅燕回見了心裡登時不舒服起來。

董氏心中長長舒了口氣，面上笑盈盈的，道：「雙兒可聽見了？妳柳姨媽誇妳呢，回頭別耍懶，給妳姨媽也做一個。」

此時冷不防梅燕回插嘴道：「娘偏心，這荷包明明是姊姊繡一面，我繡另一面，連荷包上的花樣還是我畫的呢，娘怎的光說姊姊，也不誇一誇我？」

話一出口，董氏和梅燕雙立時尷尬起來，柳氏打圓場對董氏笑道：「妳這兩個女兒個個心靈手巧。」

董氏強笑著應了，抬頭狠狠朝梅燕回瞪了一眼，卻見小女兒正噘著嘴，一臉委屈，董氏心裡一軟，竟也不好再怪她；靜下心略一沈吟，又想到一則，道：「前些時日，我身上不痛快，媳婦兒也回娘家小住去了，身邊連個堪用的人兒都沒有，幾個老嬤嬤說讓姐兒們試試，我還怕她們年紀輕、面又嫩，當不了家，誰想我派了幾樁事讓這兩人一試，竟件件辦得妥帖，下人們也沒有不服的。雙兒管的是小廚房，把原先的帳目都給盤清了，揪出了幾個黑心騙主的奴才，若不是她，只怕我還讓人給騙了去。」

眾人聽了紛紛說起自家奴才背主欺瞞的事，柳氏想到柯穎鸞，蹙著眉嘆道：「有時候不怕下人欺主，反倒怕做主子的糊塗。」復又看著梅燕雙道：「我的兒，妳小小年紀頭腦就這般機靈，日後管家定然錯不了的。」

董氏心中又是一喜，梅燕雙見諸人都朝她望來，目光中均帶了稱讚之意，心裡也不由有幾分得意，剛欲謙遜幾句，只聽梅燕回又道：「說到小廚房的帳，姊姊不喜看帳本，我撥了三日算盤，才將每一筆銀子都核清楚，手指頭都腫了。」

原本婉玉正在裡頭隔間內躺著聽外頭眾人說話，聽到這一句終忍不住，捂著嘴「噗哧」一聲笑了出來，又不敢讓人聽見，只一邊偷笑，一邊用手揉肚子，眼一瞥，見采纖和怡人均憋著笑，趕緊將食指抵在唇上，示意二人不要作聲。

董氏見柳氏又朝她看過來，臉上不由發燙，心裡把梅燕回罵了一番，連忙將話頭扯開了。

眾人又說了一回，雙生女便告退了。待出了門，梅燕雙也不理妹妹，一逕往前走，梅燕回喚了幾聲，梅燕雙好似沒聽見一般，梅燕回提了裙子緊追上幾步，拉了梅燕雙的手道：「姊姊，妳走這麼快做什麼？我剛才喊妳，妳也理都不理。」

梅燕雙一下將梅燕回的手揮開，冷笑道：「妳叫我做什麼？哪個是妳姊姊？」

梅燕回心下明白，但臉上裝傻，眼睛忽閃了幾下道：「姊姊說這個我卻不懂了。」

梅燕雙冷笑道：「妳不懂了？方才是誰在長輩跟前三番五次落我臉面？這會兒妳又不懂了？莫不是妳看上了楊家那個庶出的小子，一門心思想鑽營進來，這才一個勁兒的往上爭頭，排揎我的不是？」

這一番話正刺中梅燕回心事，她臉上熱辣辣的，口中叫屈道：「姊姊！妳竟這麼想我不成？妳不想嫁到楊家來，我這才想方設法不讓楊家看上妳，妳怎能把好心當成驢肝肺呢！」

梅燕雙冷冷道：「妳方才句句踩著我、捧著妳自己，如今說這個，當我是傻子不成？」

兩人正爭執著，忽有丫鬟過來傳晚飯，於是二人只得丟開，轉到用飯的廳堂之中去了。

卻說婉玉在隔間內閉目養神，一時丫鬟進屋傳飯，柳氏等人便走了出去。待外頭人都散盡了，碧枝方走進隔間對婉玉道：「前頭飯桌子已經擺上了，姑娘快去用飯吧。」

婉玉低頭想了一回，抬頭道：「我便不去了，妳讓奶娘、丫頭們把珍哥兒抱來，我跟他在這裡吃就是了。」

碧枝聽了便走了出去。怡人上前一邊給婉玉斟茶一邊道：「姑娘做得極是，咱們巴巴湊到前頭去做什麼？旁的不說，姑娘原是妍姑娘的妹妹，如今是梅家故去長女的妹妹，再往前頭去，這身分便尷尬了。」

婉玉嘆道：「妳當我願意來？不過是為了珍哥兒罷了。」

采纖聞言笑道：「姑娘待珍哥兒是沒得說，親生的娘親又能如何呢？姑娘得了好吃的、好玩的，哪一回不顧著那個小祖宗？珍哥兒也跟姑娘親近，平日裡黏得緊，連老爺、太太也都往後排呢。」

婉玉道：「前些日子哥哥從外頭給珍哥兒帶了一缸金魚兒，那小乖乖踮著腳巴著魚缸看了半日，拿了竹笊籬要撈魚，衣襟上濺得全是水，丫鬟過來要幫，他死活都不肯，等魚撈上來就舉著笊籬跑到我跟前說『這一對金魚送給姨姨，姨姨最喜大紅色，我特別挑了一對最紅的』。」說到此處，臉上掛了笑道：「這孩子如今連一對金魚也都先想著拿來孝敬我，怎不讓我多心疼他些？」

怡人笑道：「姑娘疼他自然極好的，但卻說珍哥兒是『孝敬』，平白的顯著自己老了幾歲。」

婉玉笑道：「說『孝敬』怎就不對了？我若沒資格說，那天下除了我爹娘，就沒人能讓珍哥兒擔得起這兩個字了。」

三人有一句沒一句的說笑了一回，忽見碧枝慘白著臉兒，踉蹌著走進來，跪在地上帶了哭腔道：「姑娘不好了，珍哥兒不見了！」

婉玉只覺腦中「嗡」一聲，站起身失聲道：「什麼？怎麼不見了？」

碧枝哭道：「我出去找奶娘和丫頭們，讓她們把珍哥兒抱來，這才知道珍哥兒一個時辰前還在園子裡跟別家的幾個小孩子一處玩，轉眼的工夫就不見了。下人們都慌了，不敢報上來，自己滿園子找，可上上下下翻了個遍，也沒見著孩子，方才見姑娘來要孩子，這才知瞞不住了，把事情報了上來。」

婉玉聽完便往外走，一邊走一邊道：「去把珍哥兒的奶娘和丫鬟叫過來！」

碧枝馬上爬起來，一溜煙跟在婉玉身邊道：「姑娘莫急，三爺剛派了人到前院找，興許是珍哥兒淘氣，悄悄往前院男人們的地方看熱鬧去了。」

婉玉咬牙不語，心中急得如揣了一團火一般，直往園子裡頭去，繞過一處翠嶂，只見楊晟之正站在那裡與兩個丫鬟說話，婉玉早已顧不得些許，提了裙子幾步跑上前，急道：「找著珍哥兒沒？他在哪兒呢？」

楊晟之見婉玉來了，心下不由一喜，面上不動聲色道：「妹妹莫要著急，已派了人上上下下去找了。」

婉玉怒道：「說得輕巧，我怎能不急呢！這園子大，他一個小孩子家的，磕著、碰著了還是好的，若萬一掉進……掉進……」想到自己原先便是被人推到荷塘溺死的，腿越發軟了，急得哭道：「若他有三長兩短，我活著也沒趣！」一邊用帕子抹淚，一邊往荷塘邊跑。

楊晟之忙追趕幾步跟上前，冷不防婉玉又頓下腳步問道：「荷塘派人找過沒有？」

楊晟之道：「早就派人去過了，妹妹放寬心，今兒個申時我還見過珍哥兒，嚷嚷著讓我抱他往前頭去聽戲，我估量著前面人多，爺兒們湊一處吃酒划拳，太過吵鬧了些，怕驚嚇著孩子，便沒帶他去。定是他這會兒貪玩往前頭瞧熱鬧去了。」

婉玉聽罷恨不得直衝到前頭找人，但因不合禮制，只得大聲道：「那快些讓人去找找！」又落淚道：「早知道我就不放那孩子去，就該牢牢守在身邊……」

楊晟之暗道：「婉妹行事向來端莊得宜，此番還是頭一遭見她如此失態。旁人皆言婉妹妹與我那小侄兒情分非同尋常，如今看來確是不假。」又見婉玉神色焦急，滿頭是汗，臉兒也紅撲撲的，眼中滿滿的全是淚兒，心中發軟，越發憐愛道：「妹妹別亂了方寸，妳且等一等，我這就到前頭去找孩子。」

言罷便捨了婉玉往前頭走，待到楊母住的知春堂，只見桌椅已在院中擺開，丫鬟、婆子端了托盤走動，各家女眷們紛紛入席。楊晟之朝院中瞧了一眼便不再多看，悄悄繞路過去，忽見前方有一眾小姐穿了月亮門往院內走，忙閃身藏到一叢柳樹後頭，卻仍被梅燕雙瞧見了。梅燕雙見了楊晟之便厭惡，撇著嘴自言自語道：「鬼鬼祟祟的偷看姑娘小姐，成什麼體統？哪裡有大家公子的風範了？商賈之家的庶出小子，一身上不得檯面的小家爛氣。」想著又朝楊晟之藏身處瞄了一眼，哼一聲扭了頭往門內走。

梅燕回正跟在梅燕雙身畔，耳尖聽到幾句，順著梅燕雙的目光一看，不由怔了怔，腳步也放慢下來，漸漸落到最後，暗道：「姊姊素是個衝動昏聵的，不懂好歹，一心只愛俊俏郎君，哪裡知道楊家三公子的好處……楊晟之才多大的年紀，如今就是皇上欽點的五品了，日後做官、做宰的自然有一番榮華，且這都不論，楊家滿門的富貴，只怕嫁到這樣的門戶裡比做姑娘時的吃穿用度還要講究些。」又頻頻回頭朝楊晟之看去，不斷打量，見楊晟之魁梧挺拔，沈穩內斂，心裡撲通撲通跳了起來，臉兒也紅了，又想：「吳其芳雖俊雅，占了『風流』二字，楊晟之卻是極有大家氣度的。」有心上前跟楊晟之攀談兩句再度其人品，但一來不合禮數，二來又尋不到時機，只能眼巴巴的偷著打量。偏巧楊晟之此時抬頭，眼光剛好相撞，二人俱是一愣，梅燕回臉兒「噌」一下直紅到耳根，慌忙轉過頭，提了裙子快步進了半月門，再悄悄回頭一看，只見楊晟之早已不在了，心裡不由悵然起來。

卻說楊晟之見了梅燕回這番光景，心下雪亮，見姑娘、小姐們俱已進了院子，急忙邁了大步往前院去，暗道：「通判家的姑娘怕是起了別的心思，我須遠遠躲著，在這要緊的當兒別落人口實，且她們對婉妹不敬，也合該受受教訓才是。」心裡一邊盤算一邊往前走，穿了遊廊，又過一道拱門，耳邊就隱隱聽見前頭戲臺子上鼓樂喧譁和喝酒笑鬧之聲，腳步也漸漸緩了下來。

竹風正站在穿堂口伸著脖子往後院望，見楊晟之出來，忙迎上前低聲道：「爺讓我辦的事已安排妥了，珍少爺讓我抱到小茶房去，我把門在外頭鎖了，讓我姑姑在裡頭好生看著，一時半刻間醒不過來。」

楊晟之道：「沒人瞧見？」

竹風拍胸口道：「三爺放心，我用戲袍子裹著珍少爺抄小道兒抱出去的，沒半個人瞧見。」

楊晟之方才舒了口氣，又細細想了一回，囑咐了竹風幾句，在前廳轉了一回，又繞回到內院。原來珍哥兒正是淘氣的年紀，自己捨了奶娘、丫頭們悄悄溜到前頭看爺們兒吃酒划拳，又見戲臺上唱得熱鬧，就溜到後臺，躲在簾子後頭看戲子裝扮行頭，忽見不遠處小桌上擺著主子們賞下來的幾樣菜並小半罈玫瑰花瓣浸的酒釀。珍哥兒瘋玩了半日早已渴了，趁沒人瞧見就偷著抱來吃了幾口，只覺滿口清甜，不知不覺間竟把小半罈酒釀吃了個乾淨。過不多久酒氣上湧，又因玩得累倦，就堆在簾子後頭睡熟了。偏巧楊晟之跟竹風到戲臺後頭尋楊景之，無意間看見珍哥兒睡在簾子後頭，見他臉色紅撲撲，散發著酒香，再看地上的空罈子便知他是醉倒了，楊晟之當下便要將孩子抱起來送到內宅去，但走了兩步忽改變主意，心中捏定一計，他聽聞婉玉要和吳其芳訂親了，心裡又急又痛，偏趕上他偷聽了雙生女說話，思來想去咬著牙心裡一橫，暗道：「我豈能眼睜睜的看著婉妹跟別人家訂親，索性就來個順水推舟，先將她與吳家的親事攪散了再說，興許能將計就計，與婉妹結為連理，了卻心願也未可知。」反手將珍哥兒交到竹風手中，叮囑他別叫人瞧見，也別叫孩子醒了，妥妥帖帖的藏起來，待回到園子，眾人已為尋珍哥兒鬧得人仰馬翻。

當下楊晟之在荷塘邊尋到婉玉，只見地上黑壓壓跪了七、八個丫鬟和婆子們，婉玉一面大聲呵斥一面落淚，一抬眼見楊晟之來了，忙用帕子拭了眼角，迎上前急切道：「找著珍哥兒了？」

楊晟之引婉玉朝僻靜處走了兩步，擰眉帶了焦急神色道：「有樁子事也不知是不是真的……竹風跟我說，他方才隱約見個婆子抱著個睡熟的小公子出了角門到外頭去了，如今想起來，那小公子的穿戴像是珍哥兒，我尋了一圈都沒見著孩子，就怕是今日賓客眾多，混進什麼不三不四的人，讓孩子給拐了去……」

婉玉聽楊晟之這般一說，整個人彷佛讓焦雷打了一般，直直定在原處，過了半晌才「哇」一聲哭道：「那……那該如何是好……我這就回去央爹爹把城門封了，挨家挨戶的把珍哥兒尋出來！」說完提了裙子便走。

楊晟之忙攔住道：「妹妹先不要急，我方才已派了人去追了，那婆子出門時間不長，怕是已經追上了。」

婉玉見天色將晚，夜色逐漸深了，道：「萬一……萬一追不上又該如何呢？萬一找不到又該如何呢？」說著又哭了，轉身仍要走。

楊晟之忙又攔一步道：「後門外已備了馬車了，我本想去外面找珍哥兒，妹妹若是心急，不如悄悄背了人一同去，若真追不到孩子，咱們再去請巡撫大人下令也不遲。」婉玉心急如焚，立時應允，只帶了怡人隨楊晟之從後門出了府。

婉玉與怡人坐於馬車中，楊晟之親自趕車。婉玉顧不得禮制，頻頻撩了簾子四處張望，楊晟之則引著馬車在城中四處轉了一遭，心中計算約莫過了不到半個時辰，將車往回趕，此時只見竹風遠遠跑上前磕頭道：「給三爺和婉姑娘報喜，珍少爺找著了！原來是因玩累倦了，又喝了酒釀，在唱戲的後臺睡熟了，有個新來的老婆子去後臺添茶水，不認得珍少爺，還以為是哪家賓客的公子，就先抱到茶房裡去了。」

婉玉一聽此言，渾身一軟，合掌道：「阿彌陀佛，菩薩保佑！找著就好、找著就好。」又百般催促楊晟之回去。待回了楊府一看，珍哥兒已被安置在楊母處，抱著錦被酣睡正甜，婉玉摟著又親又摸，過了半晌才回過魂。

采纖早命丫鬟抬了小飯桌進來請婉玉用飯，婉玉見珍哥兒已回到身邊，自然心滿意足，此時方覺得餓，多吃了一碗。待靜下心，始覺自己私下同楊晟之出府極為不妥，但轉念想到此事並無人知曉，也便丟開來不理會了。

當晚婉玉便在楊母屋中的隔間裡住下，第二日一早起床將珍哥兒喚醒，親手給兒子梳洗。待用了早飯便有兩個老嬤嬤進屋道：「太太命把珍哥兒帶去給他母親敬茶磕頭。」

婉玉心裡彆扭，但也知非做不可，對珍哥兒道：「待會兒有個穿紅衣服的姨姨，你去給她磕頭、端茶，她是你爹爹新娶的妻，也是你的新娘親。」珍哥兒聽著似懂非懂，此時老嬤嬤把孩子領走，婉玉到底不放心，站在隔間的雕花門後往廳裡瞧。

當下楊母坐在上首位，右下手坐著楊崢和柳氏，再往下，楊景之、柯穎鸞、楊晟之、楊蕙菊、柯瑞都站立一旁。片刻楊昊之與妍玉便到了，二人均穿一身大紅，妍玉已改為婦人髮式，頭上梳著金箍兒髻，插著黃燦燦的赤金含珠鳳釵並幾支鑲了紅寶石的簪子，鬢角兩支正紅色堆紗宮花，透著一股喜慶。身上亦是朱紅透紗閃銀的衣裙，臉兒如芙蓉一般，因這身新婦打扮一襯，越發看著嬌豔了。

楊昊之跟在妍玉身側，因娶了小嬌妻，俊顏上自是一派春風得意，對妍玉呵護備至，扶著妍玉的手臂進門，一時怕她站久了腿痠，一時怕她跪著動了胎氣，百般溫存體貼。丫鬟端了茶和跪褥上前，先鋪上大紅的厚墊，楊昊之扶著妍玉小心翼翼跪下，給楊母等長輩敬茶。楊母與柳氏均眉開眼笑，楊崢想到此事一波三折，竟從一樁醜聞變成一樁上好的親事，也不由撚鬚點頭，堂上一時其樂融融。

婉玉想到自己當日進門時在此處敬茶，楊母與柳氏均肅著一張臉，勉強扯了絲笑容應承。而自己因腿腳不便，行禮之時均是丫鬟攙扶，楊昊之甩著手不聞不管，當日之情景，實為狼狽。想著想著不由嘆了口氣，心中泛起百般滋味。

此時長輩敬茶已畢，妍玉端坐椅上，老嬤嬤牽了珍哥兒的手上前，妍玉見了珍哥兒心中上下直翻騰，想到自己堂堂織造家的嫡女，竟下嫁到一介商賈家中做了填房，無端端多了個兒子，且這兒子竟還有巡撫這座靠山，說也說不得，碰也碰不到，只能當菩薩供起來。她每瞧珍哥兒一眼，心裡就委屈一分，悄悄捂了肚子暗暗怨恨道：「我的孩兒本應是楊家的長子、長孫，如今就算生了兒子又如何呢？」好在妍玉經歷了些風雨，此時也懂得藏臉色，心裡雖不甘願，臉上硬掛了笑容看著珍哥兒。

等丫鬟將褥子鋪上，老嬤嬤低聲對珍哥兒道：「珍哥兒聽話，去給你母親磕頭吧。」珍哥兒聽罷立時瞪大了眼道：「誰是我母親？」又看了妍玉一眼，鼓著腮幫子道：「她才不是我母親，我要回家！」

妍玉面上一僵，頓時不自在起來，楊崢對柳氏使了個眼色，柳氏會意，立時堆起笑，將珍哥兒拉進懷內，探著身指著妍玉道：「珍兒，她怎不是你母親了？她就是母親，前些時日她出遠門去了，你天天念叨著見她，如今她回來，你怎又不認她了？快叫一聲，你叫了，你母親有頂頂好的東西給你。」

珍哥兒睜著大眼睛道：「我母親不長她那個樣子，我記著呢。」又在柳氏懷裡掙扎道：「我有我自個兒的母親，我要回家！」

柳氏忙摟著珍哥兒又揉又親，安撫道：「乖孫，這兒就是你的家，那個穿紅衣裳的就是你的母親。」

珍哥兒大聲道：「騙人！」說著又哭鬧起來，慌得楊母、楊崢、柳氏等團團圍上來哄勸。婉玉有心出去護著，仔細一想又少不得按捺下來，靜靜躲在隔間後觀瞧。

妍玉又羞又氣，有些愣愣的，心裡止不住委屈道：「我嫁到楊家當填房，背後還指不定多少人看我笑話，傳了多少難聽的話兒，本以為楊家因此待我親厚些，誰知道頭一天拜公婆就這般難堪……那孩子不認我，當我願意認他了?!」看到眾人都忙著去安慰珍哥兒，竟無人理會自己，不由眼淚汪汪的，抬頭又恰看見柯瑞正瞧著自己，面上登時一臊，說不清什麼滋味，淚兒便掉了下來。

楊昊之這些時日正把妍玉放在心尖兒上，見狀忙柔聲道：「怎的哭上了？當心肚子裡的孩兒。」

妍玉用袖子掩了面，低聲啜泣道：「你都有了兒子，還惦念我肚裡的孩兒？他不肯認我也就罷了，人人都當你兒子是寶，我拚著不孝的名聲低嫁給你，旁人卻拿我當草，若如此，我也不必在這兒礙眼，不如回家去，給你們個清靜！」說著作勢要走，楊昊之忙一把拉住妍玉低聲哄勸，妍玉又哭道：「他今日若不認我，我也沒趣，橫豎在你們楊家不堂堂正正罷了。」

楊昊之賠笑道：「妳不堂堂正正誰還堂堂正正？待會兒族裡各房的少不得到妳跟前巴結孝敬，喚妳一聲『昊大奶奶』，快別跟我說這些賭氣的話兒……」此時珍哥兒哭鬧得越發厲害起來，妍玉暗道：「若今日不將威風壓下，拿住了這小崽子，日後楊家哪裡還有我立足之地？」便說：「族裡再巴結我也不稀罕，你少哄我，如今這孩子不肯認我，還指不定是誰挑唆的，要落我的臉呢！落我的臉面，你臉上就好看了？」

楊昊之聽珍哥兒哭鬧不免煩悶，又存了討好妍玉的心，聽此言搶一步上前將珍哥兒拽到跟前罵道：「哭什麼哭，我還沒死，你給誰嚎喪呢？」珍哥兒登時便懵了，淚兒還掛在臉上，楊昊之又罵道：「還不快給你母親磕頭賠不是，年歲小小的上哪兒學會這麼一套，竟敢忤逆起長輩來了！」說完將珍哥兒搡到厚褥跟前，按著要他下跪。珍哥兒見了楊昊之心裡到底還有些怕，被呵斥了幾句雖不敢再哭鬧著要回家，但嘴一癟，眼淚大滴大滴的流下來。

楊母怒道：「你作死呢！珍哥兒才多大，你跟他發什麼瘋?!」

楊昊之斜著眼看著楊母道：「都是老太太和太太慣的，讓他小小年紀就沒個規矩，今日連母親都不肯拜，我再不好好管束，日後指不定連我都不認了。」說完一推珍哥兒的肩膀道：「愣著做什麼？還不趕緊給你母親磕頭！」

珍哥兒只顧揉著眼睛哭，楊晟之見了悄悄挪到楊崢耳邊低聲道：「只怕鬧大了不像樣，梅家的婉玉妹妹還在隔間裡歇著呢，只怕她聽了去，回去跟家裡人說了惹得梅家不痛快。」楊崢一聽，立時揮了揮手，對眾人道：「罷了、罷了，到底珍兒剛失了母親，這會兒心裡只怕一時轉不過來，日後慢慢給他講，再讓他重新磕頭吧。」楊昊之立著眉剛欲開口，楊崢瞪了他一眼，楊昊之頓時縮著脖子不敢再言語，楊崢又看向妍玉，和顏悅色道：「媳婦兒，妳最是個知書達禮的通透人兒，不會跟個小孩子計較，珍兒如今也是妳的孩兒，他年紀尚幼，方才衝撞了妳，妳萬萬莫放在心裡頭。等過些時日，給他講通了道理，我親自命人擺上香案，讓他給妳磕頭。」

妍玉聽楊崢這般說了，方覺臉上有了光彩，但到底心裡委屈，強堆了笑福了福道：「這是當然的，都是一家人，自然談不上計較了。」

當下有婆子把珍哥兒抱回來，眾人也都散了，柳氏心中藏了事，命丫鬟將楊崢請到房中，親自奉茶。楊崢坐在炕上，左胳膊架在花梨木雕山水的炕桌上，手中揉著兩個核桃，道：「有事情快說，待會兒我還要到碼頭走一遭，有批御用之物要送進京去，我得親自過目。皇上這陣子正不痛快，前些日子龔家犯了事，皇上一怒，命內務府奪了龔家皇商的名號，這當兒要格外小心才是。」

柳氏坐在炕桌另一頭，看著桌上擺的點心，揀了幾樣楊崢愛吃的，用銀筷子挾到瓷碟裡，推到他跟前道：「老爺急什麼？家裡新來了個廚子，點心做得極好，老爺嚐一嚐。」

楊崢也覺得餓了，便揀了塊蓮花糕咬了一口，又端起茶碗喝茶，柳氏仔細看看楊崢臉色，頓了頓道：「老爺，如今昊哥兒又娶了媳婦，我這一樁心願也了了，這一閒下來，才發覺晟哥兒也到娶親的年紀，況且他金榜題名，業立起來，也該成家了。」

楊崢扭過臉道：「妳的意思……」

柳氏向楊崢湊了湊道：「昨兒個不少人家都打聽晟哥兒來著，我仔細盤算盤算，還是應該找個門當戶對的官宦人家小姐……梅海洲家兩個女孩兒就不錯，才貌雙全的。」

楊崢把茶碗放下，慢條斯理道：「妳急什麼？晟哥兒如今再怎麼說已是五品了，待入了翰林院，好好努力一番，青雲高升是遲早的事。京城裡多少皇族貴胄，依晟哥兒的品格還怕找不到一門好親？梅海洲不過是個小小的五品通判，晟哥兒娶他家的閨女未免委屈了。」

柳氏腹誹道：「還真當那庶出的小子是金枝玉葉了，通判家嫡出的小姐還嫌委屈了他，那郡主、公主是高貴了，他可高攀得上？」口中忙道：「我倒覺著這門親事說得，梅家的姑娘是正正經經的嫡出，模樣好、看著也乖順。況因昊哥兒死了媳婦的事，咱們跟梅氏宗族結了疙瘩，這梅海洲是巡撫的堂弟，好歹也能圓一圓咱們跟梅家的情分。梅家望族大戶，多少人眼巴巴的求著，錯過這回，只怕再結不上那麼近的親……再說了……再說昊哥兒如今雖捐了個知縣，可一直沒缺兒，難得他如今知道上進了，想在仕途上立一番作為，昨兒梅海洲的夫人說了，能幫昊哥兒活動活動，先在她夫君底下謀個差，絕不會低了去。」

楊崢聞言冷笑一聲道：「歇歇他的心思吧！我不指望他日後有啥作為，只要能老實過日子，別再捅出樓子我便知足。若是找人使銀子，也不難給他謀個缺兒，我是怕他給家裡招災惹禍方才罷了。」

柳氏不悅道：「原先昊哥兒年紀還輕，難免辦幾件錯事，如今他都改好了，又重新娶了媳婦，我看他穩重了不少。老爺有所不知，如今多少官員都誇昊哥兒是才子，才學高、性子好，又伶俐，我瞧著不比晟哥兒差。他要有了官職，立出一番事業，也好在他媳婦和老丈人跟前抬頭。」

楊崢站起來道：「若是他真改好了，等媳婦兒生了孩子，我自會給他安排個前程。晟哥兒的親事不急，待他進了翰林院再議也不遲，通判的官職還是小了些，真要跟梅家說親，婉姑娘倒是極好的，若沒有老大那檔子事，我還敢厚顏提上一提，但如今只怕梅海泉死也不肯再將女兒嫁進咱們家了。」說著邁步走了出去。

柳氏哼了一聲，一邊用筷子撥弄著糕餅，一邊自言自語道：「一個庶出的小子，還看不上通判家的嫡出閨女……我倒要看看他能結上什麼樣的親?!」說完又氣悶，想到自己外甥女剛剛嫁到家裡，有些事免不了要提點一番，便扶了個小丫鬟去找妍玉。

卻說珍哥兒一大早便哭鬧了一番，婉玉哄了許久方才停了。怡人端著托盤進屋，見珍哥兒躺在貴妃榻上睡覺，婉玉守在一旁出神，便走上前道：「好端端的發什麼呆？」

婉玉這才回神，嘆了口氣道：「就是想到珍哥兒頂撞了妍玉，看他爹爹也不是護著他的，怕這小乖乖往後的日子不好過。」

怡人「噯」了一聲，將托盤放到小几子上，從上端了一杯茶遞與婉玉道：「這事兒早就該料到的，四姑娘原就不是好相與的主兒，霸王似的一個人兒，在柳家的時候咱們就領教過了，她那個性情容得下珍哥兒才叫太陽打西邊出來。楊家老大連他結髮妻子都能下狠手，他前頭媳婦兒留下的孩兒又能心疼多少？」又道：「這是上品祁紅茶，帶著一股蘭花的香氣，裡頭添了牛乳，老太太方才正吃茶，看見我就讓我給姑娘端一盅來。」

婉玉重重嘆了一聲，只將茶碗捧在手裡，低頭不語。怡人坐到婉玉身畔低聲道：「姑娘也別發愁，大不了讓珍哥兒在老爺和太太身邊養著，楊家還巴不得呢，就算楊家不樂意，也不敢上門要人。」婉玉聽了仍是搖頭。

待在楊府用了午膳，婉玉便想帶了珍哥兒告辭，走到楊母寢室前一瞧，只見床上輕紗幔子已放了下來，碧桃正舉著掐絲琺瑯的美人香爐熏香。婉玉知楊母正在午睡，便悄悄退出來，往柳氏住的院子裡去，到了才知柳氏找妍玉說話還未回來，丫鬟們待要去催，婉玉連忙攔住，只留在宴席裡等候。坐了不一會兒便聽有腳步聲，只聽楊蕙菊冷冷道：「你還不回去，跟著我做什麼？」

柯瑞道：「不勞妳費心，待我跟岳母辭行後馬上就走，一刻也不耽誤。」

原來柯瑞天生溫柔多情，對妍玉也存了一段意，如今見昔日青梅竹馬嫁給一個名聲不良的鰥夫做了填房，心中不由惆悵嘆惋，又兼一股說不清的情思。待看見珍哥兒不肯給妍玉行禮，妍玉受了委屈落淚，柯瑞越發傷情憐惜起來。這一番情在妍玉敬茶時難免就掛在了臉上，楊蕙菊見柯瑞目不轉睛的盯著妍玉，不由吃味起來，待回了綴菊閣，柯瑞正長吁短嘆著「人面不知何處去，桃花依舊笑春風」，又嘆息「往事已成空，還如一夢中」，在這正多愁善感的當兒，便聽楊蕙菊譏刺道：「好個多情的公子，當著老婆的面，就跟自己嫂子眉來眼去，我看了都替你羞臊。」柯瑞聽了臉兒便紅了，又因這些時日與楊蕙菊起過些口角，此刻聽了越發刺耳，便道：「妳也不必刻薄我，我這就收拾了回家去。」楊蕙菊聽完賭氣甩了簾子便走，柯瑞也一路跟了過來，兩人到柳氏房中仍在拌嘴。

楊蕙菊冷笑道：「方才敬茶時一副牽掛舊情的模樣，你這會兒充什麼守禮君子了？」

柯瑞道：「我素來是守禮、有節操的，是妳的心思不良，沒事的亂歪派人！」又氣道：「也不知誰牽掛舊情，日日逼我讀書，妳當我不知道妳存什麼心？無非嫌棄我沒考上舉人功名，比不上梅家老二！」

楊蕙菊聽了氣得一口氣沒喘上來，緩了半晌才道：「你……你……我叫你好生唸書，是為了光耀門楣，保柯家宗族的地位，你不聽，鎮日裡無所事事，跟丫頭們調笑個沒完，請了講書的大儒到家裡上課，你三天兩頭不是說頭疼就是心口疼……家中大事小情也不聞不問的，我日日勞心費力的，婆婆不過是想算計我那點兒嫁妝……這都罷了，你還是個糊塗的，今日裡盯著妍玉猛瞧，讓我也沒臉，如今還說這些糟心的話……」說著說著便哽咽起來。

柯瑞見楊蕙菊哭了方才慌張，也知自己理虧，有些訕訕的，湊上前賠笑道：「菊妹妹莫要哭了，是我該死，惹了妹妹生氣，妹妹若還惱，就打我幾拳出氣吧。」又勸了好半晌，楊蕙菊方才幽幽嘆了一聲道：「你也用不著這般哄我，只要你肯上進，多唸唸書便是了。」

正此時只聽柳氏道：「你們兩個怎麼來了？在廳裡站著做什麼？丫鬟們都上哪兒去了？看見主子還不趕緊奉茶。」說著柳氏走進來，撩開偏廳的門簾子便往裡走，猛一抬頭見婉玉坐在裡頭，跟在柳氏身後的楊蕙菊和柯瑞也俱是一愣。楊蕙菊立時想到適才與柯瑞說的話八成讓婉玉聽了去，面皮一下子脹成紫紅色。柯瑞卻見婉玉比往昔更嬌美秀雅了，也有些怔怔的，回過神時又恐楊蕙菊見了多心，忙低了頭，但又忍不住斜眼偷看。

婉玉站起來微躬身施禮，對柳氏以「伯母」稱之，道：「方才家裡打發人來接，便不多叨擾了，特來辭行，也將珍哥兒接走，待過幾日再送回來。」

柳氏笑道：「多住幾日再走吧。」

婉玉笑道：「府上剛辦過喜事，未免事多繁雜，就不多待了，過幾日定要再來的。」

柳氏又挽留了一番，見婉玉決意要走，便也不再留了，命兩個婆子親自去送。待出了房門，婉玉便對兩個婆子道：「去二門等著就是了，不必跟著我。」說完捨了人獨自回去，因晌午日曬，便挑了抄手遊廊走。走著走著，忽瞧見楊晟之迎面走過來，婉玉再想躲已來不及了，只得垂著頭往前走，待二人擦肩而過了，婉玉方才舒一口氣，忽聽楊晟之喚了一聲道：「妹妹。」

婉玉不理，楊晟之又喚了一聲，婉玉便停了腳步，也不回頭，定定站在原處。楊晟之亦停下腳步背對婉玉站著，半晌方道：「我的生母鄭姨娘，家中原也有些田產，她爹爹做了楊家一處店鋪的掌櫃，因極有才幹，受到賞識，後來父親便納了我生母為妾。我三、四歲時，家裡請來私塾夫子，只用心教大哥、二哥，對我不過敷衍罷了。姨娘知曉後，便同她爹爹編了一番話，稱我體弱多病，須到莊子上賤養著才可平安長大，父親日夜忙碌，太太本就不願見我，便允了。姨娘的父親在莊子上親自請了恩師教我，日後我便時不時到莊子上去住著。」

婉玉聽楊晟之忽說了這樣一席話，不由暗暗吃驚，心道：「楊三素來是個悶嘴葫蘆，竟然這般跟我說起心事來了。」又聽楊晟之接著道：「姨娘本就不討父親歡喜，她爹過世之後，我們二人處境便越發艱難了，吃穿用度一概供應不上，有頭臉的下人也敢給我們臉色看，我那時便知唯有努力考了功名，我和姨娘才能有出頭之日。」

婉玉緩緩道：「如今你已得償所願了。」

楊晟之道：「不錯，若按我幾年前便想好的，我此時應娶個四品官員的嫡出女兒，或三品官的庶女，必定要賢慧大方，模樣不必太美，性子柔順安靜，擅管家，做事妥帖，夫妻二人相敬如賓，日後再納一名懂風月、知情趣的美妾，這便圓滿了。」

婉玉點了點頭道：「賢妻美妾，確是圓滿了。」

楊晟之又頓了頓，聲調裡含了幾分激動道：「但、但我卻看見妹妹了……其實原先也見過妳，但那次卻不同……我說不出，就好像一下子撞到胸口上；看見妹妹的時候，我便想若不娶個自己從心裡歡喜的人兒，即便是賢妻美妾也沒什麼意趣，若要能娶了妹妹，莫說是賢妻美妾，即便是天仙下凡我也不稀罕。妹妹若還在柳家，只怕我這時候早已說動家父去柳家下聘了，但妹妹如今到了梅家，我早知道無望，但竟然不能死心。」頓了頓又斬釘截鐵道：「不能死心！」

婉玉臉上一下子燙了起來，心怦怦跳了起來，忙打量四周，因是午飯剛剛用過，各處主僕人等均要歇息，故四下無人，只聽楊晟之道：「今日特地向妹妹說了這番話，妹妹只須記著我這份心就是了。」說完不待婉玉回答，大步向前走了。

第三十二回　傳謠言吳氏震怒　恐查辦梅海泉憂心

卻說婉玉帶了珍哥兒和丫鬟坐了馬車回梅府，剛在房中安頓了，嬌杏便進屋對婉玉道：「太太命姑娘好生梳洗了，換身見客的衣裳到園子裡錦香亭去，吳家的舅太太和表少爺都在呢。」

婉玉道：「我乏了，歇歇再去。」

嬌杏道：「姑娘一進二門就有丫鬟過去知會了，姑娘不去也不好，只露個臉兒，略坐坐就回來就是了。」

婉玉聽了，方命小丫頭子打水進來，梳洗一番，又換了身衣裳，跟著嬌杏到了錦香亭。到近前一看，只見亭子外放了兩張竹案，一張上擺放各色點心果碟，另一張上設茶筅茶具各色盞碟，三個丫頭守著泥爐子用蒲扇搧風煮茶，另有三人立在一旁伺候。吳氏、段氏、吳其芳圍坐在亭中石桌旁，石桌上擺著七、八碟果子糕餅並茶壺、茗碗等物。

段氏抬眼便瞧見婉玉來了，忙招手道：「婉丫頭快來。」

婉玉提了裙子一邊跨上臺階一邊道：「舅母好，表哥好。」又笑道：「品茶賞花，風雅得緊，我前幾日還說錦香亭邊上這幾叢桃花和杏花開得好，紅紅白白，配得一副好景致。」

吳氏笑道：「就是聽妳念叨過，今兒才想起這一處，就等妳了，快坐下。」一旁的丫鬟早已取了厚芙蓉褥子鋪在石墩上，又有上來奉茶的。吳其芳看見婉玉，眼前亮了一亮，吳氏瞧在眼裡抿嘴笑了起來。

段氏慈愛道：「前些日子聽說妳身上不爽利，不知如今可好了？」

婉玉道：「有勞舅母惦記，還特地尋了方子、配了藥送來。前兒是因一冬的火積在心裡，又受了風，就多咳嗽了幾聲罷了，再吃了舅母的藥，如今早已好了。」

吳其芳道：「即便好了也要注意些。」婉玉抬頭，見吳其芳正坐她對面微微含笑，忙又將頭垂下去，道：「表哥費心了。」

吳其芳道：「這次來給妹妹帶了一盒點心，裡頭添了蘇子、半夏、麥門冬幾味藥，都是止咳化痰的，餡兒也不太甜，怕太過了反倒把咳嗽引起來，又恐吃著不香，就用荷花葉兒和蘭花蕊燻了做出來，吃不出苦味兒，妹妹拿去做零嘴吧。」

吳氏喜道：「這敢情好。」又推了婉玉一把道：「芳哥兒是個有心的，難為他為妳這點兒小病還想得這般周到，還不趕緊謝謝他。」

吳其芳忙道：「謝什麼？我見妹妹的梅花繡得好，前些日子就勞煩她做了幾樣針線，這病怕還是那活計累出來的呢。」說完又笑意吟吟的看著婉玉。

婉玉笑道：「就是繡幾朵梅花，能有多大的辛勞呢。」瞧見吳其芳盯著自己，覺得面上發燙，便將茶碗端起來，低頭作喝茶狀。

吳氏見這兩人相處融洽，嘴角越發掛了笑，細打量吳其芳，見他穿竹葉梅花折枝刺繡的直裰，眉若刀裁，目似朗星，面上常展笑意，自有一番說不出的英俊灑脫，再瞧他看婉玉的神色也隱隱帶幾分情意，吳氏心中歡喜，不由與段氏互相使了個眼色，臉上越發笑開了。

原來吳氏昨日聽說楊家大操大辦楊昊之的婚事，心裡就老大不痛快，暗道：「楊家的小畜生狠心害死我女兒，如今守義未滿，竟又娶了柳家的女兒風光操辦起來，這不是生生落我們梅家的臉面嗎？婉兒嘴上不說，心裡怎能沒有委屈？我定要快些給她找個佳婿回來，才能吐了胸中這口惡氣！」便與梅海泉說了，第二日一早請了段氏和吳其芳來。

吳其芳先入書房拜見梅海泉，之後梅書達悄悄跑到吳氏耳邊低聲道：「方才表哥告辭出去，父親說了句『到底是少年得志，沒經受過大磨練，心浮氣躁了些，但看脾性、人品還是好的』。」

吳氏一聽梅海泉如是說，便知已對這樁婚事默許了六、七成，越發來了精神，殷勤招待吳家母子，吳其芳也極有眼色，一時間賓主盡歡。

待吳氏面上有了倦意，吳其芳便知情知趣道：「天色晚了，姑姑也倦了，妹妹病還沒好，坐在外頭風大，不如我們告辭，若明日天氣好，咱們再到園子裡逛逛。」

吳氏笑道：「我身上正有些乏，想回去歇歇，你們母子也找地方歇歇，吃了飯再回家去。」

段氏笑道：「來日方長，今天便不留了。」說完帶著吳其芳告辭，吳氏也不挽留，親自送了一段。吳其芳本是騎馬來的，回去時捨了馬不騎，一頭鑽進段氏乘的馬車，問道：「剛出來時娘跟姑姑嘀嘀咕咕說什麼呢？」

段氏笑道：「看把你給急的，往邊上坐坐，別猴在我身上。」

吳其芳抱著段氏胳膊央告道：「娘知道我著急還不快說，快別逗我了。」

段氏笑吟吟道：「你姑姑說，姑父說你脾氣和性子都好，可見這婚事八成就訂了。等過幾日，咱們就去請內閣大學士王若叟親自來保媒，這般體面也足夠了。」

吳其芳登時大喜道：「當真？姑父當真同意了？」

段氏笑道：「可不是？」又長長嘆一口氣，雙手合十道：「阿彌陀佛，你姑父終於鬆了口，這樁婚事成了，也了卻我一樁心願。」伸出手拍著吳其芳的手道：「我就知道你姑父最後必然答應，你姑姑說了，絕不把閨女嫁得太遠，又要知根知底。你的品格，不是我誇口，放眼整個金陵城鮮少能有及得上的，你姑父原先還揑著款兒，如今尋了一圈過來，還不是看你最最拔尖兒。」

吳其芳只坐著一個勁兒傻笑，段氏說什麼一概沒放在心上，忽想起什麼，問道：「閣老大臣都在京城，這三、四日怎請得過來？」

段氏道：「王大人是金陵人士，祖墳在金陵城外，每三年都回來拜祭一次，昨兒我聽你爹說，接著了王大人的書帖，說他人已到了金陵，邀請你爹上門喝酒閒話。」

吳其芳聽了方才把心放了下來，喜孜孜道：「這便是了，過兩日我就跟爹爹一同去王大人家拜訪，等親事訂下來我也該進京了，明年便能娶婉妹過門。」

段氏嗔道：「瞧你急的，莫怪都說是有了媳婦忘了娘。」

吳其芳陪笑道：「我哪兒會呢。娘都說這是難得的好親事，好不容易姑父鬆了口，咱們再不緊著些，只怕有變故呢。」

段氏道：「說得是，婉兒剛認到梅家不久，外省和京城裡的官宦未曾見過也就罷了，若是知道，只怕要生出旁的事來，今兒回家我跟老爺說一聲，儘早將此事了了才是。」又道：「婉玉那閨女我見她頭一眼就相中了，無千金小姐驕橫之氣，也不似有些縮手縮腳的，才十五、六歲，看著倒有二、三十歲人兒的穩重大度，聽說她原先在柳家跟個夜叉一般，如今這般端雅了，可見是你姑姑會調教。」

吳其芳聞言哼一聲道：「我卻聽書達說是柳家太太擠兌、刻薄婉妹，還指不定哪個是夜叉。」

段氏笑道：「瞧瞧，還未娶進來就先心疼上了。」吳其芳臉兒上一紅，母子倆一路說笑而去。

卻說吳家母子走後，吳氏便把婉玉喚到跟前問她的意思，婉玉垂首良久，方道：「那就依爹娘的意思吧。」吳氏見婉玉臉上並無喜色，也無半分女孩兒家提及婚事的羞臊之情，心裡不由一沈，握了婉玉的手道：「其實我跟妳爹的意思也是多留妳幾年，但妳年歲漸漸也大了，此時不說親，日後就難說到像樣的人家。芳哥兒的品格妳也知道，才學好、性情也好，都是百裡挑一的。我二哥為人耿直，嫂子大度，門風清白，妳嫁過去也不會受委屈。這一遭是妳爹爹親自掌眼，達哥兒也對他讚賞有加的……莫非妳不願意？」

婉玉暗道：「我原是打定主意一輩子不嫁人的，但後來又一想，若不嫁，不免壞了家裡的聲譽，爹娘一來操心，二來也累得他們無顏面；再說芳哥兒性情還是好的，家裡門風也正，也算得上良緣了。」但不知怎的，轉念想起楊晟之來，腦中只盤桓著一句「從此蕭郎是路人」，想起他殷殷表白，目光沈凝溫柔，幾次三番奮不顧身相幫，情義不可謂不深重，心裡驀然一痛，忽感覺空蕩蕩的，竟有一股絕望之意，只吶吶道：「爹娘都看著合意，那便如此吧。」吳氏也不再多言，捏捏婉玉的手便讓她回房了。

卻說過了三、四日，這天一早，梅書達用完了飯頗覺無聊，拿了小竹棍站在窗邊上逗鸚鵡唸詩詞來聽，忽有個小丫頭子掀了簾子道：「芳大爺來了。」梅書達聽了立時起身道：「快請，奉茶。」說著讓丫鬟把鞋穿了便往外走，轉出來正看見吳其芳站在屏風邊上，梅書達拍手笑道：「這麼早，難不成是你小子等不及，今兒個提親來了？」

吳其芳面色鐵青，邁步上前焦急道：「出事了！你……」說著看看左右，將梅書達扯到屋角，低聲道：「我跟婉妹的婚事原本父親早已答應了，只等著去請王大人保媒，但昨兒個回來父親忽又說不行，我追問了半天才知道，原來父親在外頭聽到婉妹不好的風聞……說她原就為柯家的公子投過湖；又勾搭過城北孫家的獨子孫志浩，因這檔子事孫志浩還曾給拿下大獄了；又說前兩日楊昊之成親，有人曾看見她跟楊家老三一同乘了馬車出了府，孤男寡女的，天都黑了才回來……」

梅書達越聽越心驚，一把揪住吳其芳衣襟道：「這些混帳話你爹是聽誰說的？」

吳其芳道：「昨兒個我爹娘去廟裡進香，回來時臉色便又沈又黑，橫豎是不答應這親事了，母親只是嘆氣，說回頭親自上門來賠罪，我追問了半天，母親才說他們在廟裡聽見兩個大戶人家的婆子坐在臺階上磨牙，說了婉妹的閒話，父親按捺不住上前問了，才知那兩人是梅海洲府裡的下人，這一遭領了主人的銀兩來施捨香油錢的，父親登時就動了怒……」又央告道：「書達，我對婉妹心意從未變過，昨兒太晚我出不得門，今天一早便過來，跟你一同想個法子，將這親事訂了。」又長吁短嘆，知道此事絕非如此簡單，原來其父罵的是：「女子無才便是德，自古女子莫不是以貞靜為主。我不用你尋個多高的門第，只要品行端良、賢淑溫婉便是，連梅氏一族的本家人都這般說，可見婉玉是個什麼品性，我們怕是給人騙了！你要娶一個這樣名聲的媳婦，要吳家列祖列宗的顏面何存？幸而未曾有過三書六禮，這樁事就此作罷了吧！」

梅書達暗叫不好，對吳其芳道：「你且坐坐，我這就回來。」說完撩了衣裳撒腿便往吳氏的住處跑，直衝到門前掀了簾子，只瞧見吳氏和婉玉剛吃完飯，正在淨手呢。吳氏見冷不防有個人闖進來，唬了一跳，見是梅書達方定了心神，嗔道：「一天到晚咋咋呼呼的，摔著、碰著怎麼得了？回頭你老子見了又要訓你。」

梅書達指著幾個端水捧毛巾的小丫頭子道：「統統出去！」吳氏對梅書達素來溺愛，見狀也不以為意，見丫鬟們魚貫而出，方才道：「這一清早的是誰惹你不痛快了？跑到我這兒發瘋。」

梅書達橫著眉目道：「出了事了！」便將吳其芳如何說的與吳氏講了一回，吳氏登時驚得站了起來，失聲道：「當真？」

婉玉心裡一沈，渾身如墜入冰窖一般，兩行淚順著臉兒流下來，在吳氏跟前跪下哭道：「是女兒不孝，連累家門聲望清譽……」

吳氏顫聲道：「妳跟……跟楊家老三是怎麼一檔子事？」

婉玉跪著哭道：「當日珍哥兒在楊府的園子裡玩，讓奶媽、丫鬟看丟了，上下找了幾遍都沒尋著，府裡頭賓客多，人多手雜，有人說怕孩子被歹人拐走了，楊晟之要出去找，女兒心急便帶了怡人跟他出去尋人，只在外頭轉了個把時辰，後來楊府裡小廝說珍哥兒找著了，便回去了。」

吳氏面色發白，聽婉玉私與楊晟之出府，只覺一股怒火拱上心頭，一拍桌子道：「妳也太放肆了！姑娘家的怎能跟個男人一同出門！」

婉玉羞愧難當，大哭道：「千錯萬錯都是我的錯處，如今我再沒臉活著！」說完站起來捂著臉往外跑，唬得梅書達跳起來攔住道：「姊姊哭什麼？要死也是那些傳了閒話的王八羔子死，待我找出來千刀萬剮給妳出氣！」回過頭又對吳氏道：「母親氣糊塗了，這事兒與姊姊有什麼相干？珍哥兒丟了，姊姊能不著急？一急之下做出什麼逾越禮法的事亦是情有可原的，何況姊姊出去還帶了丫鬟，可見也不是孤男寡女了，是那傳閒話的小人該死，母親又何苦再逼姊姊呢？」

梅書達還未說完，吳氏便嘆了口氣，又見婉玉哭得上氣不接下氣，心裡越發難過，暗道：「是了，婉兒雖有不是，也不應全怨怪她，只是二哥自視清高，最是個窮耿直的，因老爺官高，為避嫌都不輕易上門走動，如今婉兒的這樁親事定是不成了，如今又惹上這個名聲……我這苦命的兒，妳遭了大劫回來，我本想這一回給妳尋個良緣，誰知又不成了！」想到此處淚也流了下來，母女二人相對垂淚。

梅書達頗為頭疼，只能按捺了性子，哄著母親和姊姊道：「快些收一收淚，保重身子要緊，若氣壞了自己豈不是讓小人得意。」又道：「莫要哭了，依我的意思，咱們把嚼舌頭根子的黑心秧子找出來，看他們哭豈不更痛快？」

這一句反倒把吳氏慪笑了，文杏和采纖聽了也抿了嘴笑。婉玉鎮定下來道：「弟弟說得是，眼下最著緊的是將這風言風語止住了，流言蜚語是斬人的刀，舌頭根子底下壓得死人。」

梅書達道：「非但如此，還要把禍頭找出來，有一個殺一個、有兩個殺一雙！」

采纖掏出帕子上前來，一邊給婉玉擦淚兒，一邊道：「恕我多嘴了，前幾日楊家大爺成親的時候，雙姑娘和回姑娘，還有嫁到柯家的菊姑娘都說過姑娘閒話，當時雙姑娘和回姑娘便說咱們姑娘勾搭過那個什麼孫家的少爺。」

吳氏渾身一震，瞪了雙眼道：「都說些什麼了？」

采纖早就不滿雙生女擠兌自家小姐，當下便將那場大鬧說了，饒是她口齒伶俐，梅燕回如何說、梅燕雙如何說、楊蕙菊又如何說，一樣一樣講得活靈活現，說到自己與婉玉挨打受氣時又誇大了幾倍，又道：「就是雙姐兒說姑娘勾搭孫家少爺，好多人都聽見了，太太不信只管問去。」一番話氣得吳氏七竅生煙。

梅書達湊到吳氏跟前低聲道：「當日孫志浩那廝就是押在三堂叔手底下的大獄裡，我瞅著八成是三堂叔回去說了什麼，讓那些個嚼舌頭的小丫頭片子聽見。否則這樁事秘密得緊，知情人早已都封了口了，聽說原本孫志浩拿在大獄裡還滿嘴胡扯過幾回，幾板子打下去人就立刻老實了，如今只怕是殺死他也不敢亂咬。他一出大獄，爹就派人上門去敲打了一番，沒過幾日他家裡人就送他到福建做生意去了，至今還未回來，旁人誰還敢胡說八道？」

婉玉道：「有樁事我原先不願講的，有一回我聽見那兩姊妹說私房話兒，聽見梅燕雙戀著芳哥兒……」

梅書達冷笑道：「這便是了，原來竟因為這個，真是寡廉鮮恥！」

吳氏越想越是這麼回事，咬牙切齒道：「是了，旁人若想傳這謠言只怕早就傳了，偏偏趕在婉兒要說親的節骨眼上傳出來，那兩個小蹄子原就在背地裡嚼過舌根子，挑唆過你舅母身邊的丫鬟，說婉兒為個男人投湖；在楊家時八成又看見婉兒和楊家三小子出去找孩子，這才又編了那樣一番話出來，硬生生要將這親事攪散了……可恨、可恨！」

三言兩語間，事情來龍去脈便對上了，吳氏猛地站起來高聲喝道：「備馬車！」說完邁腿便走，大聲道：「婉兒留家裡，有娘給妳作主，我這就去問個清楚！」

梅書達早就按捺不住了，巴巴的就等著吳氏這一聲，立時道：「我也去，看哪個敢欺負我母親和姊姊！」說完一溜煙跑回去換衣裳、備馬車。婉玉隱隱覺得此事藏了蹊蹺，卻也無暇細想，吳氏早已帶著采纖和文杏乘了馬車直奔梅海洲府上。

卻說梅海洲這兩日犯了鶴膝風（注）正躺在床上讓大夫針灸，冷不防有人來報說他大堂兄的妻子帶著小兒子來了，梅海洲一聽，立刻命大夫收了銀針，親自拄著枴杖上前迎接，遠遠瞧見吳氏迎面走了過來，風塵僕僕，肅殺著一張臉兒，梅書達和一名大丫鬟左右攙扶，情勢與往日不同，正驚疑間，吳氏已走到眼前，怒瞪道：「我們家與你有什麼天大的仇怨，為何要往死裡逼我女兒？」

梅海洲一聽此言登時吃了一驚，吳氏逕自往屋中去，董氏滿面堆笑從屋中迎上前道：「嫂子來了怎不提前說一聲？我們也好備了酒飯候著……」話音還沒落，吳氏兜頭便啐了一口道：「少在這兒人五人六兒的愣裝好人，妳打的如意算盤還當我不知道？下三濫手段害了

注：鶴膝風，在中醫指結核性關節炎。患者膝關節腫大，像仙鶴的膝部。以膝關節腫大疼痛，而股脛的肌肉消瘦為特徵，形如鶴膝，故名。

我女兒一生，攪散她姻緣，妳以為妳就能如願了？口蜜腹劍的東西，我女兒若有三長兩短，你們也休想好過了！」

梅海洲夫婦雲山霧罩，梅海洲上前道：「嫂嫂息怒！這當中可否有什麼誤會？」

吳氏罵道：「什麼誤會？你們的好女兒說婉玉為柯家公子投湖、勾搭孫家少爺、跟楊家三公子不明不白，滿城裡的張揚，分明就是要逼死她！今日我豁出這張老臉，咱們一同見官去！」指著采纖道：「妳來告訴告訴他們！」

采纖上前一步，按著梅書達教給她的一番話道：「前兩日楊家大爺娶親，雙姑娘和回姑娘對我家姑娘有的沒的甩了閒話，當著眾家小姐的面，說我家姑娘出身寒磣，是個小婦養的，為了柯家二公子投湖，早就沒有名節了。我們姑娘氣狠了，問了雙姑娘兩句誰是小婦養的，誰想雙姑娘拿了一碗滾熱的茶就潑過來，把我們姑娘的臉都燙傷了，然後回姑娘和雙姑娘又說我們姑娘跟男人勾三搭四，品行不端，勾引了城北的孫家少爺，有了不才之事！我們姑娘哭得死去活來的，兩次三番的想去尋死。今兒個吳家表少爺來了，進門就說府上兩個嬤嬤在外頭說我們姑娘閒話，說她跟楊家三公子有姦情。我家姑娘聽了一聲不吭的進屋，等我們再進去一看，她人已吊在房樑上，救下來只剩半口氣兒了！」說完掩面大哭。吳氏亦跟著落淚漣漣。

梅書達低聲在梅海洲耳邊道：「當日孫志浩拿下大獄，正是押解在堂叔掌管的獄中，這事當中有莫大的干係，本是已封了口的，但不知怎的又流傳出來，竟讓府上兩位令嬡知道了拿出去宣講，此事待我爹從衙門回來，我定要與他商量商量，莫要再惹出什麼事端。」

梅海洲頭上像打了焦雷一般，又驚又怒，大聲命道：「快將那兩個畜生拿來！」片刻梅燕雙、梅燕回便到了，梅海洲劈頭一人給了一記耳光，喝罵道：「作死的小蹄子！婉玉不但是妳們堂妹，更是堂堂巡撫家的千金，妳們髒了心肺，竟敢傳揚如此不堪的話兒，生生也要將我折損進去！」

梅燕回伶俐，一見吳氏，心中就明白了幾分，立時跪了下來磕頭道：「父親息怒！」梅燕雙捂著腮幫子含淚道：「我犯了什麼錯？父親為何打我？」

梅海洲還未說話，便聽吳氏冷笑道：「如今還要裝傻不成？事情樁樁件件均是從妳家謠傳而出的，妳們好一對小姊妹，三番五次禍害我女兒名節，存了什麼心莫非妳自己心裡不清楚了？如今還敢抵賴？」

梅海洲掄起枴杖，一下打在梅燕雙腿上，道：「丟人現眼的東西還不快跪下！」

梅燕雙吃痛，腿一軟跪了下來，但仍硬氣，梗著脖子，臉兒上掛著淚珠兒道：「什麼謠言？憑什麼便說是我們姊妹傳出來的？」

梅書達冷笑道：「真真兒是不見棺材不掉淚，妳在楊家大公子成親當日到處嚷嚷的話還怕找不到作證的人？府上的婆子到寺廟裡四處宣揚，壞我妹妹名聲，怎別家不說，單單只在妳這裡傳出這樣的事？妳存的什麼心思還當我們不知道？吳其芳已與我說了，妳背地裡偷偷塞了鐲子給他，約他到穿堂裡見面，癡癡纏著他，還贈他帕子，他斷不肯收方才罷了。他說若是這件事有半句虛言，便叫他天打雷劈不得好死。」

梅燕雙臉「唰」一下慘白，原來當日在楊家，眾人用晚飯時不見婉玉，過後梅燕雙的貼身丫鬟鸚哥悄悄告訴，她聽楊晟之身邊的丫鬟偷偷議論，說珍哥兒丟了，婉玉和楊晟之出門去找孩子，許就是兩個人孤男寡女一起出去的。梅燕雙當時恰在婉玉手上吃了虧，聽到這一樁哪有不宣揚的，便在眾小姐、姑娘當中挑唆了，又兼把陳年舊事都抖出來添油加醋一番，恨不得此事傳到吳家耳中攪散了這樁親事才好，卻不想事情竟鬧得這般大了。

梅燕回聽要出人命了，腿不由抖了起來，暗道：「若是婉玉有了三長兩短，只怕巡撫家裡不能善罷甘休，此事想賴只怕抵賴不掉，但這些事明明是姊姊魯莽闖出的大禍，憑什麼要我跟她一肩承擔？我萬不能因此毀了自己前程。」想到此處便「噌噌」磕頭哭道：「是我錯了，請長輩們息怒，姊姊戀慕吳家的公子，因吳家公子欲與婉妹結親，心裡便存了怨。當日我病著，在爹娘房中睡覺，偶聽到有關孫家的事，便與姊姊說了，還千叮嚀萬囑咐她萬不可告訴旁人，誰想到她跟婉玉吵架，沒忍住便說出來……」梅書達看了梅燕回一眼，暗道：「這倒是個機靈的，寥寥幾句話便將自己的罪名洗了大半。」

吳氏大哭道：「我的孩兒是清清白白的女孩兒，最溫柔嫻雅不過，她到底幹錯了什麼，要妳們這般下黑心狠手的擠兌逼她，如今可稱了妳的心，她去尋死，如今只剩了半口氣兒，她若出了事，要我怎麼活?!」

董氏急忙上前攙扶道：「好嫂子，妳且保重身子，快坐下來歇歇喝口茶吧。」

吳氏一推董氏，瞪著眼道：「妳又是什麼好的了？但凡妳會調教女兒，又怎能惹出這麼大的禍？一開始她們兩姊妹在吳家人跟前挑唆婉玉不是，我送回來時還派老嬤嬤敲打過了，本以為日後便平安，大家安分守己的各過各的日子，結果反倒變本加厲，非但毀我女兒親事，更毀她一生清白名譽！她若有了三長兩短，我也不要活了。」邊說邊哭得頓足捶胸，全賴梅書達攙扶著。

董氏聽了急得落淚道：「我怎不調教她們了？又罰又打的……」衝到雙生女跟前狠狠打了幾下，罵道：「不爭氣的兒……」說著亦哽咽起來。

這一打，倒將梅燕雙心裡的仇怨全激了上來，淚兒順著臉頰滾下來，豁出去一般，冷笑道：「即便是我說的又如何了？我說的哪一樁事不是真的？莫非婉玉沒有為柯家公子投湖？莫非她沒勾搭過孫志浩？莫非她沒跟楊晟之孤男寡女的天黑時出府？若想人不知，除非己莫為，她有膽做了，怎反倒沒膽讓人說了？」

吳氏聽了此言，止住了淚，看著梅海洲夫婦，只瞧見那夫婦倆氣得臉上一陣青一陣紫。梅燕雙流著淚對吳氏道：「婉玉原不過就是個戲子生的，從小打雞罵狗、品性不端，外裡裝出嫻靜模樣，你們都被她騙了！」又看向董氏道：「婉玉不過是攀上了高枝兒，進了巡撫家的門兒，若非如此，吳家怎會看中她？婉玉哪一點比我強了？我乃堂堂五品通判家的嫡出女兒，比她名正言順百倍！」

話音未落，梅海洲早已氣瘋了，顧不得訓斥「不知廉恥、心術不正、驕縱跋扈」等言，上前掄起柺杖便打，口中罵道：「不知天高地厚的下流種子，不但祖宗不容妳，就算老天也不容妳！今日活活打死才乾淨！」手起杖落，打得梅燕雙連連慘叫。

董氏見梅海洲盛怒，與往日裡截然不同，亦恐出了人命，幾步上前跪在吳氏腳下抱著腿含淚道：「嫂子向來聖明，求妳饒了那兩個小畜生性命，也求嫂子留臉。」

吳氏道：「我給你們留臉，誰又給我留臉了？如今我女兒名聲毀了，日後唯有遠嫁，上哪兒再去尋一門好親事？」

梅燕回亦跪著向前蹭了幾步，不斷磕頭道：「是我們油蒙了心竅，闖了大禍出來，耽誤了妹妹前程，大娘要打要罵絕無二話，但還求大娘疼我們，給我們留臉面。」

吳氏至此已將事情問明，便不再多言，只將臉上的淚拭了，淡淡道：「臉面已撕破了，再不能留了。」一扭過頭對梅海洲道：「日後與你堂兄往來，我們內宅裡的娘們是不管的。」又對董氏道：「但內眷當中，妳我兩家至此斷絕，不再來往了吧！」

此言一出，梅海洲夫婦驚得「啊」了一聲，吳氏不理哀求挽留，任梅書達攙扶著出了府，乘了馬車走了。

吳氏回了府，心中仍憤憤難平，將婉玉喚到跟前說：「我的兒，妳受了委屈了，此事有娘給妳作主，芳哥兒那頭不成就不成了，金陵城裡的才俊難道還少嗎！」婉玉自覺失察被旁人抓了把柄，含愧不語。吳氏恐她有心事積在心裡，百般安慰了一番。

至晚間，小廝來報梅海泉因有急事不回府用飯，婉玉便陪吳氏用了飯，飯後吳氏一時神虛體乏，歪在美人榻上睡了過去，一覺醒來見房中黑漆漆的，只在案頭的彩漆螺鈿小几上燃一支燭火，便坐起身，用帕子揉著眼睛問道：「什麼時辰了？老爺可回來了？」

婉玉仍坐在碧紗櫥（注）裡看書，聽見動靜跟幾個丫鬟一齊迎上來，文杏奉茶道：「已經三更了，老爺還沒回來呢。」婉玉蹙了眉道：「趕上政務繁忙，爹爹留在衙門裡過夜也是有的，但怎樣也會打發個人回家知會一聲，如今這麼晚了連個信兒都沒有，倒是少見了。」

吳氏忙說：「妳們快打發二門的小廝們去衙門問問。」嬌杏應了一聲反身便出去了。約莫過了半個時辰，有一個名叫雙旺的小廝回來，跪在簾子後頭磕頭回道：「稟太太，跟在老爺身邊的丁全說老爺今兒晚上怕是回不來了，讓太太先歇著吧。」

吳氏道：「你可見著老爺了？衙門裡出了什麼緊要的事？」

雙旺道：「小的不知，但巡撫衙門裡上上下下燈火通明，聽站班的幾個門吏悄悄說，好像是從京城裡都察院、大理寺、刑部各來了幾位大人，不知有何要務。」

母女倆心裡「咯噔」一沈，對望了一眼，婉玉暗道：「莫非朝堂上有何變故，將爹爹牽連在內？否則京城裡怎會好端端的派出這麼大陣仗到金陵來，竟通宵達旦連家都不讓回，看來是不大妙了。」

注：碧紗櫥，古代建築內檐裝修中用以分隔空間的格門，格心上糊青、白二色絹紗，上繡花鳥蟲草或題詩詞。

吳氏對雙旺道：「你去吧，文杏，抓把錢給他買果子吃。」說完想了一回，命人去叫了四個辦事老成的管事來，道：「你們幾個去巡撫衙門遠遠守著，一有動靜便飛馬來報，別叫人看見了。」一管事們領命去了。

母女二人揪著心再難入睡，只和了衣裳在床上枯坐，又命把梅書遠、梅書達喚來。這一宿只聽得不斷有官員被兵丁押解進巡撫衙門的消息，好不容易熬到天明，梅家兄弟忍不住要出門打探消息，此時卻聽到外頭有人一迭聲喚道：「老爺回來了！」

屋中人聽見，立時像得了珍寶一般，忙不迭出屋相迎，只見梅海泉走進來，雙眉緊鎖，面露倦色。吳氏見狀也不敢多問，將滿腔的話兒壓下來，親自奉茶，婉玉絞了熱手巾給梅海泉擦面。

吳氏問道：「老爺想吃點什麼？廚房裡有紅棗粥和瘦肉粥。」

梅海泉神色懨懨的揮了揮手道：「不吃了。」書遠、書達兄弟二人見父親神情不似尋常之態，心裡都打了個突兀，互相對看了一眼，垂手而立。

梅海泉低頭坐了良久，抬頭看了看兩個兒子，又扭頭瞧了瞧妻女，嘆了一聲，道：「朝中幾名御史聯合上書參了一本，彈劾甄士遊等十五名官吏貪墨朝廷撥放的賑災錢銀，共計四十五萬兩。聖上龍顏大怒，將一干人收押在案，大理寺卿趙明謙奉旨查辦，要將此事查個水落石出。」

吳氏道：「只要咱們清清白白的，哪怕他們……」

梅書遠卻倒吸一口涼氣說：「甄士遊？他不是父親的得意門生嗎？還是父親一手提拔竭力保薦的。」

梅海泉「啪」地一拍海棠几子冷笑道：「上個月朝廷裡剛傳出風聲，聖上有意調任我回京城，再高升一步。甄士遊是我極重用的人，如左膀右臂一般，此時出了這麼一樁事，明擺著是有人背後下了絆子，衝著咱們來的。」

梅書達問道：「莫非他真貪了銀子？」

梅海泉道：「八成錯不了。甄士遊此人有才有能，在我手底下這些人裡是個尖兒，但手腳不乾淨，他原是窮苦人家出身，這些年隨著我一手提拔，他家裡光是二進二出（注）的大宅就置備了七、八棟。因他極有分寸，明白什麼該拿、什麼不該拿，行事又小心，所以我不時敲打幾句，也就睜一眼、閉一眼的隨他去了。」說著又怒道：「朝廷賑災一共撥了一百萬兩銀子，甄士遊這個混帳，竟帶了手下人貪了將近一半，如今多省都有天災，北方還有羅剎國來犯，聽說後宮裡連太后、娘娘們的例銀都減了半，皇上因為沒銀子打仗心裡不痛快，正愁沒個出氣的，這一本奏上來真真兒是捅了馬蜂窩！這四十五萬兩我倒不怕，但甄士遊在我身邊十幾年，所知甚多，就怕將以前的什麼事牽連出來。」

吳氏擔憂道：「莫非連咱們也要扯進去不成？」

注：二進二出，含主房、配房、客廳、書房、門房等，並帶有後院的房舍建築。

梅海泉道：「先前我也提著心，京城裡來的幾位大人待我還是極客氣的，趙明謙與我在朝中本屬同一流，私交甚好，聖上派他來辦案便是有保我的意思；趙明謙也略透了口風給我，他們此番只是追查銀兩下落罷了，況這筆賑款我未挪動一分一毫，也不怕他們來查，怕只怕聖上治我個失察之罪，晉升調任無望，反遭貶斥，失了聖寵。」

吳氏鬆了口氣，眼眶泛紅道：「阿彌陀佛，佛祖保佑。老爺寬寬心吧，什麼做官做宰、高升低貶，我一概不管，只要咱們全家都平安無事我便知足了。」

梅、吳二人乃是少年夫妻，感情極深厚。梅海泉聽吳氏如此說，不由感動道：「官場上的事妳無須掛心，只將自己身子調養好了，嚴加管束內宅便是，在這個節骨眼上不准有絲毫差池。」吳氏連連點頭。

梅海泉看了看兩個兒子，厲聲道：「你們兩個更要謹言慎行，不准惹是生非！尤其達兒，你素是個愛胡鬧生事的，不准再去跟那些個狐朋狗友喝酒耍樂、任意妄為！這幾天收拾收拾行李進京去翰林院吧。」屋裡人齊聲應了。此時只聽門口丫鬟稟報道：「老爺、太太，楊家老爺和三公子來了。」

梅海泉奇道：「他們來做什麼？」又因心中煩惱，擺了擺手道：「遠兒你去，就說我出門不在，讓他們回吧，今兒個不見了。」

梅書遠應了一聲，轉身出去換衣裳見客。婉玉跟梅書達一同退出來，站在廊下，梅書達低聲道：「方才父親一直給母親吃寬心丸，我卻覺得此事……」

婉玉緩緩點頭道：「只怕沒這麼容易，爹爹自然不屑貪污賑款，但宦海沈浮，風風雨雨這些年，身上又豈能乾淨了？皇上派了三個部的大員來，這樣的陣仗掀起的風浪只怕不小，他急急打發你進京遠離是非之地，也是在作打算了。」

梅書達道：「不錯，皇上怕是要殺雞儆猴，若是尋常的小風浪，爹爹也不至於憂思憔悴至此了。」說完又擰緊眉頭。

婉玉默默想了一回，忽心裡捏定一計，轉身往前院走，待到垂花門處立定等著，約莫一盞茶的工夫，梅書遠便從外走了進來，婉玉急忙喚住道：「哥哥，楊家父子來所為何事？」

梅書遠道：「說是上門來負荊請罪的，楊晟之還要當面跪求爹娘原諒，母親昨兒個剛去了堂叔家，楊家人的消息得得倒快，今兒個就登門了。」說完又怕婉玉多心，道：「妹妹勿要多想，碎嘴的娘兒們愛傳這些個閒言閒語，過陣子就煙消雲散了。」

婉玉道：「楊家父子已經走了？」

梅書遠道：「我說了父親不在，母親身上也不好，讓他倆改日再來，誰知這兩人竟不肯走，說要等父親歸家。都是一門子的親戚，也不好硬趕他們，只好隨他們去了。」

婉玉聞言點了點頭，一邊想一邊慢慢走了回去。原來楊晟之當日偷偷藏了珍哥兒，再悄悄將此事散佈給雙生女知曉，雙生女本就和婉玉結了仇，知道了焉有不宣揚之理；楊晟之又得知吳家夫婦每月要去廟裡進香，便派了兩個心腹婆子扮作梅海洲家的下人，故意坐在臺階上磨牙閒話讓吳家聽見。之後他命人在巡撫宅邸附近盯著，一有動靜便速速來報，果不其然見到吳其芳登門，又見吳氏乘馬車往梅海洲家中去。楊晟之心知計已得逞，急忙到楊崢跟前，將當日珍哥兒不見了，自己與婉玉乘馬車出門尋人，又被人瞧見的事說了，表示要親自登門向梅家請罪。楊崢聽聞此事也吃了一驚，心想長子害死梅家嫡長女已讓梅海泉痛恨至極，若是三子再毀了梅家養女的聲譽，梅、楊兩家只怕越發交惡了。於是大清早急急忙忙的帶著兒子趕來，待來到梅家卻碰了釘子，楊家父子以為是梅海泉心存怨恨故意不見，越發覺得不能就這樣走了。

且說楊家父子在待客的偏廳內坐了一炷香的工夫，門口忽走進來一個丫鬟，生得滿月臉面，眉目俏麗，神色矜持，手裡拿一把銅壺給二人添茶。楊晟之見到來人不由一愣，立時站了起來。

那丫鬟正是怡人，拿著壺添完茶，臨出門時朝楊晟之使了個眼色，楊晟之心領神會，對楊崢稱說內急，遠遠跟在怡人身後走了出來，出了門朝東去，繞過一個竹雕架子青白玉的大插屏，怡人便不見蹤跡了，楊晟之朝左右一瞧，只見婉玉竟站在芭蕉樹下，髻鬟密緻，髮上珠鈿金翠環繞，項上戴金蟠瓔珞圈，身上穿著湘妃色縷金梅花刺繡的褂子，下著同色繡鳳綾裙，臉上脂光粉滑，更顯得整個人粉膩嬌豔極了，此刻卻攥著帕子垂淚，一對星眸淚水濛濛。

楊晟之心頭激盪，忙幾步上前輕聲喚道：「婉妹妹。」見婉玉難過，又覺心疼，嘆道：

「是我該死，惹妹妹名聲受累，傷心欲絕，如今我在這兒，任憑妹妹如何出氣，即便此刻讓我死了我都絕無二話。」

婉玉搖了搖頭道：「我方才哭與你沒什麼相干。」說著又流淚道：「如今我們梅家怕是要禍事臨頭，我今兒個偷偷見你，是想託付你日後好好照顧珍哥兒……」

楊晟之大吃一驚道：「出了什麼事了？」

婉玉只抽泣著搖頭，楊晟之再三追問，婉玉方才把甄士遊貪污一事與楊晟之說了，末了哭道：「皇上動了雷霆之怒，我們家怕要牽連在內，若是……真的不好……珍哥兒的親爹待他如何你也知曉，還請託你平日多看顧這孩子幾分……」

楊晟之沈吟良久，開口道：「妹妹莫要傷懷，前些日子朝堂上還有巡撫大人要高升的風聲，想來聖上是因失了鉅款才震怒非常，並未有真要查辦梅家的意思，若是能將四十五萬兩賑款籌集補足，聖上息怒，對要犯也不會深究，梅家可保無虞。」

婉玉聽楊晟之這般一說，立即作出憂愁之色道：「唉，這會兒上哪兒去籌這麼一大筆銀子。」心中卻道：「放眼整個金陵城，能拿得出這筆錢的頭一個便要數你們楊家。」

楊晟之看著婉玉毫不猶豫道：「妹妹只管放心，我這就回去同爹爹商議，楊家帶頭認捐，大戶們自然不能不拿銀子出來，我願向翰林院告假，親自主持此事，必將這四十五萬兩籌齊！」

婉玉心頭一熱，深深看著楊晟之，暗道：「我不過試他一試，他居然答應得這麼毫不猶豫。他在家中又不主事，卻能應下這麼一大筆銀子的認捐，從相識開始，我去求他，無論大事小情，他都一口應承，盡心盡力……」口中道：「晟哥哥，你待我真是……真是太好了。」

兩人對視良久，楊晟之忽嘆了口氣。

婉玉柔聲道：「你嘆什麼氣，是後悔了嗎？」

楊晟之道：「沒有、沒有！我怎麼會後悔？為了妳，即便我粉身碎骨都願意的。只是……只是我也是個自私自利的人，待妳沒有妳想像得那麼好……但我會死心塌地的對妳好。」

婉玉只覺得渾身暖烘烘的，笑道：「你怎麼說了這麼多『好』，跟繞口令似的。」

楊晟之也笑了起來，雙目仍深深的看著她，兩人相顧無言，卻覺得一切盡在不言中。過了片刻，楊晟之拱手作揖，轉身離去了。婉玉在芭蕉樹下站了半晌，直覺腿腳痠痛方才收拾情懷，耳邊只聽有人拍手道：「想不到楊家老三竟是個癡情種。」

婉玉唬了一跳，連忙扭頭望去，只見紫萱正站在自己身後，面上含笑。婉玉的臉兒「唰」地紅了，不知紫萱偷聽了多久，不由又羞又窘。

紫萱走上前拉了婉玉的手道：「妳只管放心，方才的事兒我決計不會說出去。我原就看他待妹妹不同，果然逃不出我的法眼。只是可惜了，任憑他再如何，楊家和咱們梅家也結不成親……」說著又連連嘆氣。

婉玉忽抬頭，一字一句道：「若他將銀子籌齊了，我便嫁他！」

紫萱聞言一怔，目瞪口呆道：「妳說什麼？」

婉玉道：「方才我私下與他相見，既是有求於他們楊家，也想再試一試他，結果他無絲毫猶豫之色，一口便應允了。有道是『易求無價寶，難得有情郎』，只要我有求於他，他無有不應的，單這一點就難得。吳其芳當初也是千求萬求的來提親，但只聽到閒言碎語，便一溜煙跑了，這樣的人怎麼能相提並論？倘若楊晟之籌齊了銀子，一來看出他對我確是真心實意；二來也可看出他確有幾分才幹，這樣的人有何託付不得的？」

紫萱小心道：「如此說來，妹妹對他也有意了？」

婉玉臉兒又紅起來，垂了頭剛欲開口，便看見采纖從樹影後轉出來道：「原來姑娘在這裡，太太方才派人請姑娘到她房裡呢。」

第三十三回　楊晟之正言彈聖意　張紫菱軟語訴家情

婉玉對紫萱道：「我先去，等中午吃了飯再找妳說話兒去。」一面說一面隨采纖至吳氏房中。只見吳氏正靠在雕百子獻壽的戧金紅木羅漢床上，府裡管事的媳婦並老嬤嬤們早已到了，有些頭臉的站在屋內，其餘均立在門口兩側垂手而立，聽從訓示。吳氏將家中大小事務均細細過問了一遍，又命把帳簿拿來詳查，至午時方才把人散了，對婉玉叮囑一番，末了又道：「妳嫂子有了身子不便操勞，妳多擔待些，府裡上下嚴加管束，還有外頭的莊子、鋪子、林子，都要他們管事的過來，親自叮囑，在這當兒萬萬不能出什麼把柄讓人拿捏了去。」婉玉點頭應了。

吳氏長嘆一聲，歪在引枕上，臉色蠟黃，神色懨懨的。婉玉知母親熬了一夜，又擔驚受怕、費神勞心的忙了一早，這會兒神乏體弱，已顯出不勝之色，忙道：「母親快躺一躺，我讓廚房做些滋補的東西來，家裡的事有我擔著，旁的事也不用母親操心。」

吳氏又嘆一聲，讓婉玉扶著躺在羅漢床上，忽想起什麼，一把拉住婉玉手腕道：「達哥兒那頭也該收拾行李上京……」

婉玉拍拍吳氏的手道：「我知道，母親放心吧。」說著親自抱來絲被蓋在吳氏身上，輕手輕腳的退了出來，至外間，對文杏道：「屋裡熏上女兒香寧神，把竹簾子也掛了，待會兒太太身上還不好就去請大夫。」又對旁邊小丫頭靈兒道：「太太熬了一宿，只怕沒什麼胃口，妳到廚房要他們做碗龍井竹蓀來。」

靈兒道：「方才廚房打發人來，說有一品官燕雞絲湯，另還有稀珍黑米粥。」

婉玉蹙了眉道：「燕窩雞絲湯是晚上做的宵夜，剩下的都給達哥兒端去，他愛吃這個；稀珍黑米粥盛一碗給太太端來吧。龍井竹蓀要他們細細的燉，加兩截人參進去，把火候熬足了。」靈兒應一聲去了。婉玉吩咐完畢自帶了丫鬟回綺英閣。

卻說楊晟之見過婉玉之後便與其父告辭回家，一路上將事情來龍去脈與楊崢說了一回，楊崢眉頭緊鎖，拿著旱菸抽了兩口，望天咋了咋嘴，扭頭斜眼看著楊晟之道：「你說此事如何？」

楊晟之心中早已想好了一番說辭，字斟句酌道：「有道是『易求錦上添花，難得雪中送炭』，梅家這一遭出事，咱們定要竭力相助才是。先前因大哥的事，咱們與梅家失和，此番正是補救之機。況四木家本就同進同退，若梅家失勢，咱們在金陵也失了靠山……」

楊晟之未說完楊崢便一擺手道：「這是自然的，不用你說我也知曉，但不知要怎麼幫……莫非要咱們掏銀子將虧空的數目補上不成？」

楊晟之右眉一挑，道：「這倒不必，若咱們一下拿出這些銀子反倒招眼引來妒恨了。依我說，不如扯個為國盡忠的名號，咱們起頭捐出十萬兩，讓金陵城裡的大戶們認捐。」

楊崢嗤笑一聲道：「你當那麼容易？城裡那幾戶會乖乖的交了銀子出來？」

楊晟之含笑道：「把事情捅大了直達天聽就不怕了。趁著京城裡幾位大人還未走，把這樁事風風火火操持起來，讓欽差大人們一本參到皇上跟前，城裡那幾位跟皇家沾親帶故的，或掛著皇商名頭的，到時候不捐也要咬著牙捐了。」

楊崢渾身一震，向楊晟之看來，楊晟之道：「這樁事如果辦妥了，不但保住梅家，圓了兩家的情分，更是為君分憂，解了聖上的燃眉之急，此中的好處父親也是明白的；況我剛入翰林院，此事於我出仕來說亦是莫大的好處。這一箭四雕的事，花些銀子也值了。」

楊崢愣了半晌，忽失笑道：「你小子倒是好算計，連我這做老子的都要不如你了。」

楊晟之笑道：「虎父無犬子，我不過是沾了父親的光。」父子二人一面說話一面騎著馬慢慢回家去了。

待過了一日，楊家抬出「公忠體國」的名號，先捐了十萬兩銀子。楊晟之向翰林院遞了告假的帖子，身先士卒四處遊說大戶認捐。梅海泉聽聞此事，將楊崢並楊晟之二人請到府中一敘，待送走這父子二人，梅海泉立即乘轎去了欽差大人趙明謙處。趙明謙當即寫了奏摺，命八百里快騎連夜送往京城。皇上閱之，登時龍心大悅，連連讚金陵商賈忠國孝君，民風至善淳仁，待見奏章上寫著發起認捐之人正是兩榜進士、入選庶起士者楊晟之，心中越發歡喜，特發聖旨嘉獎募捐者，又特地指出待事已畢，命楊晟之進京面聖，敘君臣之情。

此聖旨一出，整個金陵城都隨之震盪了，金陵幾家大戶心思各異，或恨楊家多事的，或妒恨楊家占了先、搶了好處的，或嫉妒楊晟之得沐天顏的，或肉疼銀子的，但因此事已為聖上得知，家家口中高呼萬歲，紛紛捐了銀子。此外認捐的也不乏大大小小的富戶鄉紳，有的是真心實意憂國憂民的，有的為巴結官府，有的為花銀子買名聲的，種種不一而足。這一番算下來，攏共竟收了五十一萬七千五百兩。

此事足忙了一個月方才完畢，這一日梅書遠用罷晚飯出了二門，到書房尋梅海泉。書房門外立著的小廝見梅書遠來了忙進去稟報，不多時出來道：「大爺請進，老爺這會兒雅興濃，正練字呢。」

梅書遠進屋一看，只見梅海泉站在書案後，手裡握一支白玉桿紫毫筆在紙上唰唰點點，一邊寫一邊道：「遠兒來了？過來瞧瞧這幾個字。」

梅書遠湊前看去，見梅海泉正臨摹王羲之的〈快雪時晴帖〉，暗道：「〈快雪時晴帖〉不過幾個字——『羲之頓首：快雪時晴，佳。想安善。未果為結，力不次。王羲之頓首。山陰張侯。』未果為結，力不次……莫非甄士遊貪污一案仍有變故？」口中道：「父親這幾個字極嚴整，瞧著已是上佳之作了，前兒還有同僚向我討父親的墨寶，想題個亭子的匾額……」說著看了看梅海泉的神色，半晌方道：「聽說甄士遊的案子已經了了，不知結果為何，兒子特來討父親示下。」

梅海泉聞言頓了頓，抬頭道：「這五十一萬兩白銀裝了車往京城一送，甄士遊的案子也不再深究，為首幾人判了秋後決，家產抄沒，男丁發配充軍，女眷納為官婢；其餘的一律貶官發配，至此算是了結了吧。」

梅書遠打了個寒噤，想到若此事落在梅家頭上，自此之後父母親遠隔天涯，妻子、兒女、兄弟、姊妹為奴為婢，不由心有戚戚焉，開口道：「那父親晉升之事……」

梅海泉淡淡道：「皇上仍未發話……想來晉升無望，但朝中有大員力保，巡撫一位還是坐得穩妥的。」

梅書遠心中鬆了口氣，暗暗思索道：「父親這些年兢兢業業，唯願回京就任再榮升一步，如今卻落了空，難怪心中鬱結了。」又搜腸刮肚的想些話頭引父親開懷，奈何他忠厚老實，想了好一陣方才想到一則，說：「今兒個大夫給媳婦兒請平安脈，說她身子結實，底子壯，生養不是難事。又因這些時日嗜吃酸，夢見一隻仙鶴入懷，有經驗的老嬤嬤們都說這一胎十有八九是男孩兒了。」

梅海泉聽了果然歡喜，展顏道：「甚好，想來是個男孩兒。當初你妹妹懷著珍哥兒的時候，夢見隻又肥又壯的小黑豬，當日便有老嬤嬤說是個多福多財的男孩，後果然應驗了。」

想了想又道：「若是女孩兒也無妨，像你妹妹那樣的，也招人疼愛……前幾天我聽你母親說你妹妹跟吳家的親事不成了，吳其芳雖有些品格，可瞧著太風流了，你妹妹原就在這種人身上吃過虧，我不過看著吳家門風正派，吳其芳也有幾分才華才應的，如今不成也罷！我曾讓你詳細打探幾家公子後生的人品，可有眉目了？」

梅書遠忙道：「早就詳詳細細的探聽過了，可都有不足之處……前些日子媳婦兒跟我提了一樁，說妹妹有了中意的人。因父親正有事煩惱，我便壓下來未提。」

梅海泉面露驚異之色，嘴角掛了笑說：「哦？是哪一家的公子？」

梅書遠小心翼翼道：「是楊家的三公子楊晟之。」

梅海泉一怔，擰了眉道：「是他？」背著手踱到窗戶旁，道：「我明白你妹妹的意思，她有這打算一半還是為了珍哥兒。」

梅書遠便將事情的來龍去脈說了，又道：「妹妹的性子父親也是知道的，一旦拿定了主意就絕不會朝更暮改的。故媳婦兒與我說完，我便暗地裡觀察了楊晟之一段時日，他跟楊昊之截然不同，有風度雅量，為人慷慨圓融，做事也極有分寸，最最難得的是錦繡堆兒裡出來的公子竟無一絲嬌貴驕橫之氣，奔走周邊各縣富戶之間，吃穿住用上一概不挑剔，吃閉門羹也不著惱，風吹日曬從不叫累，竟是極有韌性肯下苦功的。」

梅海泉嘆一聲道：「楊晟之是個可造之材，穎敏好學，有權略，器量深沈。他原是楊家不起眼的庶子，即便日後中了兩榜進士，我也未曾多在意，但此番認捐的事一出，才讓人刮目相看了。我還曾想過，若他不是出身楊家，哪怕門第低些，我也願招他為婿。楊府那一大家子忒鬧心了，從上到下烏煙瘴氣，不倒不正，前一次險些丟了性命，若再害我女兒一次可怎麼得了?!」

梅書遠蹙了眉道：「但妹妹已擇定了，媳婦兒說上回她去找妹妹閒話，話裡話外問她的意思，似乎已經不會改了，她自己說了，這人若是上門來提親，她便央告爹娘應下，這輩子若要嫁，便只嫁給他，除非他另聘了別家的姑娘，她才死心。」

梅海泉又是一怔，想了一回，擺了擺手道：「楊晟之如今已進京面聖去了，他這一遭出盡鋒頭，得了皇上的青眼。此趟進京不知多少朝中官員意欲結交攀親，不一定就想著你妹妹呢。待他真定了性子，上門提親來再說吧。」梅書遠聽罷也不再提，與梅海泉又閒話了幾句，方才退了出來。

卻說楊晟之面聖之後自進翰林院讀書，楊家因認捐之事露了臉面，不幾日朝廷下旨，特令嘉獎，又命日後宮中採買胭脂水粉等內務撥給楊家一份。楊崢大喜過望，想到有此等聖眷均是楊晟之謀劃而來，忙命打點了兩大箱子的綾羅綢緞，另有五千兩銀子，派人送到京城給楊晟之做日常之用。

這一日婉玉正在屋裡教珍哥兒背詩，卻見四個丫鬟攙著紫萱走了進來，婉玉連忙上前道：「妳就在屋裡好好歇著，我得了閒兒就去看妳，若是摔著、碰著可不是鬧著玩的。」

紫萱笑道：「我今兒個可得了一宗大消息，坐不住了，方才叫丫鬟請妳去，偏妳說要教珍哥兒背詩，我等不得就過來了。」

婉玉抓了把松子糖給珍哥兒，命采纖帶他出去玩，又拉紫萱坐在美人榻上，問道：「妳是個急驚風，我大哥倒是個慢郎中，真不知你們兩人平日裡是怎麼商量說話兒的，什麼大消息？說來我聽聽。」

紫萱壓低了聲音道：「方才我姊姊打發人來送東西，那丫鬟跟我說，妍玉又出事了。她有了身子不方便，可楊昊之哪是個守得住的？偷著跟楊家太太身邊的大丫鬟春芹鬼混，竟讓妍玉給發覺了。妍玉那個脾氣妳也知道，氣勢洶洶去捉姦，結果不知怎的就跌了一跤，鬧肚子疼，大夫來的時候就已見紅小產了。」

婉玉吃了一驚，說：「小產了？那、那柳家怎麼說？」

紫萱道：「孫氏自然是不依了，上門哭鬧了一番。楊昊之在長輩面前給妍玉賠了不是，就是那個叫春芹的丫鬟，孫氏要拉出去賣了，楊家說好歹服侍了一場，就給打發出去了，聽說嫁了個小戶人家。」

婉玉冷笑道：「楊昊之是什麼貨色，孫氏這回才知後悔了吧。」

紫萱嘆道：「那便不知了，只是可憐妍玉……她性子驕縱些，心到底不壞。」

婉玉一時間說不清心裡是何滋味，與紫萱有一句沒一句的說了一回，兩人方才散了。

一時之間相安無事。楊家時常打發人到梅家來，雖稱是給珍哥兒送東西，但府中老爺、太太並公子、小姐等人人有分。楊崢亦到梅府親自接珍哥兒回去小住幾日，待見了梅海泉口中不住誇讚婉玉，梅海泉深知其意，只將東西收了，並不搭腔。

待到了七月，紫菱誕下一子，紫萱聞之歡喜不盡，忙讓人備下馬車出門，婉玉連忙攔住了道：「嫂子身子漸重，這會兒頂著大太陽出去，豈不讓老爺、太太擔心？妳若身上不爽利了，倒讓妳姊姊過意不去。不如先派人送些滋補的藥材和吃食，等到洗三（注）那天我親自送表禮過去，替妳盡心，妳看如何？」紫萱略一遲疑，點頭應了。婉玉打開庫房，點出人參、鹿茸等物，命小廝送了過去。

洗三當日，婉玉一清早收拾停當，帶了四個丫鬟並兩個老嬤嬤乘馬車到了柳家，一進內宅就見當中熱熱鬧鬧的，各房的親戚和柳家交好的世家女眷們都已到了。婉玉先到柳壽峰處請安，將表禮呈上。只見柳壽峰比往日瞧著清瘦了些，但因添丁之喜面上多了兩分笑意。柳壽峰見婉玉來了，心裡更歡喜起來，先上下打量一番，見她舉止有度，身姿端雅，顯得越發超逸了，心中百感交集，細細問及衣食起居，一迭聲命廚房做婉玉平日裡愛吃的吃食來，又取出一封銀子讓婉玉留做體己用。

婉玉想到自己受困柳家之時，柳壽峰待自己不薄，言談舉止間多有維護疼惜之意，此次見到她亦真情流露，對柳壽峰又多了幾分親近之情，與他說了好一回方才從屋中退出。再至孫氏房中一瞧，只見滿屋的女眷，孫氏正坐在炕上與眾人閒談，她頭上金翠環繞，脖子上掛著赤金瓔珞圈，下墜一塊美玉，身上穿了件墨綠繡金鑲領的褙子，整個人珠光寶氣。

注：洗三，中國古代誕生禮中非常重要的一個儀式。嬰兒出生後第三日，要舉行沐浴儀式，會集親友為嬰兒祝福。

婉玉見了孫氏盈盈一拜道了萬福。孫氏登時生出幾分不自在，只見昔日驕蠻潑俗的庶女如今通身的氣派，臉色紅潤，容貌更勝了幾分，顯見在梅家過得舒心，再想起妍玉如今的光景，心裡越發酸溜溜的，臉兒上一時繃不住便帶出了幾分，又怕別人瞧出來，勉強擠出笑容，拉了婉玉的手噓寒問暖。

婉玉心中有數，不過問一句答一句，留神打量，見孫氏鬢邊竟已生出不少白髮，眉目間皺紋橫生，臉兒上也只用脂粉襯著氣色，瞧著老了好幾歲。她只瞧了兩眼便垂了眼簾，待會兒尋了個由頭出來，轉而來到紫菱房裡。進門一瞧，只見紫菱正歪在床頭，頭上裹了翠色頭巾，身上蓋著紅綾杏子薄紗被，臉兒和身子都比往日豐腴了不少，精神顯是不錯，雙眼爍爍有神。

紫菱一見婉玉來了，忙要坐起來，又命丫鬟倒茶，婉玉忙幾步搶上前按住道：「嫂子快躺下歇著，都是自己人，忙什麼呢？」又滿面帶笑說：「給嫂子道喜！我大嫂聽說嫂子一舉得男，高興得不得了，登時就讓人套馬車要過來，我怕大熱的天出什麼事故，便給攔下來了，說我今天一早來替她盡心。」

紫菱聽完嘆了一聲，道：「都已是快當娘的人了，性子還這麼急，萬一摔著、碰著可怎麼了得？」又對婉玉道：「妹妹來了就好，我正悶著呢，妳來正好陪我說說話兒。」

婉玉指著丫鬟手裡的東西道：「這兩瓶子裡裝的都是宮裡御醫配的補藥，宮裡的娘娘們產育後都吃它，最是滋陰健體的，每日兩丸，研磨了和著熱熱的黃酒服下；另外還有兩瓶果子露，也是宮裡頭的東西，嘴裡沒滋味了就滴兩、三滴對水喝，很是清香，加進龍井茶裡也有味兒；這個小包袱裡是四色針線，是孩子穿的鞋和帽子，是我的手藝，我不如大嫂手巧，做得粗糙了，嫂子萬萬不要嫌棄。」說完又摸出兩個荷包塞到紫菱手中道：「這紅色的荷包是大嫂的，粉色的是我的，多少是一點意思。」

婉玉每說一句，紫菱都唸一句佛，又將荷包接過來一捏，只覺當中沈甸甸得壓手，便握了婉玉的手道：「前幾天不是已經送來一大堆藥材了嗎，今兒個怎麼又這麼破費，倒真讓我過意不去了。」

婉玉笑道：「早就說了，都是一家子的人，客氣什麼！孩子在哪兒？快讓我看看。」

紫菱忙命人把孩子抱出來，婉玉接過來一看，只見那男嬰已閉眼睡熟了，略有些瘦，模樣兒卻乖覺，因笑道：「我瞅著眉眼清秀，長大一準兒是個美男子。取名字了沒有？」

紫菱道：「取了，按家譜是馬字輩，公爹賜的名字，叫柳騏。」

婉玉說：「這個名兒好，『騏』乃駿馬也，日後必定飛黃騰達。」

紫菱喜上眉梢，含笑道：「平平安安就是了，也不圖他做官做宰的。」

婉玉把孩子仍交給奶娘，坐在床邊道：「我怎麼瞅著老爺清瘦了許多，太太的氣色也不大好，脂粉都快襯不住顏色了。」

紫菱壓低了聲音道：「還不是為了四姑娘的事兒，妍丫頭鬧出醜事，又要嫁個鰥夫，本來名聲上就不大好聽，老爺原是不肯的，但太太卻拿了主張了，後來楊家送了重禮來，楊昊之又捐了官，老爺方才有些默許。誰想成了親又不省事，四姑娘竟小產了，還落了個善妒的名聲。老爺因四姑娘鬧得臉面全無，又跟太太大吵了幾架，這麼一番折騰，自然是清瘦了。」

婉玉嘆道：「想來也是，老爺這麼愛惜羽毛和臉面的人……」

紫菱捧著成窯蓋碗杯喝了口水接著道：「太太更不省心，老爺因四姑娘的事兒跟太太翻了臉，不幾日花一千兩銀子買了個姑娘進來，十八、九歲，容貌、身段兒都好，姓韓，小名喚作晴兒，會彈琴，聽說原也是書香門第出身，父親是個秀才，後來家道中落，父母雙雙逝世，哥嫂又不容她，這才給人家當妾的。老爺買進來便抬了姨娘，而且是極愛重，特地辦了酒席的。太太因為這事兒氣得病了一場，精神便不如先前了。」

婉玉聽得目瞪口呆，心說：「柳家伯父倒是風流，臨老還入一次花叢，唉，也罷，孫氏並非賢良之輩，這也難怪了。」過了半晌方道：「老爺新抬的姨娘，是不是容長臉面，細瘦身材，嘴邊還有顆痣的？」

紫菱奇道：「正是，妳見過她了？」

婉玉道：「剛才給老爺請安時見過的，她就在書房裡，我看她穿得金光璧耀的，還以為是個有些體面的丫鬟，沒想到憑太太的手段，還能容老爺再納新人兒。」

紫菱道：「太太也是極恨的，說韓姨娘的眉眼就像……」說到此處猛住了嘴，看了婉玉一眼。婉玉立時會意，明白紫菱想說韓姨娘的眉目跟自己這身子的親生母親相像，因笑道：

「韓姨娘的眉眼是生得好。」

紫菱自悔失言，見婉玉如是說才鬆了口氣道：「老爺把韓姨娘放在書房裡，說自己身子不舒坦要人服侍，太太正跟老爺鬧彆扭，想伸手也搆不著，待太太面軟下來，老爺卻不理不睬的。他們鬧得僵，讓我們這些當小輩的也難做，我借生養孩兒躲幾天清靜罷了。」又道：「除了四姑娘的事讓太太心煩，還有二姑娘娟玉上個月回來，說娘家陪嫁的一張地契不知怎的找不見了，後來才知讓她婆婆拿去賣了，她去找她婆婆理論，反倒挨了一巴掌，她丈夫眠花宿柳，也撒手不管。二姑娘回娘家大哭了一場，讓太太去給她作主，太太找到柯家去，也不知鬧成什麼樣，回來時臉色是鐵青的，後來柯家到底還是來了人賠禮，二姑娘又哭哭啼啼的讓人家給接回去了。」緊接著嘆了口氣道：「娟玉就是性子太軟，柯家淨挑著軟柿子捏。同是嫁到柯家，蕙菊妹妹就威風多了，聽說她原本想插手家務事，誰想柯家太太把權霸得緊，給她幾個差都是要往裡搭錢的，她一怒竟甩手不幹了，只把嫁妝看嚴了，如今公爹、婆婆一概不放在眼裡，晨昏定省都懶得去。瑞哥兒跟她吵了一場，她說『咱們二房吃穿住用都是我陪嫁的鋪子、莊子賺來的，我沒吃喝柯家一釐錢，每個月還要往裡搭銀子，我憑什麼還看人家臉色？若他們看不慣，日後也別用我的銀子。』這一句就把瑞哥兒給撞回來了。」

婉玉冷笑道：「她這般說，瑞哥兒也忍了？」

紫菱道：「忍了，怎麼能不忍？如今二房的一切花銷都指望菊姐兒呢。菊姐兒倒是一片苦心，拿出銀子給瑞哥兒請了極有學問的大儒來講授，又相伴左側，親自督促他讀書。誰想瑞哥兒卻不領情，他原先還有幾分上進，如今被老婆一逼，倒厭惡起讀書來……唉，倒是難為蕙菊妹妹了。」

婉玉道：「處處壓著夫君一頭，拿捏著婆家把柄說嘴，哪個爺們能忍呢，只怕如今忍了，日後倒鬧出什麼大事。」心中暗道：「楊蕙菊仗著楊家有幾個錢就不將丈夫、公婆放在眼裡，可見心性了，萬幸未跟達哥兒成親。她盼著瑞哥兒功成名就榮耀加身，可瑞哥兒哪是能刻苦讀書的人。」正想著，丫鬟進來報吉時已到，婉玉便出去觀洗三之禮。

卻說婉玉回至家中，將柳府所見所聞與吳氏和紫萱講了，紫萱道：「柳家太太看著是個精明人兒，怎把女兒嫁到柯家了？娟姊姊待人是極親厚的，如今這光景也讓人揪心。」

吳氏道：「妳有所不知，琿哥兒和娟玉是打小訂的親，當時柯家還有幾分家底，沒想到才幾年的光景，竟敗成這樣了！」

婉玉道：「達哥兒還跟柯琿交好，旁人怎麼勸都不聽，還是混一處吃喝玩樂。」

吳氏忙道：「這話可別讓妳父親聽見。」又蹙了眉說：「達哥兒自小就是有主意、不服管教的，幸好他進了翰林院，在裡頭讓有學識的大學士和教習們管教管教，收收他的性子也是個好事。」

婉玉聽吳氏提到翰林院，不由想起楊晟之來。當日楊晟之進京之前曾在珍哥兒的襖裡塞了個字條給她，說她若有心便等他些時日，不出今年定會來梅家提親，又寫了一首極纏綿的詞──「寂靜深院落梅遲，紅巾膩雪染胭脂，流月無聲幽夢辭。我是人間多情癡，淺斟低唱風月時，一重昏曉一重思。」婉玉暗道：「晟哥兒因楊家認捐，得了皇上的召見，正是招眼的時候，若此時立刻上門提親，未免讓人說三道四，說他拿了銀子替岳丈家和自己買名聲，吹到皇上的耳朵裡也不乾淨，應該沈一沈的。」看了詞又暗笑道：「本以為楊三不擅詩文，想不到竟也會作如此濃豔纏綿的詞句出來。」但看著又覺內心纏綿，情思柔軟，將字條看了兩遍方用蠟燭焚了，越發一心一意的等待起來。

這段時日楊家三天兩頭的派人過來給珍哥兒送東西，必也給她備出一份，或是精緻的吃食，或是上等的綢緞，或是金銀首飾，或是什麼精巧稀罕的貓兒、狗兒，樣樣都合她心意。前幾日又送來一對泥人，一男一女，孩童模樣，可愛討喜，形容質樸，一看就知是京城才有的貨色，婉玉本想擺在博古架子上，但留神一瞧，只見泥人底下分別刻了一個極小的「婉」和「晟」字，她心裡明白，登時羞得滿面通紅，不知往哪兒放，最後用個紫檀木的盒子裝起來放在床頭，睡前才敢偷偷取出來看一看罷了。

婉玉正想著，忽覺肩膀被人一拍，紫萱揶揄道：「妹妹方才想什麼呢？我喚了妳兩聲都沒聽見，莫非是在想情郎吧？」

婉玉忙掩了紫萱的口急道：「作死呢！母親還在這兒，胡說什麼！」

紫萱吃吃笑道：「母親方才早就走了，妳只顧著神遊太虛，朝思暮想，沒發覺呢！最近楊家總往家裡送玩意兒，原先珍哥兒住在咱們家，都沒瞧見楊家來得那麼勤呢，我還同妳哥哥說，是我們沾了妳的光。」

婉玉脹紅了臉，啐了一口道：「呸！胡說八道，這種事能拿來渾說的？回頭我告訴哥哥去！」說完站起身便往外走。紫萱在她背後笑道：「妳哥哥才不管這些，妹妹別急，慢著些走。」婉玉聽了腳步越發快起來，一摔簾子便走了出去。

第三十四回　有心人登門成佳緣　癡兒女結親成大禮

且說甄士遊貪污一案風波平息，梅家人心初定。待到了九月中旬，紫萱產下一子，家裡越發添了喜氣。因家譜恰排到鳥字輩，紫萱又曾夢見仙鶴入懷，梅海泉便賜名「鶴年」。等紫萱出了月子，婉玉便將家事交給嫂子，在一旁幫襯一二，閒暇時不過教一回珍哥兒，再跟父母、兄嫂說笑一回，或讀書、或寫字、或彈琴下棋、或描鸞繡鳳、或鬥草簪花，不知不覺又過了兩、三個月。冬節前後，翰林院有一個月的假，梅書達歸家，一家人倒也和樂悠然。

這一日婉玉正靠在碧紗櫥裡的填漆床上跟怡人說話兒，聽見門口有丫鬟道：「大奶奶來了。」婉玉抱著手爐下床穿鞋，只見紫萱已帶了兩個丫鬟走了進來，穿著薑黃色狐狸毛斗篷，便笑道：「嫂嫂這幾日忙得很，總也沒來我這兒了。」

紫萱一邊解下斗篷遞給丫鬟一邊道：「如今妳將一攤家事推給我，自然能討清靜躲閒兒了，我剛理完事，把對牌發下去，順路過來瞧瞧你們，珍哥兒呢？」

婉玉道：「今兒個一早去母親那裡請安，叫母親留下解悶了。妳來剛剛好跟我說說話兒，天兒越來越冷，我身上懶，針線懶得拈，紙筆也不願碰，就窩在被裡頭犯睏呢。妳也上炕來，咱們叫丫鬟燙壺酒喝。」

紫萱聽了，也脫了鞋上床，銀鎖在二人當中擺上紫檀螺鈿炕桌，采纖端來四碟子果品，婉玉道：「前幾日吃的青梅酒還剩半罈子，快拿出來燙了。」

紫萱抿著嘴笑道：「還以為妳這兒有什麼稀罕玩意兒，不過是個青梅酒。這酒夏天喝才好，清熱解暑，生津暖胃，這會兒喝它做什麼？」

婉玉笑道：「我素來不好這杯中物的，皇上南巡時從宮裡賜了八小罈酒，母親給了我一罈青梅，放在櫃兒裡沒少落灰。前幾日才想起來，讓丫鬟燙了，我喝幾盅覺得暖胃。妳若不愛，我讓人再去廚房取一罈別的。」

紫萱道：「別忙了，我這兒有。」扭頭說：「香草，回去把合歡花浸的酒拿出兩罈來，再到廚房要幾個小菜，我跟妹妹喝一會兒。」又對婉玉道：「妳哥哥從上個月便睡不好，我讓人用合歡花浸了酒，每日都讓他飲上兩盅，正好也送妳一罈。另外還要向妹妹討些妳親手做的百卉香，就是攢心形的那個，昨兒晚上我焚了一個時辰，看妳哥哥睡得比往日要沈。」

婉玉忙道：「這東西要多少都有，妳只管拿去。」說完一迭聲命丫鬟去取，又問道：「哥哥怎的睡不好了？若是身上不爽利，趕緊請個大夫來看看。」

紫萱嘆道：「倒不是身上，衙門裡公務也忒多了些，我問他是不是嫌知縣官兒小，他日日夜夜操勞想早些立出事業好把官職升一升，妳猜猜他說什麼？『我原本就是五品，若想高升還不容易？父親要我做一方知縣，就是要我好好歷練一番，我豈能辜負他的苦心？況為官一任、造福一方，本就是父母官應當盡的，若只將百姓情懷做了表面文章，這官兒不當也罷，我還不如回翰林院編纂幾冊史書來得痛快些。居之無倦，行之以忠，問心無愧也！』」

紫萱垂著眼皮，擰著眉頭，一番抑揚頓挫，將梅書遠的神態語氣學了個十足，婉玉撐不住「噗哧」一聲笑了，上去擰紫萱的臉道：「都當了娘親的人了，真真兒這張嘴還讓人咬牙！」

紫萱一拍婉玉的手，嗔道：「莫非他憂國憂民時不是這個模樣？臉皺得跟酸梅乾兒似的。我這幾天讓廚房悄悄在湯裡加點何首烏，生怕他一不留神就愁白了頭，到時候看著比公爹年歲都大，妳說說這成什麼道理？」婉玉聽了又笑，丫鬟們聽了也都抿著嘴，想笑又不敢笑。

紫萱喝了口茶又道：「這些時日他越發愣怔了，對著鶴哥兒唸什麼『能以禮讓為國乎』，鶴哥兒才多大？只會蹬著腿兒尿炕，流著口水跟他老子傻樂，懂什麼齊家治國平天下的大道理。他卻不管，說他讀書的時候，鶴哥兒也跟著搖頭晃腦，嘴裡咿咿呀呀的，由此可知兒子求知若渴，跟他正是高山流水遇知音。」

婉玉聽了越發笑得撐不住，用手直揉肚子，紫萱說著說著也忍不住笑了。婉玉笑了好一陣才止住了道：「哥哥一心為公是極好的，但治理一方百姓也非一朝一夕的事，萬萬要留心保養身子。」

紫萱道：「誰說不是呢？」

一時丫鬟端了酒菜上來，婉玉吃了兩盅便覺得五臟六腑都暖了，與紫萱說笑了一回，正在興頭上，只見文杏走進來拍著手道：「巧了，正要找妳們兩個，沒想到竟在一處，嬌杏還去大奶奶那兒呢，只怕要撲空了。」又往桌上瞧了一眼，笑著說：「真是好享受！不知有沒有一盅酒給我喝。」

婉玉笑道：「來我這兒還客氣什麼，哪能沒有妳的酒水。」說著自取過床頭擺著的一個粉青色哥窯小酒盅，給文杏滿滿斟了一杯道：「嫂子剛送了我兩罈子合歡花酒，我就借花獻佛，做個人情了。」

紫萱拍著床沿笑道：「快來坐。怡人，給妳文杏姊姊添雙筷子。」

文杏接過酒盅笑道：「菜就不吃了。」說完一飲而盡，輕輕一捏婉玉的手，壓低了聲道：「先給姑娘道喜，楊家的老爺方才帶了位京城裡的閣老大人、一位宮裡的貢太監，另本地有頭臉的兩位長者給他家三公子提親來，老爺方才已經點頭了，如今這幾位正在前宅花廳裡喝酒。」

婉玉聽了心尖兒一顫，只覺得腿發軟，緊接著臉就紅了，低了頭撚著裙帶子。紫萱喜得一推婉玉肩膀道：「道喜道喜！稱了心願了！」

文杏道：「太太讓大奶奶到庫房裡張羅幾樣禮品給京城裡來的大人們和同來提親的大人們。」又扭頭對婉玉道：「姑娘隨我到太太房裡走一遭吧。」

婉玉聽了，便穿上一領大紅猩猩氈斗篷，手裡仍抱了手爐，跟在文杏身後出了門，待到了廊下，文杏道：「因老爺允了婚事，太太心裡不痛快，臉兒也陰陰的，姑娘乖覺警醒些。」說著親手打起簾子道：「進去吧，外頭怪冷的。」

婉玉點頭道：「多謝妳提點。」說完進屋一瞧，只見吳氏正用帕子拭淚，梅書達站在吳氏身邊，見她進門悄悄鬆了口氣，又對婉玉齜牙咧嘴的使眼色。

吳氏瞧見婉玉，眼裡的淚一時又溢了上來，道：「我的孩兒，老爺糊塗了，竟然允了楊家提親，妳若不願意，我拚死也替妳拒了這門親事！」婉玉急忙上前拍著吳氏後背替她順氣，吳氏哭道：「上次楊家的小畜生就害妳險些……幸虧老天有眼，妳又回到我身邊兒了……妳爹真是糊塗了，怎能又把妳往火坑裡推。」

梅書達道：「什麼火坑不火坑的，爹爹只怕也是沒法子。楊老三不知用了什麼手段，竟央告到淑妃娘娘跟前去了，鬧得太后也知道，太后立時就下了口諭要保媒拉線兒，派了個公公出來……若這一番全是楊老三的主意，他也委實忒精明了些。」

吳氏道：「早知如此，我該早早給你姊姊訂下親事來。」說著又流淚。

梅書達滿面無奈，從丫鬟手裡接過一條帕子遞到吳氏跟前，壓低聲音對婉玉道：「母親這會兒工夫都哭濕兩條帕子了，妳還不趕緊勸勸。」

婉玉一愣，又想了一回，輕聲對吳氏道：「母親只管放心，日後在楊家女兒絕不受一分委屈。」

吳氏知婉玉這般一說便是拿定心意了，剛欲開口勸幾句，只聽門口有丫鬟道：「老爺說楊家要接珍哥兒回去住幾日，要把東西準備好了，也不必多帶，楊家都有，只管把心愛之物打點了就是。」

婉玉揚聲道：「知道了！」又坐下來款款勸道：「既是太后保媒，不嫁也要嫁了。母親寬寬心，這楊晟之跟他哥哥是不同的，他原先在家裡連個體面的下人都不如，如今竟掙到這樣一番前程，可見是個聰明人，自然知道什麼做得、什麼做不得。」

吳氏皺眉道：「可楊府上上下下一大家子，有哪個是省事的？我怕妳再受委屈……」

婉玉道：「若是嫁到大戶人家，多多少少是免不了的，只要能日日瞧見珍哥兒，也就值得了。」

吳氏聽了又長嘆一聲，哽咽的說了聲：「我苦命的兒，怨我當初識人不清，連累妳再活一世也不得安生……」婉玉一時也勾起情懷，跟吳氏一同落淚，相顧無言。

梅書達卻受不住了，連忙道：「姊姊，不是說珍哥兒要回楊家去，妳趕緊盯著丫鬟、婆子收拾東西，看哪個該帶、哪個不該帶。母親也快些收一收淚兒，楊家也不是個個都像楊昊之那個小畜生一般，我看這楊晟之八成就是個好的。」

吳氏擦著眼淚道：「你怎就知道楊晟之是個好的了？」

梅書達肚裡早就想好了一篇說辭，道：「楊晟之上京，身邊就有幾個小廝、長隨和老媽子，連個丫鬟都沒帶，小廝也都是看著粗粗笨笨的，單這一點就跟楊老大不同，楊昊之那小畜生離了女人只怕一天都活不下去。」梅書達一邊說一邊悄悄給婉玉打手勢，婉玉知其意，趁這二人說話的工夫悄悄退了出來，回綺英閣打點珍哥兒所用之物，又將方才的事情想了一遭，只覺猶在夢中。

過了一炷香的工夫，婆子上門來催，婉玉百般怕珍哥兒冷，給他戴上大毛的觀音兜，圍上厚厚的狐狸毛氈斗篷，親自送到二門外，在垂花門下先囑咐了跟隨珍哥兒的一眾丫鬟、婆子，又把珍哥兒拉到一旁俯下身道：「回楊家不准淘氣，不准貪嘴，晚上擦了牙之後不准偷往嘴裡塞糖吃。聽你老祖宗和祖父、祖母的話，你父母親那頭少去，乖乖跟你老祖宗住著，受了委屈跟潘嬤嬤說。你的字帖詩詞都放在露濃那兒，每日都要練兩帖才是，待你回來，你外祖父要親自考校你學業的。」

珍哥兒對梅海泉素來敬畏，聽到外祖父回來要親自考他，小臉兒立刻皺成一團，耷拉著腦袋道：「知道了。」又拉著婉玉的手一本正經道：「我不在家，妳也別悶壞了自己，要多跟大舅母她們說笑才好，我養的那缸金魚別忘了讓丫頭們給換水，還有那隻鸚鵡，別讓丫鬟教牠說渾話，我教牠唸詩，已經教會『春眠不覺曉』了，姨媽要教牠唸『處處聞啼鳥』。」

婉玉一一應了，此時忽聽有人道：「才幾個月不見，珍哥兒又長高了好些。」婉玉吃一驚，抬頭一看，只見楊晟之正站在垂花門柱子後頭，穿著石青緙絲羽緞披風，面綻笑意，一雙眼睛越發黑亮了。

婉玉萬沒想到楊晟之會來，思及二人竟已有了婚約，心裡一時又羞又窘又夾著一股說不清的滋味，想開口又不知要說什麼。珍哥兒倒乖覺，看見楊晟之，立時喚了一聲：「三叔。」

楊晟之走了過來，見婉玉容色如玉，嫋嫋婷婷站在那裡，只覺心裡的喜意都要漲出來，低聲道：「妹妹，我今日歡喜得緊……比金榜題名那天還要快活些……」

婉玉垂了頭，心裡撲騰得厲害，過了半晌才吶吶的「嗯」了一聲。楊晟之看著婉玉，只覺得心裡有話，卻又說不出來，二人無言。站了片刻，楊晟之彎腰將珍哥兒抱了起來，對婉玉道：「外頭風大，妹妹回去吧，珍哥兒有我顧著，妳放心就是了。」言罷對珍哥兒道：「快跟你姨媽告辭。」珍哥兒忙揮了手道：「姨媽快回吧，我不幾日就回來了。」

婉玉對珍哥兒揮了揮手，楊晟之便抱著孩子朝馬車走了過去。婉玉瞧著這兩人身影，心中一時之間有些恍惚，她早先嫁給楊昊之，在楊家的時候，只當楊晟之是個呆笨不起眼的庶子罷了，雖知他和鄭姨娘在府中艱難，但礙於婆婆，只是在吃穿上略給些照顧罷了。誰想她遭遇大劫，再世為人竟三番五次受楊晟之的恩惠和搭救，她心裡雖然極感激，可到底覺得不宜，但心裡又仍印上這麼一個人。時至今日，她隱隱約約知道自己對他有著心思和念想，得知與他婚事定了，心中便好像有一塊大石落了地似的，自覺終身有靠。婉玉站在垂花門下，心中一時喜一時悲，有些癡癡的，正情思縈繞之時，只聽怡人在耳旁道：「姑娘，珍哥兒和三爺已經走了，咱們也回去吧，別站風地裡，當心吹出病。」

婉玉方才回神，只覺腿腳痠軟，便收拾情懷，由丫鬟攙扶著，慢慢走了回去。

話說自當日楊晟之走後，楊家便立刻操辦起來，先請了七、八位能掐會算的和尚道長批梅、楊二人婚姻，擇良辰吉日，將挑揀出來的日子用紅紙謄寫，抄送梅家請梅海泉定奪，梅海泉擇了次年的中秋。不幾日，楊家便登門下聘，各種名目足裝了二十多輛馬車，均用大紅的綢子繫著，一路浩浩蕩蕩而來，沿途百姓無不駐足讚嘆楊家富貴。

聘禮送到梅家，大小箱子堆了滿滿一院子，吳氏展開禮單命文杏唸，文杏唸道：「金玉珠翠首飾大小三十套、珍珠素珠一盤、寶石素珠一盤、珊瑚繫珠一盤、蜜蠟素珠一盤、水晶素珠一盤、紅寶石一盤、藍寶石一盤、白玉如意兩支、翡翠如意兩支、白玉冰盤四個、碧玉茶碗一套、玉湯碗一套、金碗碟一套、銀碗碟一套、金鑲玉箸八副、赤金面盆兩個、白銀吐盂兩個、玉罄一架、珊瑚樹一株、翡翠馬一對……」

唸到此處，紫萱忍不住唸了一聲「阿彌陀佛」，道：「楊家真真兒大手筆，單這金銀玉器只怕就要值萬兩銀子了。」

文杏掃了眼禮單後列著的條目，插嘴道：「可不是，各色的毛呢料子、皮子、綢緞就有八箱。也難為他們在這麼短時間就備齊了這麼些東西，小到盛胭脂的盒子，大到屏風床頂子，色色都齊備。」

紫萱朝吳氏看了一眼笑道：「但只怕再多的聘禮也解不了母親嫁閨女的心疼。」

吳氏坐在屋簷下的美人榻上，手裡端著熱茶，聞言笑道：「這句話正說到我心坎裡去了。聘禮再多，日後還要帶回楊家去，橫豎他們也吃不了虧。只是這些日子楊老三往咱家來得勤，我看他倒像是個有眼色、明事理的，濃眉大眼的也挺耐看，有個男人的樣兒，只要他能待婉兒好，便比什麼都強了。」

紫萱接過吳氏手中的茶，笑道：「這就是『丈母娘相姑爺，越看越順眼』，我聽夫君說公爹跟他讚過幾次楊晟之，公爹的眼力定然不會錯的，母親便放心吧。」

吳氏道：「妳如今也當了娘，應知道做父母的對兒女沒有一刻能放心的。」

兩人正說話兒，卻見婉玉穿著大紅的羽紗斗篷款款而來，紫萱道：「來得正好，楊家送聘禮來了，妳快過來看看。」

婉玉道：「讓人把箱子抬到庫房裡再清點也不遲，都立在風地裡，吹出病了可怎麼好呢。」說著走上前，隨手揭了一個箱子的封條，打開一看，只見裡面金光錚目，登時便一愣。

紫萱用肩膀撞了婉玉一下，道：「楊家當妳是個金貴人兒，這一番禮比當初聘妍玉還重幾倍，妍玉若是知道了，恐怕又要氣得咬牙跺腳了。妳日後嫁過去，妍玉少不了刁難妳。」

婉玉道：「管她怎樣，我不理睬就好了。」紫萱搖頭道：「哪有這麼容易呢。」婉玉默默嘆一口氣，此時吳氏說起籌備嫁妝之事，婉玉便丟開心思與母親嫂子一處商量。

且說冬假過了，梅書達便要動身進京，楊晟之約他一同前往。梅書達原本因楊晟之壞了吳其芳與婉玉的婚事，心中有幾分不痛快，又因他與吳其芳交好，故對楊晟之素來都是淡淡的，但如今眼見婉玉與楊晟之好事已定，對楊晟之邀約也不再推託，收拾行李帶了小廝隨從，同楊晟之乘船北上。

楊晟之本就是個擅察言觀色的聰明人，加之刻意籠絡，梅書達又素性豪放灑脫，二人不幾日便熟識起來，湊一處或高談闊論、或吟詩作對、或論史比今，在一處倒也相投。梅書達敬楊晟之穩妥縝密，圓融雅量；楊晟之喜梅書達性情英敏，為人果敢。待進京之後，二人每日裡一起讀書玩笑，日益親厚起來。

婉玉與楊晟之的婚期一天天近了，梅府裡外張羅起來。婉玉出嫁，怡人和從柳家帶來的夏婆子一家是第一要跟隨的，另有采纖、銀鎖、金簪、檀雪、霽虹五個原就伴在身邊的，吳氏又從自己房裡挑了靈兒、豐兒兩個小丫頭子。粗使丫鬟、婆子、小廝、長隨等林林總總共三十四人。原還有個藏了歪念被婉玉暫送出去幫襯親戚的丫鬟心巧，不願嫁人死活哭著要跟著婉玉，婉玉最終便將她留下了。

待到出嫁這一日，婉玉一夜都未睡安穩，半夢半醒之時，只聽耳邊有人笑道：「新娘子起床了。」婉玉睜眼一瞧，只見紫萱抿著嘴站在床頭，婉玉揉著眼睛坐起來道：「這還不到卯時，妳怎的來了？也不多睡一會兒。」

紫萱道：「今日妳出閨閣成大禮，要操持的事情多著呢，我哪裡躺得住？」說著引進來四個嬤嬤，身後又跟著四個抬著大木桶的粗使丫頭，怡人和采纖上前服侍婉玉沐浴更衣。待穿得了衣裳，嬤嬤們便替婉玉絞臉、梳頭，又施脂粉。

一時怡人端了托盤上前道：「廚房剛熬好的碧粳粥，剛蒸好的八珍糕，姑娘好歹吃點墊墊肚子。」

紫萱聽了打趣道：「再過會兒可就不能叫『姑娘』了，要改口叫『晟三奶奶』，待去了楊家萬萬別叫錯了。」

丫鬟們聽了抿了嘴笑，婉玉拈了塊八珍糕塞到紫萱口中道：「遠大奶奶先吃一塊歇歇嘴吧。」這一動碰得頭上的鳳冠叮咚作響，一旁的老嬤嬤忙道：「姑娘莫動，剛梳好頭，碰亂了怎麼得了？」

婉玉便不再與紫萱玩笑，拿了塊糕餅放入口中，剛嚥下肚便聽門口一陣響動，吳氏帶著梅家各房的親戚及世交好友的內眷一擁而入，人人趕著湊熱鬧，這個讚「新娘子好生標緻」，那個又誇「這閨女是有福氣的，跟新姑爺郎才女貌」。

婉玉抬頭微微一笑，目光在眾人身上一掃，見都是極相熟的親戚朋友，紫萱早已滿面帶笑的上前招呼了。待趁旁人不備，紫萱湊在婉玉耳邊道：「本來三堂叔家也要來，太太說到做到，真真兒把堂嬸子和那對雙生小姊妹擋在外頭了。」說完腿腳生風，又忙不迭的出去招待賓客。

婉玉暗道：「這一番母親動了氣性，我出嫁後過得平順還罷了，若萬事不順意，只怕母親便要一直跟三堂叔家交惡了。母親對我疼愛之深縱萬死也不能報。」想著眼淚便已滴下來，又不敢痛哭，忙拿了帕子按乾眼角，拉了吳氏的手不語。

吳氏拍著婉玉的手道：「日後在楊家過得不舒坦，只管回咱們自己家來，若受了委屈便只管跟我說，妳重活一回，萬不用再事事委屈自己，楊晟之若同他兄弟一般，妳就向他討一紙休書，我跟妳爹爹還有妳兄弟活著一天，便有妳一口飯吃。」

婉玉聽了此言越發撐不住，道：「是女兒不孝，總讓爹娘操心……」說著便哭了，吳氏也跟著紅了眼眶。

正此時喜娘進門道：「吉時到，楊家上門迎親了。」吳氏聞言親手挾了一塊糕餵到婉玉口中，又執起龍鳳呈祥的蓋頭蒙在她頭上。

梅府門前早已鞭炮鼓樂齊鳴，熱鬧非凡。楊家迎親隊伍浩浩蕩蕩，前有十二個小廝，手舉大紅的招牌等陳設、百耍，身後又跟十二人，手擎大紅宮燈，楊晟之穿大紅喜服，騎高頭大馬，滿面春風，身畔騎馬跟隨的十幾位公子若非翰林院的同窗便是世家子弟，有孝國公李岑之子李榛，忠勇侯謝靈之孫二等男戚謝廣升，神武將軍張亮之子六品游擊張彪，中極殿大學士楊輔之孫翰林院五品庶起士楊寧，戶部尚書林世維之孫翰林院五品庶起士林良羽，都察院右都御使陳志之孫翰林院侍讀陳斌，餘者均是本地有頭臉的鄉紳名流之子，不一而足，眾公子錦衣華服，氣勢非凡。其後又有一乘十六人抬的花轎，一色光鮮奪目。一眾人浩浩蕩蕩而來，壓了整整一條街。

楊晟之至梅府大門前，拱手作揖道：「楊晟之前來迎親。」言畢從袖中摸出幾封紅包順著門縫塞了進去。守在門前的是梅家一干親戚男眷，為首的正是梅書遠和梅書達兩兄弟。梅書遠性愛清靜，只管環著手在一旁笑，梅書達因在京城時節早已和楊晟之混熟了，便未曾為難，只命他當場講了兩個吉慶的典故便將門開了。梅家一時間越發人聲鼎沸起來。

吉時到，婉玉由喜娘攙扶上轎，她慢慢想到自己前生被害沈湖，而後還魂重生，再大仇得報回到父母親人身邊，如今竟又再一次出嫁，不由百感交集，直至下轎入楊家拜堂禮成還恍如作夢一般。

行禮畢，楊晟之同婉玉進入洞房，屋中自有經驗的老嬤嬤們引著二人坐床撒帳。楊晟之擎著秤桿將蓋頭掀了，只見得婉玉半垂著臉兒，端的是粉膩酥融，皎若秋月，不由看得怔了。婉玉微微抬頭一望，只見楊晟之一臉喜色，正呆呆望著她，婉玉面上一燙又趕緊將頭低了下去。只聽耳旁有人哄笑道：「晟三爺爺，別光顧看著三奶奶傻笑忘了手裡的物件！」

楊晟之方才回魂，忙將手中的秤桿、蓋頭交到喜娘手中。婉玉展眼一看，只見屋中站了不少女眷，妍玉、柯穎鸞、楊蕙菊等人均在，人人神情各異，婉玉穩了穩心神，仍垂首作了嬌羞狀。楊晟之只是含著笑，一逕兒瞧著婉玉，怎麼都覺看不夠，心裡有話，但礙著人多又講不出，只覺得心中歡喜不盡，手心高興得都癢了起來。

一時又有人端來子孫餃子和交杯酒，二人按舊例行禮後，眾女眷便笑道：「晟哥兒別在這兒對著新娘子相面了，快去陪賓客喝酒吧。」說說笑笑將他推了出去。

楊晟之剛走，妍玉便走上前對婉玉不冷不熱道：「倒是緣分，想不到妳我又同進一個家門了。」

婉玉抬頭一看，只見妍玉今日雖穿了極豔麗的海棠紅的吉服，臉上亦用了不少脂粉，遍身珠翠環繞，卻不復明豔俏麗了，雖還是美人，但眉目間卻帶著凌厲滄桑之感，與往日截然不同，婉玉盯著妍玉的雙目看了片刻，又垂了頭輕聲道：「我年紀輕不懂事，還望嫂子日後多多照拂。」

話音未落，柯穎鸞便上前親親熱熱握著婉玉的手笑道：「咱們一家人不說兩家話，我原就看著妹妹面善，與妳投緣，想不到今日真成了妯娌了。」話一出口，楊蕙菊便輕輕「哼」了一聲。

婉玉心中冷笑道：「當日妳慫著雙生小姊妹與我爭持，我倒沒瞧出妳覺得與我投緣了。」口中卻道：「是二嫂抬愛。」說著用餘光向旁一掃，見楊蕙菊正站在繡屏邊上，穿一身桃紅五色刺繡的吉服，手中捏一方帕子，嘴角掛兩分哂笑，神情傲慢。

柯穎鸞還欲多說兩句，便聽楊蕙菊道：「外頭一堆賓客等著招呼，我就先不留了。」說完瞥了柯穎鸞一眼，便推門走了出去，柯穎鸞笑容一時僵在臉上，立時又堆了笑道：「那新娘子便好好歇歇，外間門口就守著小丫頭子，我們先走了。」

言畢，一眾女眷跟在妍玉和柯穎鸞身後走了出去。婉玉長長呼出一口氣，怡人和采纖俱已圍了上來，一個替婉玉除去鳳冠，另一個則端了茶點上前。怡人低聲道：「菊姐兒已出嫁了，倒是不妨事，但看著妍姑娘的模樣，怕是日後不善，還有二奶奶也不是省事的。」

采纖撇著嘴道：「昊大奶奶神色會好才叫有鬼，前些日子她剛把自己身邊一個叫紅芍的丫鬟給昊大爺做了通房，大爺愛得跟什麼似的，鎮日連自個兒的正房都不回了。」

婉玉聞言吃了一驚，同怡人對望一眼，道：「紅芍？她當初不是隨姸玉同楊昊之私奔嗎？這樣的刁奴怎還留著？依著柳府的治家手段，這丫鬟不是被打死，也早該逐出府去了。」

采纖道：「這丫頭當日存了心眼，跟著昊大爺到楊家來了，並未回柳家。後來籠絡住大奶奶，依舊留在身邊做了大丫鬟。前段日子昊大爺同太太的丫鬟有私情被大奶奶撞破，還因此事小產，昊大爺雖面上認了錯，但到底按捺不住，上個月又看上太太另一個丫鬟，昊大奶奶氣得回了一趟娘家，待她回來倒像轉了性一般，將紅芍給昊大爺收用了。」

婉玉冷笑道：「這必是孫氏給她出的招，依我之見，怕是不頂用的，楊昊之乃酒色之徒，豈是收用一個風騷些的丫頭便能治住的。」又看著采纖笑道：「這些事妳是從哪兒聽來的？」

采纖道：「前些日子因張羅喜事，姑娘總命我到楊家辦差，我同楊家裡上下的丫頭、婆子們磨磨牙，自然就聽到耳朵裡了。」

婉玉靠在床頭道：「還聽說什麼了？說來我聽聽。」

采纖道：「旁的倒也沒什麼要緊，就是二房那頭，景二奶奶總貼補娘家，鬧得楊家太太不高興，姑奶奶在柯家也鬧婆媳不和。」

婉玉說：「這我知道，瑞哥兒夾在當中為難，乾脆裹了鋪蓋眼不見心為淨，到書房去睡了。」

采織道：「正是因為去書房才惹了事，瑞二爺竟跟茶房裡一個燒水的粗使丫頭勾搭上了，鬧著要收做通房，姑奶奶死也不答應，她婆婆便抓了把柄說她不賢慧，後來姑奶奶到底是應了，把那丫頭拘到跟前管教，沒幾個月便染了病，如今要死不死的，聽大夫說就是耗日子罷了。」

怡人道：「這般下了手，瑞二爺還不跟姑奶奶鬧起來？」

采織道：「鬧了，瑞二爺還親自拿了銀錢給那丫頭看病，幾副湯藥灌下去也未見什麼起色。」

婉玉嘆一口氣，心道：「楊蕙菊到底嫩了些，沈不住氣，哪有如此明目張膽的，不過是個燒水的粗使丫頭，瑞哥兒哪就真瞧得上，執意收用不過是為跟她嘔氣罷了。就算留著日後也掀不起風浪，待日子長了，事情一淡，瑞哥兒也沒了長情，慢慢收拾也不遲，趕在這個當口，倒真叫人說嘴了。」心中慢慢想著，怡人在她耳邊問道：「姑娘可要洗臉梳妝？」

婉玉點了點頭，怡人便走到外間喚了個小丫頭子來，不多時便有丫鬟捧著銅盆、手鏡、毛巾等物魚貫而入。怡人和采織伺候婉玉淨面，重新梳洗一番，又換了一套乾淨簇新的衣裳。梳妝才畢，便又有丫鬟用托盤端了幾樣菜進屋，擺在桌上道：「三爺說奶奶恐怕一整天都沒怎麼吃東西，讓廚房備了幾樣姑娘愛吃的菜，若不對胃口，命小廚房另做就是了。」婉玉往桌上一瞧，見每樣菜都是她平日裡愛吃的，心中不由一暖，命怡人掏出紅包來賞了。

采織笑道：「三爺待姑娘真好，趕明兒回了老爺、太太，也好讓他們放心。」

婉玉坐下慢慢用了飯，而後采纖和怡人方才吃了飯，小丫鬟撤去殘席，婉玉喝了兩杯淡茶，坐在床上等候。

約莫到了亥時二刻，房門一開，有人道：「三爺來了。」婉玉心裡一緊，只見楊晟之由兩個婆子扶著跌跌撞撞走了進來，走至床前便一頭栽倒。婉玉只聞得一陣極重的酒氣，忙跟婆子將楊晟之從床上翻正了，那兩個婆子口中不斷說吉祥話，怡人掏出喜錢賞了，二人方才退了出去。

婉玉道：「采纖，妳快將醒酒湯端上來，再去絞條熱毛巾。」說著坐到床前看著楊晟之道：「怎醉成這個模樣？明日定要頭疼了。」話音未落，便覺得手被人攥住了，只聽楊晟之道：「我這是裝的，哪能真醉了。」婉玉一怔，只見楊晟之已睜開眼，笑盈盈的看著她。

婉玉臉上登時燙了起來，楊晟之坐起身，目光灼灼盯著她，半晌方才道：「妳今日美得緊，比我念想裡的還要好看……」說著瞧見婉玉烏髮中別著的正是他送的「梅英采勝」簪，越發笑開懷。

一時丫鬟端了洗漱之物來，待服侍二人梳洗了方才退了出去。屋中靜靜的，楊晟之伸臂摟了婉玉嘆道：「今日我娶了妳，不會是作夢吧？」頓了頓又道：「我費盡思量才將妳迎娶進來，即便是考試都未曾這般盡心過。」

婉玉聞言，一推楊晟之胸膛，睜圓了雙目道：「有檔子事我還想問你，你進宮求淑妃，怎把太后都驚動了？」

楊晟之笑道：「這也是機緣巧合，當日我進宮覲見淑妃，稟明因我失察之故有損妳的名譽，想請淑妃娘娘出面作主，恰有個在太后跟前當差的老嬤嬤到淑妃宮裡賞賜東西，回去便將這一樁事同太后講了，太后便召我進去問了話，如此這般，也是我們夫妻有這樣的緣分。」

婉玉伏在楊晟之肩頭低聲道：「你日後可要待我好些。」

楊晟之道：「如今說什麼都是空話，我們日後長長久久的過日子，妳便知道我的心了。」說完便細細親在婉玉唇上。

窗外和風脈脈，夜越發靜謐了，只有一輪圓月掛在梧桐樹梢。

第三十五回　訪姨娘語慰西跨院　諷郎君情濃抱竹館

楊晟之半夢半醒之際只覺口乾，便欠起身，剛欲掀幔帳喚翠蕊倒茶，忽瞧見身邊鴛鴦枕上青絲散落，襯著一張芙蓉面，粉琢玉砌一般。楊晟之一怔，方才清醒過來，嘴角立時掛了笑，伸手撥開婉玉額前的長髮，看著伊人桃顏杏腮，只覺喜悅將要從胸口裡溢出來，俯身便親了過去。

婉玉睡得迷迷糊糊的，合著眼伸手推道：「我還睏著，身上痠疼，你到別處鬧去。」楊晟之伏在婉玉耳邊輕笑道：「我能往哪兒去呢？我就在這兒瞧著妳。」說著細細親她的臉兒和脖子，只覺肌膚滑膩，鼻間聞得一股幽香，渾身一緊，伸手就往被中探去。

這般一鬧，婉玉倒醒了，惺忪著一雙秀眸，待瞧見楊晟之，雙目立時睜大，臉兒也燙起來，在被裡按住了楊晟之的手，垂著眼簾，聲音好似蚊蚋一般說：「前兒鬧到半夜，我還沒歇過來……渾身疼著……」

楊晟之心中愛憐，前額抵在婉玉額上，道：「那我不鬧了，妳再睡一會兒。」言罷翻身躺在婉玉身邊，又伸出胳膊攬著她。

婉玉道：「不知什麼時辰了？若睡過了就不好了。」

楊晟之掀開幔帳往外看了看道：「天還擦黑呢，時候還早，再說有丫鬟進來叫，妳安心睡就是了。」

婉玉合上眼，楊晟之卻忍不住伸手撫摸她後背，又去捏她的腰，婉玉嘆口氣，睜開眼道：「我不睡了，你也不准再鬧，咱們倆斯斯文文的說話兒。」

楊晟之道：「這個好。」便問婉玉原先在柳家的光景、親生母親如何、在梅家又過得如何，婉玉只笑不答，楊晟之道：「起先我跟妳倒也見過，那時妹妹總不愛搭理我，只同柯瑞一處玩，但那回跟妳在假山洞裡撞破柯瑞跟妍玉的事，我卻覺得妳同往日裡不同了，像變了個人似的，有幾分我早逝大嫂的品格兒；旁人皆道妳自到梅家去便出挑大氣了，我卻知道不是，不知是何故？」

婉玉知楊晟之精明，不是隨意幾句話哄得過去的，便道：「我還想問你呢，我先前名聲不好，還是庶出，不過是臉蛋俊俏些，又沾了點梅家的光，你卻一逕兒要娶我，不知何故？」

楊晟之用手繞著婉玉頭髮道：「我早就同妳說過了，自那回跟妳在柳家的假山洞碰見，我便覺得像是撞到胸口上。妳當日就背著我站在跟前，我心裡就撲騰騰的，日後每見妳一回，心裡就多幾分念想。況我向來不看重名聲傳得如何，那東西本就摻著謬誤，先前別人提起我，十有八九皆說是『窩囊書呆子』，如今提起來誰不說聲『楊大人』？我有耳聞說柳家孫氏暗中薄待妳，妳傳了不好的名聲出來恐也與她有關連了，因為我見著妳，便知妳不是那樣的人。」說著在婉玉額上親了親。

婉玉心裡益發暖起來，半晌道：「那你同我說說，你小時候是什麼光景？」

楊晟之道：「我是庶出，表面上的月例和吃穿用度同別的兄弟是一樣的，但到底還是差著，姨娘不討父親歡喜，有道是『奴大欺主』，有些頭臉的奴才也都給我們臉色看。」婉玉聽到此處暗道：「楊家慣做綢緞生意的，處處須依仗柳家，自然要當菩薩供著柳氏，原先聽說公爹有兩個通房丫鬟，後來到四十歲上又收了個極貌美的，但這三人有一個死了，另一個後來嫁了人，剩下的那個也跟擺設似的。鄭姨娘能熬到如今也是造化。」口中卻道：「你接著說。」

楊晟之道：「我到了四、五歲開蒙，家中請的私塾夫子並不肯十分用心教我，姨娘便將我送到莊子上請了先生來，我唯恐讓府裡人知道，索性扮得呆傻些。我小時體弱，莊子上的汪莊頭原是個練家子，當了幾十年武師，後來傷了腿方才不做了，教了我一套太祖長拳，我日日打拳，身子骨結實不少，也鮮少得病。」

婉玉笑道：「莫怪你生得高大魁梧，膚色比你兄弟黑些，又比尋常富家子弟能吃苦，原來不是嬌養出來的。」

楊晟之摟了摟婉玉肩膀道：「在莊子裡，除了讀書還能偷溜出去同一干年紀相仿的孩子四處玩耍，冬天騎馬踏雪，夏天河裡游水，比在府中有趣多了。回頭也帶妳去看看，如今那處莊子已是在我名下了。」

剛說到此處，只聽見有腳步聲傳來，怡人隔著床幔子喚道：「三爺、三奶奶，該起床了。」婉玉和楊晟之便起床，怡人、采纖並夏婆子先伺候婉玉到屏風後沐浴，翠蕊方才帶了丫鬟進來服侍楊晟之。

婉玉梳洗已畢，從屏風後出來，屋中早已收拾妥帖，楊晟之頭綰一支瑪瑙流雲簪，著一襲大紅的緙絲袷紗八團倭緞排穗蟒袍，束著亮燦燦的嵌金鑲玉攢花結腰帶，腳上登青緞朝靴，整個人煥然一新，越發挺拔軒昂了。翠蕊殷勤服侍，一時跪在地上整靴，一時立在身後理衣，見婉玉出來雖低了頭，但也不避讓，溜著眼打量，瞅見婉玉看她，又忙把眼神收回來。

楊晟之正坐在八仙桌旁吃茶，見婉玉笑道：「剛丫頭們說廚房裡熬了燕窩粥，秋分之後難免犯咳嗽，燕窩滋陰補氣，咱們吃一碗再去磕頭敬茶。」

婉玉由丫鬟服侍著換衣裳，口中道：「不好，就怕晚了時辰。」

楊晟之道：「晚不了。」又對翠蕊道：「端兩碗粥並兩、三樣小菜來，清淡些。」翠蕊應了一聲退了下去。

待翠蕊端著托盤回來，婉玉已收拾停當，頭綰金鑲五鳳戲珠嵌寶釵，耳垂琥珀銀杏墜，頸戴百蝠盤雲赤金瓔珞圈，身穿正紅的百子緙絲掐金衣，腰間束著五彩如意長穗絛，繫著翡翠八寶，腕上戴一對金鐲、一對玉鐲，因怕金玉相撞，又在當中戴一個紅珊瑚手圈。楊晟之雙目發亮，上下打量了一番，笑道：「美得很，就該這樣打扮。」說完站起身走到妝檯邊上，拿起一支累絲金簪插進婉玉烏髮裡，左右打量，又止不住笑。

婉玉面上發燙，推了楊晟之一下輕聲道：「你這是做什麼？丫鬟們還都在呢。」楊晟之渾不在意，拉了婉玉的手坐到桌前道：「快點吃吧。」說著殷勤的挾了一筷子菜。翠蕊在一旁看著，心裡酸澀道：「我伺候三爺這麼些年，他連個笑臉都鮮少給過。」想著眼眶便紅了，一低頭掀了簾子走了出去。

婉玉用過粥，府中一個有頭臉的老嬤嬤便到了，引著婉玉和楊晟之先往楊府的祠堂去，叩拜了楊家祖先。楊母這幾日身上不好，二人便同去臥房叩拜了，又跟著婆子去了楊崢和柳氏住的正院。一入廳堂之內，婉玉便瞧見楊崢和柳氏端坐在上首太師椅上，鄭姨娘立在柳氏身側，楊崢下頭依次坐著楊昊之、楊景之、楊蕙菊，奶娘領著珍哥兒；柳氏一側下手坐著柳妍玉、柯穎鸞和柯瑞。

婉玉走上前，早有婆子設下厚墊，婉玉便跟楊晟之雙雙拜倒行禮。楊崢滿面春風，上下打量婉玉，越看越滿意，伸手從袖中套了一封又厚又沈的紅包遞到婉玉跟前道：「夫妻和美，早日開枝散葉才是。」柳氏面上亦帶了笑，給了紅包道：「婉丫頭嫁進來就是一家人了，家裡的人妳也都是認識的。」說完一一指道：「這是妳大哥，這是妳二哥，這是妳妹妹，這是妳侄子，這頭是妳大嫂子、二嫂子、妳妹妹的姑爺。」

楊昊之見婉玉如粉荷垂露，看了眼楊晟之，心中羨慕道：「原我就知道婉妹妹是個絕色，我見過的女子當中未有風姿如此綽約者，如今越發不得了了，楊老三呆頭呆腦，倒有這個豔福。」柯瑞想起往昔做小兒女時的光景，不由悵然，免不了盯著婉玉多看了幾回，楊蕙菊心中又不悅，只是強忍著未將臉面拉下來。妍玉素不將婉玉放在眼裡，想到如今自己嫁了嫡長子，婉玉只嫁了庶子，心裡安慰，臉色稍好了些。

一番認親已畢，楊崢吩咐擺飯，丫鬟們魚貫而入安設桌椅，男子留正廳用飯，女眷則進了內室，柳氏、楊蕙菊和珍哥兒入座，鄭姨娘、妍玉、柯穎鸞和婉玉立在一旁伺候。柳氏見了召喚道：「妍丫頭一直沒調養好，身子骨弱，先來坐吧。」妍玉也不推辭，由丫鬟拉了座椅坐了下來。珍哥兒見了，立時伸出小胖手拽了婉玉裙襬道：「姨媽也過來坐。」又扭過臉對柳氏大聲道：「在家裡都是姨媽餵我吃飯的，我要姨媽！」

柳氏有意在新婦面前樹一樹威風，讓婉玉立一天規矩，剛欲開口，便聽外間傳來楊崢的聲音道：「罷了、罷了，咱們家人口少，也不作興這些，老二媳婦、老三媳婦都坐吧。」柳氏聽楊崢發話，也不好再攔著，便道：「都坐吧。」

寂然飯畢。丫鬟送上香茶漱口，婉玉又同柳氏和眾妯娌閒話幾句便退出來，同楊晟之一道去認各房親戚。

楊家聲勢雖不及梅家，但亦屬本地名門望族，尤以楊晟之金榜題名高中兩榜進士入翰林院庶起士，故家族中前來巴結攀親的甚多，幸而當中不少人婉玉早已認識，一番寒暄相認過後已到了午時。

楊晟之並不帶婉玉回正院，反往東北方去，婉玉眨了眨眼道：「不去正院跟老爺、太太一起用飯？」

楊晟之皺了眉道：「不去，去那裡做什麼？妳站著伺候，過了鐘點再用飯不是養生之道，我已派人回了，就說親戚沒認完，不回去吃。」頓了頓又道：「況原先我也都在自己屋裡用飯，不去跟前湊近乎。」

婉玉聽了此話目光柔和了幾分，含笑道：「那咱們便回去，只是珍哥兒找不著我該吵了。」

楊晟之笑道：「他這是瞧見妳了，往日裡他自己在太太跟前吃飯也好好的。」又想起什麼道：「我那抱竹館本來狹小，與妳訂親之後方才擴建大了，妳若不喜歡院裡花草和屋中陳設只管自己改了去，需要什麼只管說，庫房裡有喜歡的就自己去挑，不可心的就告訴我，讓小廝們買新的。」

婉玉道：「不必大張旗鼓的，如今就很好了。」

楊晟之回頭一望，見丫鬟都極有眼色的遠遠跟著，便拉了婉玉的手笑道：「橫豎妳過兩日就跟我進京了，不收拾也罷。我從京城回來之前早已買了一棟三進的宅子，小舅哥還去瞧過，說妳見了一準兒歡喜。」

婉玉道：「我也想了，這回多陪嫁了下人來，京城裡人生地不熟，採買來的不知根底，不如從家裡帶去，你原先身邊伺候的人也少，我就從娘家挑了人來，有七、八個昨兒就住進來了，還有二十來人，留在娘家等信兒。」

楊晟之道：「這些事妳作主就是了，不必來問我。」說話間已回到抱竹館，二人用罷飯，楊晟之道：「我有一干京城裡的朋友，聽說我大喜便非要跟來金陵瞧瞧，有的本不想來，書達說要壯門面，也千方百計的攛掇人家來，如今這幾個都在楊家一處外宅裡住著，我須過去招待招待，盡地主之誼。」婉玉忙道：「這個自然，你快去吧，我這裡你不必操心。」

待楊晟之走後，婉玉靠在床頭瞇了一會兒，而後起來梳洗打扮，重新換過衣裳，吩咐怡人道：「把紅漆描金的那個箱子打開，我早先在裡頭放了個石青色的包袱。」

怡人聽了立刻取了過來，婉玉道：「妳同我出去一趟。」說完帶著丫鬟先去了柳氏住的正院，偏巧姸玉、柯穎鸞和楊蕙菊都在，幾人閒話了一番。

待從正院出來，婉玉便朝鄭姨娘住的跨院走過去。此時夕陽西下，院裡靜悄悄的，婉玉走到門簾外，問道：「姨娘可在屋裡呢？」連問了兩遍，方聽裡頭有人應道：「在呢。」話音未落，鄭姨娘便從裡頭挑開簾子，見了婉玉立時眉開眼笑，忙讓進屋道：「原來是老三媳婦兒來了，快裡頭坐。」忙不迭吩咐道：「桂圓，快斟一碗好茶過來。」

婉玉笑道：「叨擾姨娘了。」說著往裡屋走，進去一瞧，只見翠蕊正立在屋裡，登時就一怔，鄭姨娘忙道：「是我勞煩翠蕊過來幫我打結子的。」

婉玉朝鄭姨娘笑了笑，在炕上坐了下來，此時桂圓端了茶上前，婉玉端了茶眉眼一挑，見翠蕊仍無半分要走的意思，便合上蓋碗笑道：「姨娘要是想打結子，我身邊這個也會做些個花樣，不如派她跟翠蕊去，兩人做還快些。」

鄭姨娘擺手道：「哪兒能勞煩妳的人。」

婉玉笑道：「姨娘這麼說就是跟我太見外了。」說完側臉瞧了怡人一眼，怡人眉眼通挑，立時笑道：「我這就跟翠蕊姊姊去。」說完上前一攬翠蕊的胳膊道：「姊姊，咱們倆上外間屋裡，一邊打結子一邊說說話兒。」翠蕊並不情願，原想留在屋裡聽婉玉說話，但被怡人一推也只好跟著走了。

婉玉見人走了，放下茶碗滿面春風道：「我看姨娘精神氣色都好，竟比我上回見的還年輕了，身上穿的襖褂顏色也鮮亮，看料子是織錦的吧？」

鄭姨娘見婉玉溫柔可親，又聽她讚自己，知婉玉存心討她歡喜，心中又是熨貼，又是得意，道：「這褂子還是晟哥兒討銀子做的，我這頭上、脖子上、手上戴的，也沒有一樣不是晟哥兒孝敬的。」

婉玉聽鄭姨娘說「孝敬」，心裡暗暗搖頭，面上卻笑道：「我也是想來看看姨娘，先前也沒得閒兒好好說話。」說完拿了隨身帶著的石青色包袱道：「這裡頭是我送姨娘的東西，一件盤金彩繡的襖褂，一條天青色的綿綾裙子，是按照姨娘的身量裁的。另還有一包金三事兒（注）和一根鎏金的簪子，樣式都是最新的。」

注：三事兒，隨身攜帶的家常小用具，如耳挖、鑷子、挑牙等，以鏈索相繫，揣在衣裳袖子裡。

鄭姨娘聽完忙把包袱打開，看見兩套金器精巧別致，再一瞧衣裳，乍看並不吸引人，但仔細看卻能看出高雅不凡來，越發笑得見牙不見眼，道：「妳跟晟哥兒大喜，本是我應送東西的，怎麼反倒妳送了我衣裳首飾。」

婉玉笑道：「姨娘這是哪兒的話，我年輕，初到咱們家來總有不周到之處，還須姨娘提點，送點兒小玩意兒也是應當的，姨娘又何必見外呢？」

鄭姨娘滿面堆笑，口中讚道：「不愧是大戶人家裡出來的，人長得跟天仙似的，還明事理，我們晟哥兒是個有福的。」待婉玉又熱情了幾分，一時喚桂圓端瓜果糕餅，一時又叫添茶。婉玉便尋些日常瑣事同鄭姨娘說，到後來不必婉玉開口，鄭姨娘便滔滔不絕，說自己養育楊晟之種種不易，又說先前在楊家如何受了委屈排擠，又說楊晟之如何出息，說到動情處不由落淚。婉玉臉上掛了笑只聽不言，偶爾勸慰兩句，坐了將近半個時辰方才告辭而去。

回去路上，怡人低聲道：「姑娘備了東西去看鄭姨娘，太太知道會不會惱了？」

婉玉道：「太太惱了又怎樣？我一不管家二不爭權，只是安安分分過自個兒的日子罷了，況只是送件衣裳和首飾，也不是什麼名貴的東西，統共值多少銀子呢？可別看這是小東西，鄭姨娘和三爺必然歡喜，他們倆歡喜了，日子才能平順了。」說完扭過頭，見翠蕊在幾步後跟著，微微蹙了蹙眉，扶著怡人慢慢走了回來。

且說翠蕊回到自己房裡，推門便看見小丫鬟梨花正拿件衣裳在自己身上比著，梨花一見翠蕊立時慌張起來，趕緊把衣裳藏到身後頭，低低叫了一聲：「翠蕊姊姊。」

翠蕊疑道：「妳藏什麼呢？拿出來我看看。」說著走了過去。

梨花往後退幾步說：「沒，沒藏著什麼。」翠蕊不理，上前一把將衣裳奪了，展開一瞧，是一件桃紅竹葉梅花折枝刺繡的長襖，料子輕軟，雖已半新不舊，但仍能看出是件上等的衣服。

翠蕊兩指拎著衣裳問道：「這是哪兒來的？妳先前斷沒有這件，莫非妳偷了哪個主子的衣裳不成？」

梨花連忙擺手道：「沒有沒有，打死也不敢。」又小心瞧著翠蕊臉色道：「這是三奶奶賞我的。」

翠蕊吃了一驚。「什麼時候？」

梨花道：「就是午飯時，我站在院兒裡晾帕子，三奶奶從窗子瞧見了，就把我喚進屋問了兩句，聽說我自打進府就服侍三爺，已經三年多了，就賞了我兩樣首飾和這件衣裳。」

翠蕊聽完怔怔的，身子一軟歪在炕上，梨花趕緊過去輕輕推了她兩把，喚道：「翠蕊姊姊，妳沒事吧？」又小聲勸道：「我覺著三奶奶跟咱想的不大像，像個和善的人兒，姊姊也別……」

翠蕊擺擺手，將衣裳塞到梨花懷裡，道：「妳去吧，我想躺一躺。」說完翻身上床，臉對著牆躺下，淚便滴下來。她本是楊府的家生子，十二歲到抱竹館裡伺候，這些年朝暮相處情竇早開，對楊晟之自然存一段心思。後來楊晟之金榜題名，翠蕊得知消息夢中都曾笑醒過，心裡越發認定楊晟之是終身依靠，加之鄭姨娘也有意抬舉她，翠蕊早已覺得自己是楊晟之的人了。誰想楊晟之待她反倒比往日淡了，又娶了梅家過繼的女兒進門。她先前聽說梅婉玉素有些不好的名聲，只怕是不好相與的，心裡就存了憂慮。待婉玉進門，她見楊晟之百般溫存體貼，心裡頭就發澀，方才又見鄭姨娘滿面堆笑著把婉玉送出來，心裡越發難受；如今連梨花都得了賞，婉玉竟未問過她話，楊晟之也未流露半分抬舉她的意思，抱竹館的丫鬟們只剩了她跟梨花兩個老人兒罷了，自己也沒個援助靠山，而婉玉身邊的丫鬟們個個伶牙利爪，整個兒屋子護得嚴嚴實實，她無半分下手的機會。翠蕊前思後想，心不由灰了一半，躲在床上垂淚。

話說楊晟之過了酉時方才歸家，婉玉向前一迎便聞到一股酒氣，不由嗔道：「怎喝了這麼多？」扭頭吩咐道：「檀雪，端碗醒酒湯來。」

楊晟之道：「不妨事，朋友在一處聚聚，因是給我道喜，難免多灌了兩杯。」

婉玉道：「臉紅成這樣還說不妨事，分明是喝醉了，回來是坐轎還是騎馬？」一邊說一邊扶著楊晟之往寢室走。

楊晟之並未喝醉，但溫香軟玉在懷，幽香盈鼻，心中蕩漾，索性靠著婉玉，弓著背，把頭歪在她肩上道：「騎馬回來的。」

婉玉一推楊晟之瞪了眼道：「騎馬回來？萬一跌了、摔了怎麼得了？誰同你一起去的？是不是竹風？見主子喝酒了怎也不想得周全些，辦事沒輕沒重的！別的長隨和小廝呢？就任你騎了馬在街上晃悠不成？」

楊晟之一怔，雙目直勾勾的盯著婉玉看了片刻，婉玉被他看得心裡發毛，摸了摸臉道：「你瞧什麼？」

楊晟之猛一把將婉玉摟在懷裡，在她臉上親了一下，伏在她耳邊低聲說：「我瞧我媳婦兒長得俊。」

婉玉的臉「噌」一下紅到耳根，心裡又甜又軟，又有些說不清的滋味，拚命推著楊晟之道：「作死呢，丫鬟們還都在。」說著眼睛瞥見檀雪端了醒酒湯進來，見他兩人摟在一處又急忙躲了，婉玉大羞，掙扎道：「你不要臉面我還要呢，還不快放開。」

楊晟之將頭埋在婉玉頸窩處悶笑起來，仍死死箍著她。婉玉沒好氣道：「這麼大的人了，怎麼還耍酒瘋！」

楊晟之嘿嘿笑著鬆了手，一頭栽到床上。婉玉喘了口氣，理了理衣裳，方才叫丫鬟們進來伺候，楊晟之喝了醒酒湯，將衣裳換了，歪在床頭看婉玉坐梳妝檯前卸首飾，二人有一句沒一句的說話兒。先說前來道喜的幾位京城官宦世家子弟，又說席間請了哪裡的戲班子唱戲，楊晟之道：「小舅哥是個海量，無論喝多少杯臉都是白的。」

婉玉轉過頭對楊晟之笑道：「爹爹最恨紈袴，唯恐子孫不成器，鬥雞走狗的輕薄事兒一概不准沾染的，達哥兒自小不知挨了多少打，到底也不改，吃喝玩樂，賞花玩柳，樣樣都不落，他還會唱戲，塗了臉往臺上一站，身段、唱腔全都像模像樣的。」

楊晟之點頭道：「是了，聽過他唱曲兒，比青雲班的小鳳音聲音還脆亮。」

婉玉道：「今兒晚上他喝了不少吧？不知怎麼回家的？」

楊晟之道：「小舅哥喝了個半醉，在楊家那處別院裡住下了，已經遣了人往梅府送了信，別院裡還有下人伺候著，我明兒一早便過去瞧瞧，妳放心就是了。」

婉玉蹙了眉道：「別院裡住的公子哥兒全都是京城裡有來頭的，萬萬別生出什麼事才好。」

楊晟之道：「我凡事有分寸，他們跟咱們一同啟程回京，橫豎也沒幾天了。」

說話間丫鬟們端了手巾、銅盆、木桶等物魚貫而入，婉玉看了楊晟之一眼，狀似不經意道：「翠蕊從下午就身上不爽利，一直躺著，晚飯也不曾用。我本想喚她來問問話的，見她這樣也就罷了。又恐她生了病，讓她好生歇歇，晚上讓采纖替她服侍你梳洗。」

楊晟之伸出胳膊讓采纖把袖子挽了，低頭道：「日後這檔子事不用問我，妳作主就是了。」

婉玉看了看楊晟之臉色，試探道：「翠蕊多大了？在你身邊伺候多少年了？應是你身邊頭一個大丫鬟了吧？」

楊晟之聽了此話看了婉玉一眼，又收回目光道：「翠蕊伺候了我幾年，也是兢兢業業的，不能薄待了她，如今她年紀也大了，我一直琢磨著找個合適的人家給她放出去，賞賜給得豐厚些。」

婉玉聽楊晟之這般一說，原本懸著的心方才放了下來，抿著嘴笑道：「那我也替她留意著，回頭問一問她，她家裡可給她訂親了，或是她自己有什麼可心的。」楊晟之點了點頭並不說話。

待盥洗後二人入了羅帳，楊晟之摟了婉玉道：「下回有話就跟我直說，不用拐彎抹角的。」熱氣吹到婉玉臉上，婉玉不知是心虛或是羞澀，臉兒又熱起來，看著楊晟之裝傻道：「什麼拐彎抹角？我怎麼不明白？」

楊晟之笑道：「妳要不明白，那我回頭就把翠蕊收用了。」

婉玉似笑非笑道：「那正好，我瞧著她也有這個心。我還記得先前兒你跟我說的一番話，要什麼『賢妻美妾』，趕明兒個我就收拾一間房，擺上酒席讓你納美妾進門，如此一來就顯得我賢良了，也稱了你『賢妻美妾』的心願，真真兒是一舉三得。」

楊晟之聽了笑道：「我才說了一句，妳就拉上這麼些，還把先前的話翻出來了，也不想想我是不是那個意思？如今應讓妳知道知道厲害，振振我的夫綱。」說著便俯身親了上去。

婉玉笑著推道：「你等等，我還有話要說呢。」

楊晟之不耐道：「明兒個再說。」說著又欲親上去。婉玉伸手按了他的嘴道：「就這會兒說。」楊晟之嘆了口氣，耷拉腦袋道：「成，妳說。」

婉玉道：「不知京城買的宅子有多少間房？」

楊晟之不明所以，道：「約莫十七、八間吧，妳問這個做什麼？」

婉玉抿著嘴笑道：「若是房間少，還得換一棟，免得日後什麼翠兒、蕊兒、紅兒、花兒的多起來，連個房間都沒得住，豈不是越發顯得我不『賢良』了？」

楊晟之方才明白起來，又是咬牙又是笑道：「今兒個不讓妳求饒，日後還了得？」說著便親嘴。帳內一時紅被高擁，春光融融，不在話下。

第二日，婉玉梳洗罷先到楊母處請安，又在柳氏跟前站了規矩，回去檢查珍哥兒課業，二人說笑了一回。一時柯穎鸞便來了。坐在房中同婉玉說話兒，聊著聊著便往家事上扯道：「聽說妹妹在梅家就會管家，如今妳來了，我跟嫂子也好有個臂膀。」

婉玉垂頭笑道：「我還小，什麼都不懂，哪裡會管什麼家了，只是嫂嫂們疼我，這才讚我，我卻知道自己有幾分斤兩；再說了，兩位哥哥都是嫡出的，嫂子們又都幹練精明，我粗粗笨笨的，若是嫂子們忙不過來，我幫襯幫襯倒還省得，若是讓我操持，只怕倒把家管亂了，真是萬萬不能了。」

柯穎鸞笑道：「妹妹說哪兒的話，梅家出來的斷錯不了，妳先逝的那位姊姊，手一份嘴一份的，家裡上上下下清明。」心裡道：「老三媳婦兒倒守本分，但誰知她說的是不是心裡話。」

婉玉笑道：「我哪兒能跟那位姊姊比，我是什麼出身妳還不知道，不過是頂個名頭好聽罷了。」一語未了便聽門口有人道：「妹妹這麼說真真兒不當了，莫非是看不上我們柳家？」說著話兒，妍玉已款款的走進來，一見柯穎鸞便掩著口笑道：「哎喲，原來妳也在這兒，妳們倆交心怎也不叫上我？莫非是嫌我了不成？」

婉玉和柯穎鸞連忙站起來讓座，柯穎鸞笑道：「嫂子哪兒的話，我是路過這兒，順帶來看看妹妹罷了。」

婉玉亦笑道：「嫂子也誤會我的意思，我先前不過是個庶出的，幸而沾了梅家的光，否則如今還不知在哪兒呢。」說著喚道：「怡人，重新端細茶瓜餅上來。」

妍玉斜倚在炕上坐了，對婉玉道：「妳若真能這麼想就好了。」又對柯穎鸞道：「對牌都發下去了？太太要的料子可找到了？」

柯穎鸞道：「對牌早發下去了。只在庫房裡翻了半日也不見那料子，是不是放在別處了？」

妍玉端起茶吃了一口，半掀了眼皮瞧了柯穎鸞一眼，又看著茶道：「這我就不知了，早先這家也不是我管，存貨跟登記造冊的物件比對只少不多，短了什麼、缺了什麼，我哪兒知道到何處去了？那料子是宮裡才用得上的煙霞緞，許是哪個奴才瞧著好，偷出去賣了錢，貼補家裡也未可知。這事可得好好查查，家裡要出了內賊可就糟了。」

柯穎鸞知妍玉在排揎她貪帳房的錢，又總貼補娘家，登時惱怒起來，冷笑道：「嫂子說得是，如此論斷是我失察了。」又看向婉玉道：「珍哥兒呢？我剛來時還看見他在這兒，這會兒怎不見人了？看著珍哥兒那孩子我從心眼兒裡就喜歡，同昊大哥長得像著呢，一看就是咱們楊家嫡親的子孫。」

妍玉想到珍哥兒就覺得堵心，還隱隱有些難堪，如今聽柯穎鸞一提，臉色果然不自在起來，假笑道：「弟妹也別急，等妳生個大胖小子，一準兒跟珍哥兒一樣，讓人從心眼兒裡就討人歡喜。」

柯穎鸞久婚無子，這一下輪到她變了臉色。婉玉只垂頭看著茶碗裝死，聽這二人言辭漸厲，有一觸即發之勢，立時笑道：「我得了一瓶子新茶，要沏三、四回才能顯出來成色，喝著清新，嫂子們也都嚐嚐。」說著執起茶壺親自給二人添茶。

柯穎鸞站起來道：「三弟妹別忙了，我叨擾半日，也該回去了。」

妍玉似笑非笑道：「瞧瞧，我一來，妳怎麼倒要走了？還是我妨著妳們不是？」

柯穎鸞回頭道：「這倒是妳多想，我可沒這心了。」

妍玉也站起身道：「我還有些家事要理，也不坐了。」說完跟柯穎鸞一同告辭，婉玉殷勤送到門外。待二人走遠了，怡人湊上前看著兩人背影道：「好端端的，她兩人跑來做什麼？」

婉玉冷笑道：「還不是來探探我的意思，她們不知道我要跟三爺進京，唯恐我不走，家裡的事怕我伸手呢。」想了一回又道：「我瞧著二房媳婦兒如今日子難過，妍玉哪裡是省油的燈，處處擠兌她，這裡頭恐怕還有太太的意思。鸞姐兒過來也興許是籠絡我。這檔子爛事兒我才懶得理睬，讓她們自己鬥雞去。」

正說著，銀鎖打起簾子進來道：「翠蕊在門外問奶奶可得了閒兒了。」婉玉坐到羅漢床上道：「讓她進來吧。」翠蕊便走進來，滿面帶笑，手裡拿了個包袱，先跪下磕頭道：「請奶奶千秋大安。」

婉玉道：「起來吧，昨兒個我就想問妳些話，誰想妳身上不爽利，此時可大好了？」

翠蕊忙道：「早已好了，勞煩奶奶惦記。」說著將包袱打開，露出一件衣裳，道：「我思來想去也不知怎麼孝敬奶奶，就親手做了件衣裳，料子極好，望奶奶別嫌棄我手藝粗糙。」

婉玉點頭笑道：「難得妳有這個心。」說完擺手讓怡人將衣裳收了，又道：「我聽三爺說了，妳伺候了他幾年，一直妥帖周全，也極辛勞……」

翠蕊一聽連忙搶了話道：「能伺候三爺是我的福分，日後還望能長長久久的伺候三爺和三奶奶。」

婉玉並不搭腔，端起茶喝了一口，轉過頭對怡人道：「去把昨兒晚上三爺給我的木匣子拿來，再把櫃子裡那兩匹緞子取來。」怡人轉身去了，片刻拿了一只鏨雲龍紋盤雲描金的烏木匣子，婉玉將匣子打開，從中拿了兩塊銀子，又把手上一個金鑲水晶的戒指退下來，對翠蕊道：「這兒有二十兩銀子和兩匹緞子，戒指是我額外給妳的，妳伺候三爺時日最久，理當多給些賞賜，拿著吧。」

翠蕊只覺這賞賜過於豐厚了，心中惴惴的，眼睛朝婉玉臉上溜去，碰巧二人目光相撞，翠蕊忙垂了頭道：「這是盡本分，不敢要什麼賞賜。」

婉玉笑道：「既是賞妳的，就拿著吧。」

翠蕊方才伸手接了，道：「謝三奶奶賞。」心中暗道：「梨花也領了賞，但不過是點兒首飾和衣裳，三奶奶一下打賞了我這麼些銀子和綢緞，看來是三爺在她跟前兒說了，要將我留下來，這才多賞賜些東西，好叫我日後盡心。」想到此處不由喜形於色。

此時婉玉緩緩道：「昨兒個三爺跟我說了，妳如今年紀漸漸大了，家裡恐怕也要給妳打算，把妳留在身邊伺候錯過年紀，反倒是我們做主子的不寬仁。」

翠蕊只覺頭上打了一個焦雷，猛抬起頭，臉色煞白。婉玉道：「妳寬心，絕沒有趕妳的意思。只不過三爺過幾日就要上京去，妳就留在這兒吧，若是家裡選定了婚配的人，便儘管嫁了；若仍未選定，就仍留在此處聽差，月例用度比照妳先前，絕不虧一分。待妳出嫁，三爺還會賞妳份嫁妝，也是這麼些年主僕的情分。」

翠蕊聽罷，渾身登時癱軟，「撲通」一聲跪倒，眼淚便滴下來，哭道：「奶奶明鑒，我從沒想過出府，若要從府裡出去，我寧願一頭撞死！我願意一輩子伺候三爺和三奶奶，求奶奶給我個恩典！」說著朝婉玉跪著撲過去，要抱她的腿。

怡人搶上前攔住，銀鎖和金簪忙去拽翠蕊胳膊，欲把她拉起來。婉玉道：「妳不願出府，便只管在這府裡待著，若想成親後仍然進府來，那只管放心，日後妳在楊府必有一份差事。」

翠蕊哭道：「三奶奶，我，我不是這個意思……」

婉玉聽了盯著翠蕊的臉道：「不是這個意思，那是什麼意思？」

翠蕊支支吾吾道：「是、是想跟著三爺和奶奶在身邊貼身伺候……」說著，臉已脹得如紅布一般，話一出口，翠蕊便瞧見怡人等幾個丫頭均露出不屑之情，自己也覺得沒臉，但強忍著恥央告道：「我伺候三爺這麼些年，從未想過走出這個門兒，奶奶大度柔和……還請奶奶……請奶奶……」聲音越發小起來。

婉玉道：「方才同妳說的是妳三爺的意思。」

翠蕊抽抽噎噎哭了起來，不住給婉玉磕頭道：「還請奶奶疼我！」

正此時，只聽銀鎖在門口道：「三爺回來了。」翠蕊扭頭一瞧，恰看見楊晟之邁步走進來，登時喜出望外，喚了一聲：「三爺！」便撲倒跪在楊晟之跟前哭道：「我的爺，您可回來了，您不能不為我作主，看在咱們這麼些年的情分上，千千萬萬莫要趕我、嫌棄我，能守在您身邊伺候，即便是當牛做馬也心甘情願！」楊晟之一怔，心裡已明白了幾分，並未開口，只朝婉玉望了過來。

婉玉略一沈吟，暗道：「翠蕊是楊晟之身邊的大丫鬟，朝夕相處不比常人。我與他才剛成夫妻兩日而已，雖是新婚燕爾情意正濃，但情分尚淺，如今翠蕊這般一哭，反倒顯得是我方才用了強，要逼她似的，若因此埋了疙瘩，橫生枝節便不好了。」剛想到此處，又聽翠蕊哭道：「我自打進府就在您身邊服侍著，這些年也未犯過大錯，沒有功勞也有苦勞，三爺和三奶奶若是一意要趕我走，我也不敢埋怨，橫豎是我的命，我寧願一頭撞死，也不出這個門兒！」

楊晟之見翠蕊哭得上氣不接下氣，到底有些不忍，暗道：「翠蕊到底服侍我一場，我早已說要打發她走，婉妹又何必逼她到這步田地呢？」又看了婉玉一眼，目光中帶了兩分嗔怪之意，想要開口撫慰翠蕊幾句，只見婉玉端端正正坐在羅漢床上，沈著聲音道：「怡人，妳替我說。」

怡人立時站出來呵斥道：「翠蕊，妳在三爺跟前搬弄什麼是非?!我們奶奶賞了妳二十兩銀子、兩匹緞子，因覺著妳是三爺跟前的老人兒，這些年辛勞，又額外賞了她自己的一枚金戒指。同妳說的，也是三爺交代的話，說妳年紀漸漸大了，不想耽誤妳青春，日後要放妳出去，又說妳若不想出府，楊家裡總有妳一份差事，月例用度都比照妳先前，一分都不動。是妳自己存了臊人的意思，竟要我們奶奶疼妳、抬舉妳。沒臉的東西，也不想想若是三爺有這個意思，還用得著交代我們奶奶那番話兒？三奶奶不過是看在三爺的面上，覺著妳在三爺身邊多伺候了幾年，又有些頭臉，這才與妳笑臉相待，和氣相迎，妳倒作反咬，欺負我們奶奶好性兒，在三爺跟前胡說八道！妳求三爺、央告三爺我們不惱，但妳不該誣賴我們奶奶，什麼叫『三爺不能不為妳作主』、『三奶奶一意要趕妳走』，三奶奶什麼時候趕過妳了？妳這般說好像我們奶奶仗勢壓人容不得妳似的，到底安的什麼心？」
怡人口齒伶俐，一席話說完，楊晟之面色無波，目光卻沈了下來，低頭看著翠蕊道：「方才怡人說的可是實情？」
翠蕊跟著楊晟之身邊多年，已知主子動了怒，不敢看楊晟之臉色，也不答腔，連楊晟之的腿也不敢抱了，只垂了頭哭得抽抽搭搭的。
楊晟之又問一遍：「問妳話呢，方才她說的是不是實情？」
翠蕊哽咽哭道：「三爺，這些年來，您身上穿的衣裳有多少是我的針線，您吃的糕餅、點心有多少是我親手製的，您扇子上掛的絡子，腰間繫的帕子，也全是我夜裡在蠟燭底下一個個凝著心思做出來的，求您……求您……」
楊晟之心裡已全明白了，走到羅漢床前坐下來，看著翠蕊道：「三奶奶交代妳的正是我的意思，妳伺候我這麼多年，到底主僕一場，眼見年紀大了，不為妳打算是我們做主子的不寬仁。我本想著，等過兩日上京，就留妳在這抱竹館裡，待日後妳家裡給妳擇了人家，風風光光送妳出去，也算是緣分一場。但妳既存了這個心，我倒萬萬留不得妳了！待我上京之後，妳也收拾了東西回家去吧。」
翠蕊眼前黑了一黑，心都碎了，跪著爬到楊晟之跟前大哭道：「我不敢了！我再不敢了！三爺要打、要罵只管發落，萬萬別打發我出去，我伺候了三爺這麼些年，還求三爺給我留臉見人！」

楊晟之緩緩道：「我給妳留臉？妳可給我留臉了？可給三奶奶留臉了？即便妳伺候了我一場，有些臉面，也應該知道自己做丫頭的本分！我此刻未發落妳出去已是給妳留臉了，過兩日妳便回家去吧。」

翠蕊哭得越發厲害，苦苦哀求道：「三爺，我真再不敢了，您念在往日裡……」一語未了，楊晟之便道：「妳回吧，莫非讓我此時就把妳娘叫來帶妳出去不成？」

翠蕊聽楊晟之口氣漸厲，登時住了口，渾身發軟癱在地上，檀雪和霽虹二人上前左右架住，將翠蕊帶了下去。

婉玉方才冷眼觀瞧，見楊晟之打發了翠蕊，不由微微頷首，但面上不露一絲聲色。此時楊晟之轉過頭看了看婉玉臉色，便要拉她的手。婉玉一把將手抽了回來，低頭整著衣襬和宮條，一聲也不吭。楊晟之仍要去握婉玉的手，婉玉又將手抽了，低著頭不說話。楊晟之抬頭對怡人使了個眼色，怡人立時會意，帶著丫鬟們出去了。楊晟之賠笑道：「三奶奶莫要生氣了，我替那個沒臉的丫頭給三奶奶賠不是。」

婉玉冷笑道：「不敢。下回你自己的丫頭你自己打發，別回來鬧得我受累不討好，讓人家主子爺們以為我介意個小丫頭子，巴巴的耍淫威要攆她出去呢。」

楊晟之知是自己先前誤解讓婉玉惱了，便上前攬她的肩膀，一逕兒往懷裡摟，婉玉掙扎不過只得伏在他胸膛上，楊晟之低了頭道：「什麼妳的丫頭、我的丫頭，我的就是妳的，妳就是院兒裡天王老子，我都要聽妳的呢，何況那些個小丫頭子？妳想怎麼辦就怎麼辦，只要不把我攆出去就是了。」
婉玉冷著臉道：「說得好聽，你看不上的丫頭就讓我做奸人打發了，看上的呢，自然自己做好人收用了，倒是打了手好算盤。」
楊晟之哭笑不得，湊在婉玉耳邊道：「哪兒有什麼我看得上的丫頭，妳撚什麼醋？小生我就看得上妳一個，早已朝朝暮暮魂牽夢縈，生生死死以身相許了。」
婉玉臉上發燙，推開楊晟之，瞠大眼睛道：「既如此，你方才還不信我？」
楊晟之笑道：「我記著了，日後只信妳的。」
婉玉哼了一聲道：「口蜜腹劍！」
楊晟之摟著婉玉搖來晃去道：「三奶奶莫要再惱了，小生給奶奶賠不是，妳就原諒了吧。」
婉玉伏在楊晟之胸膛上，一顆心早已給哄軟了，何況她本就未曾生氣，不過是藉機拿捏罷了。兩人在一處靜靜擁了半晌，婉玉道：「方才大嫂和二嫂都來了。」
楊晟之皺了眉道：「她們倆來做什麼？」
婉玉道：「不過是閒話，可這兩人很不投機，未說兩、三句就針鋒對了麥芒。」
楊晟之道：「大房和二房沒有一日不鬧騰的，咱們只管看著就是了。太太原就偏心大房，如今她侄女又做了大房媳婦兒，更了不得了，整個府裡的事都由大房去理。二嫂子原來手裡捏著權，怎能甘心情願的放開手？再者她手腳不乾淨，如今太太吩咐家事一律不讓她沾，二嫂看著大房眼紅，鎮日裡跟二哥鬧。」

婉玉聽了從炕桌上取了個填瓷青花茶碗，給楊晟之倒了杯茶，口中道：「你二哥倒是好性兒，如今二房這麼些年還一無所出，鸞姐兒還把太太給二房的丫頭給治死了，二哥也一聲不吭的。」

楊晟之冷笑道：「他哪兒是一聲不吭，早就找著樂子了。青雲班裡原有個唱花旦的小戲子，喚做薔官，雖是個男子，但生得白淨標緻，看著嬌嬌怯怯的，因愛自稱『奴家』，有好事之徒就給取了個諢號叫『愛奴』，反比『薔官』之名叫得響了。二哥愛他跟珍寶似的，還問我借了五百兩銀子，湊上他五百兩私房錢，把愛奴從戲班子裡贖買出來，做了孌寵，除卻進內院，在外都形影不離的。」

婉玉吃了一驚，放下茶壺道：「二嫂可知曉這事？她若知道是你給二哥銀子贖小倌兒出來，還不尋來鬧翻了天！」

楊晟之道：「我和二哥有言在先，他定不會說是我給他銀子。我也是瞧著二哥可憐，娶個河東獅，一肚子委屈窩囊，鎮日裡縮頭縮腦的，好不容易有個可心的人兒，他又巴巴的求上我，我怎能不幫襯一把？再者說，愛奴是個男人，二嫂即便知曉，恐也會睜一眼、閉一眼吧。」

婉玉搖了搖頭笑道：「那倒未必。」後二人又尋了別的話兒說。

第三十六回　楊景之遭釁鬧外宅　鴛鴦侶濃情遊花園

第二日正是婉玉回門之日，二人清早起床梳洗穿戴妥了，又命奶娘抱了珍哥兒來，一同坐馬車回了梅府。梅海泉和吳氏早已等候多時了，二人行了跪拜之禮，吳氏忙扶了婉玉起來，握著她的手不住打量，見婉玉氣色甚佳，眉目間笑意舒展，兩頰一襲嬌羞之色，心中略定。

梅海泉則容色嚴肅，對楊晟之一招手道：「你隨我來吧。」楊晟之不敢怠慢，忙跟在梅海泉身後，直進了正房外間的一處書房中，楊晟之留心打量，見房中極雅致，迎面掛數幅墨跡書法，其餘三壁皆是書格，屋當中設一紫檀雕梅蘭竹菊大案，案上設七、八方端硯，又有黑漆牙雕筆筒、花梨百寶嵌筆筒、豆青釉夾彩梅竹筆筒等各色大筆筒，連帶銅胎掐絲琺瑯蓮花筆架上全都滿滿當當插著大小毛筆。筆架旁設一藍釉青花竹蟬筆洗，那邊擺一官窯美人觚，內有一簇黃菊，花朵碩大如繡球一般。桌上散放著兩、三冊書，正當中烏金釉瓷捆竹鎮紙壓著一張簪花小楷，落款為「金釵客」。

楊晟之暗道：「『金釵』顯然為女子名，而能出入正房書齋寫字的必定為岳母大人了，梅家確為詩書禮樂之家，女流寫出的字皆可羞煞男子，與楊家截然不同矣！」

梅海泉繞到書案後坐了下來，楊晟之垂手站在書案前。梅海泉瞇著眼上上下下、左左右右將楊晟之打量了五、六遭，見他今日穿大紅底子繡金蓮紋團花吉服，腰繫繡金竹葉紋樣的鑲玉腰帶，襯得整個人軒昂挺拔，越發顯出沈穩圓融的氣度來。梅海泉憶及楊昊之舉止輕浮、風流自賞，再一看眼前的楊晟之，立時覺得新姑爺越發順眼了些。心中暗嘆一聲：「罷了，女兒再嫁入楊家，也是她的命，只盼著這楊晟之真是個不同的，日後女兒能事事順意，也了卻我的心頭之事了。」遂對楊晟之道：「日後進京有何打算？」

楊晟之畢恭畢敬道：「小婿初打算散館後留京任用，若不能留館為翰林，便往六部，歷練幾年。這幾日因婚事耽誤了課業，回去必要苦讀補上才是，翰林院中臥虎藏龍人才濟濟，我本是第三甲才點進的庶起士，若不發憤定流於末等之輩矣。」

梅海泉素喜奮進謙和之人，聽了此話態度亦緩和了些，便道：「既是一家人了，你也不必拘著，有一番話我需好生與你交代一番。」

楊晟之道：「請岳父大人示下。」

梅海泉沈吟了半晌道：「我先前就蓮英一個女兒，她身上雖落了殘，但仍是個絕佳的女孩兒，只是你那兄弟……」說到此處嘆了口氣。楊晟之對此事一清二楚，聽梅海泉提及也覺得羞臊，埋了頭不語。

梅海泉接著道：「如今婉丫頭竟又嫁到你們楊家，她雖是過繼來的，但卻如同我的親生女兒一般，也是我和她母親的心頭肉，若她再有差池，我便真不能再饒了！即便豁出了性命，也得護著我的閨女！」說到後來語氣森然凌厲，雙目也瞪得如銅鈴一般。

楊晟之登時跪倒在地，道：「岳父大人在上，我既娶了婉玉為妻便必定善待她，絕不能辜負她，生同衾、死同穴。但凡有我一日，便有她一日。若有違此言，必不得好死！」

梅海泉俯身去扶楊晟之，說：「若是你們夫妻二人同心，相敬如賓舉案齊眉，我也就快慰了。」頓了頓又道：「我前幾日跟親家公說了，珍哥兒年紀雖小，但開蒙之事不可耽誤，我有一個舊識喚作何思白，原先便是遠兒和達兒的老師，如今在京城為官了，學識淵博，我已和他通了書信，他答應教珍哥兒課業，如此珍哥兒便跟著你們二人一同上京去。」

楊晟之想到如今珍哥兒要同自己上京，楊母是頭一個捨不得的，老爺和太太次之，但何思白實是個名士良師，又有梅家發話，為著長孫前程便也就允了。而自己那長兒定然不甚在意，妍玉卻是頭一個巴不得把珍哥兒送走的。不由嘆息自己這小侄子年紀小小便沒了親娘，父親還是個昏聵不省心的，繼母又不是寬仁之輩，幸而有外公家相護才得以無憂，楊晟之心生憐惜，口中連聲答應了。

當下婉玉跟著吳氏進了臥房說話兒，吳氏拉了婉玉的手問長問短，又特地叫了跟在婉玉身邊的丫鬟、婆子來問話，聽人人都說新姑爺待姑娘體貼，紫萱又在一旁湊趣，吳氏心中歡喜，臉上方才展了笑意，一時間也其樂融融。

紫萱笑道：「待會兒送妳件東西，可不許嫌不好。」

婉玉道：「嫂子的東西必定是好東西，我哪裡敢嫌不好呢？就是嫂子手巧，針線做得鮮亮，結子、絡子打得好，畫的花樣式也精細，我總想討嫂子親手做的東西，但嫂子總騰不出手，眼見著我大哥的衣裳、鞋子一件比一件精巧，只怕他如今除了穿嫂子做的，其他的都不稀罕了吧？」

紫萱去擰婉玉的臉道：「擰嘴！妳嫂子長、嫂子短哄著我替妳繡帕子、打結子，做這個弄那個，又琢磨著讓我在杯子上繪出什麼花兒啊、蟲兒啊的給妳，這會兒又在太太跟前胡說了。」

吳氏笑道：「萱姐兒畫得好呢，前兒個還給我畫了兩隻貓，盧大人的夫人來咱們家作客，看著那畫兒讚不絕口的，我就送她了，回頭再給我畫一幅掛上。」紫萱連忙應了。吳氏又道：「妳要送婉丫頭什麼東西？拿出來讓我也瞧瞧。」

紫萱便命香草去取，不多時捧來一個掐絲戧金的五彩大盒子，把盒子打開一瞧，只見盒中裝著十個杯子，層層套疊，取出來依次擺出來看，均是上等的官窯白胎瓷器，光潔如玉，白如凝脂，大的有四寸來長，五、六寸寬，小的竟如拇指大小，瓷器上繪的皆是唐宋元各名家的花卉蟲鳥，配色或雅致清新、或豔麗厚重，畫功精細嫻熟，仿得維妙維肖；杯子一側繪畫，另一側則題此花鳥的詩詞名句，字體端嚴，骨氣勁峭，每只杯子均用黃金鑲底，鏤出雙魚臥蓮花樣，奇巧非常。

眾人觀之讚嘆不絕，婉玉早已看呆了，拿起一個杯子在手中把玩。紫萱道：「畫這套杯子真真兒累死我，字是妳大哥題的，原想著妳成親那日就送給妳，誰想還有一只沒畫完，耽擱到今天。」

婉玉心裡一暖，拉了紫萱的手笑道：「好嫂子，我見過的精巧器皿多了，竟沒有一件及得上它。嫂子待我親厚，這個心我長長久久的不敢忘。」

紫萱笑道：「就數妳嘴甜，妳若是喜歡也不枉我忙一場。其實妳畫的梅花、蘭花、竹枝子的也極有韻味，就是妳憊懶，不愛動筆畫罷了，回頭也給我畫個梅蘭竹菊的瓶兒，我擺在屋裡頭插花。」

婉玉笑道：「我哪裡是懶，不過是在妳跟前不敢班門弄斧罷了，嫂子既然喜歡，這個好說，我必定送妳一個。」

吳氏心中歡喜，道：「讓她們端些時鮮的瓜果糕餅上來，昨兒個妳大哥帶來好些蜜餞果子來，咱們娘兒幾個一同嚐嚐。」

正說到此處，婉玉瞧見梅書達站在廊下透過窗戶跟她招手，便藉故起身走出去，站在迴廊底下對梅書達道：「鬼鬼祟祟的做什麼呢？怎不進屋去？方才磕頭時只見了你一面，然後就不見人影兒了。」

梅書達拱手打千道：「給姊姊道喜，如今可選了佳婿了！楊老三比楊老大強過千倍、萬倍，我看著他對姊姊也是真心，若他以後欺辱了妳，只管跟我說一聲，我馬上給妳出氣去！」也不待婉玉說話，又笑著說：「姊姊今日裡瞧著越發閉月羞花了，戴的釵環也好看，用的帕子也好看，穿的衣裳也好看……」

話音未落，婉玉便笑道：「你別用好話兒哄我，肯定你有什麼事要我幫忙了，是也不是？」

梅書達嘆一聲，又笑嘻嘻道：「女孩子若是太聰明了也不討人歡喜，日後妳在楊老三跟前要懂得裝一裝傻才是。」

婉玉抿嘴笑道：「你有什麼事先說說看，我聽著呢。」

梅書達搔搔頭，笑嘻嘻道：「其實也沒什麼，就是爹娘也要給我說親呢，提了幾家小姐，我一個都沒瞧見過，其中有幾個是京城的，還求姊姊去了京城幫我相看相看。」

婉玉一怔，而後忍著笑道：「原來如此，不知都是哪家的千金閨秀？」

梅書達道：「是京城孝國府家的三姑娘，叫李秀微。還有禮部尚書劉大人的四姑娘，大理寺卿的六姑娘。」說著從懷裡掏出一張紙道，「都記在紙上了。」

婉玉若有所思，點了點頭道：「都算世代簪纓的大家舊族，有的還沾著皇親國戚，乃朝中權貴，門第上也相配了。」

梅書達道：「門第在其次，重要的是那談吐舉止、容貌長相，最好那通身的氣派都跟姊姊一樣，我就求之不得了。」

婉玉一戳梅書達腦門，笑道：「少拍我的馬屁，既答應了你，就肯定幫你仔細相看，人品模樣，都要滿意才行。」

梅書達左一個揖右一個揖笑道：「謝過姊姊，還是姊姊疼我！」

婉玉擺了擺手道：「好了，莫要謝了，還不趕緊進去，聽說大哥買來好些蜜餞果子，母親都讚好。」

梅書達跟在婉玉身後往屋中走，口中道：「還不是大嫂愛吃才買的。」

此時梅書遠領了珍哥兒進屋，這廂梅海泉也同楊晟之從書房裡走了出來，梅書達便住口不說了，同婉玉進了屋，眾人湊一處說笑一番。待用罷了飯，梅書遠帶楊晟之認了梅家各房的親戚，留到用了晚飯方才送他們夫婦出門。

剛坐上馬車，婉玉便問道：「爹爹把你叫到書房裡做什麼呢？」

楊晟之道：「不過是問訓幾句罷了。我倒瞧著書案上有一幅剛寫得的字甚好，落款是『金釵客』，我猜是岳母大人的墨寶。」

婉玉道：「正是母親寫的，『金釵客』是母親的別號，父親累時，有的信函都是母親代勞，我那兩個兄弟，開蒙之前都是母親教導著習文練字。」

楊晟之奇道：「開蒙之前的事兒妳都知道？」

婉玉忙道：「聽母親身邊的老嬤嬤們說起來的。」又扯開話頭說：「過幾日就要上京去，行李已打好了大半，回頭你有什麼特別要交代的東西，我讓丫頭們打點好，別落下來。」

楊晟之道：「就把我給妳那幾個填漆的匣子收好帶著，旁的也沒什麼要緊。」

婉玉道：「到底還是你身邊的丫鬟對你日常慣例清楚些，翠蕊想必是支不動的了，梨花還生嫩，也不是省力的，我記得先前你身邊好像有個叫碧枝的小丫頭，頂頂伶俐的，她姊姊是老太太身邊的大丫鬟，上回你大哥成親時我見過，怎就不見人了？」

楊晟之道：「妳竟還記得她，說起來也是一宗事故。二嫂兩個月前不知聽了哪路高人的指點，竟跑到老太太跟前求，要把碧桃討來給二哥做妾。」說到此處，笑著問婉玉道：「妳說，二嫂忽然轉性了，這是為哪般？」

婉玉低頭抻了抻衣襬，似笑非笑道：「還能為什麼？還不是銀子鬧的。碧桃是老太太身邊最有頭臉的丫頭，管著老太太的家私，二嫂定是瞄上老太太的私房錢了，否則她怎能容得了二哥納妾？」

楊晟之讚許的拍了拍婉玉的手道：「是了。大房把二房壓得狠了，如今二房除了月例和父親給的幾間鋪子，旁的半分油水都撈不上。柯家又來叫窮，二嫂覺著碧桃容色平平，行事有分寸，性子和順，瞧著像好擺佈的，就開始打老太太的主意。」

婉玉問道：「老太太怎麼說？」

楊晟之道：「老太太心裡跟明鏡兒似的，雖有些不痛快，但到底心疼二房無嗣，想著二嫂也不敢給老太太身邊的丫頭臉色，碧桃興許就能給二房開枝散葉了，便去問碧桃的意思，碧桃聽完就跪著大哭一場，說自己早已許了人家了。第二天老太太身上鬧不好，這事就拖著，不幾日碧桃的爹娘進府來討了恩典，把碧桃領出去成親了。碧桃走了之後，老太太說碧枝機靈討喜，就把她留在身邊伺候了。」

婉玉道：「碧枝倒是個機靈的小丫頭子，若到老太太房裡，你身邊就更沒可用的人了。」

楊晟之道：「先前太太撥了幾個人過來，其中還有她身邊的兩個丫頭，可一個個都妖妖俏俏的，大哥就往我這兒走動得勤了些，我愛清靜，索性把人都散了。」

婉玉斜著眼看著楊晟之道：「太太一番心意，你怎不留著，也不怕她惱你？」

楊晟之伸手蓋住婉玉的手，含笑道：「她惱我有什麼打緊？我只怕妳惱我。況我日後有了妳，還要那些丫頭做什麼？妳事事都做得妥帖周到，旁人萬萬不及了。」

婉玉見楊晟之眉目間溫情脈脈，臉上有些燙，卻未將手抽回來，微垂了頭道：「我哪裡妥帖了，不過是盡本分罷了。」

楊晟之輕輕將她摟在懷中，道：「我知道妳去瞧過姨娘了，姨娘是怎樣的人，我心裡知道，她沒口子的讚妳，我心裡歡喜得緊。」楊晟之頓了頓又道：「妳像仙女下凡一樣，嫁了我是委屈了，我在岳父大人跟前也說了，我這一生必定要好好待妳，現在再同妳說一回，日後長長久久的也是這個話兒。」

婉玉靠在楊晟之肩上，她這幾日首次嘗到柔情滋味，心裡又是悲又是喜又是怕，過了半晌才將一顆心沈下來，收拾情懷道：「你若能好好待我，我就不委屈。」楊晟之並不說話，只是手臂緊了緊，二人靜悄悄的相擁無言。

馬車緩緩向前行駛，忽聽外頭隱隱傳來喧譁之聲，而後馬車便頓住了。楊晟之跟婉玉對望一眼，撩開車簾子問車夫王福道：「怎麼停了？」話音未落早有幾個在前騎馬探路的小廝到跟前報導：「三爺，前頭路堵死了，只能繞著走了。」

楊晟之看了看左右，皺了眉道：「這條胡同就是往楊宅後園子的路，怎走不通了？前頭出什麼事兒了？這麼窄的路，馬車如何退得出去？」

竹風上前輕聲道：「三爺，好像是景二爺房裡的事。」

楊晟之一怔，道：「這外頭住的是楊家各房的親戚，怎麼跟他扯上關係了？」

竹風道：「我只聽聞景二爺把愛奴養在外頭的宅子裡，就在楊宅後頭那一溜胡同，方才聽見有哭喊聲依稀是從那兒傳來的，還看見兩、三個婆子，瞧著像景二奶奶身邊的人。」

楊晟之聞言立時吩咐道：「往後退幾步，拐左邊的小路走。」小廝們立時下馬幫忙，因奶娘抱著珍哥兒占了一輛車，婉玉的丫鬟又占了一輛，三輛車一齊向後退越發艱難了些。

正忙碌的當兒，只聽後頭傳來一陣響動，緊接著有人喝道：「誰在前頭擋路？還不趕緊讓開！」

小廝竹影伸著脖子一瞧，只見楊景之正騎著馬立在馬車後頭，忙對身邊的小廝道：「快去跟三爺說一聲，就說景二爺在後頭。」而後滿面堆笑迎上前打千兒道：「問二爺的大安，三爺跟三奶奶歸寧回來，前頭路堵死了，也正犯愁呢。」

楊景之聞言大喜道：「老三在哪？」說完甩蹬下馬直直走了過來。

楊晟之知道無法，只得撩開車轅處的車簾子笑道：「二哥怎來了？」

楊景之一把拽住楊晟之的手道：「你在正好，快跟我來救命！」說完也不待楊晟之回話，一把拉著就催走，楊晟之坐在車上沒動，道：「二哥別忙，出什麼事了？」

楊景之急白了臉道：「回頭與你細說，你快跟我來。」

楊晟之無奈，回頭看了婉玉一眼，下車隨楊景之去了。婉玉撩開車簾子瞧了瞧楊晟之背影，想了一回，招手把竹風喚過來道：「你讓長隨護送珍哥兒和丫鬟的馬車拐小路回去，再把怡人叫過來。」

怡人一喚即到，婉玉在馬車上坐了約一盞茶的工夫，又掀開車簾子道：「竹影，你去到前頭請三爺，就說我還在外頭等著，要他早回來一同回家去。」

竹影領命去了，片刻後回來，道：「三爺說了，三爺讓奶奶先回家去。」一語未了，又見來了個婆子，對婉玉道：「請三奶奶安，二奶奶正在前頭那個院兒裡，請三奶奶過去一敘。」

婉玉掀起簾子一瞧，見是柯穎鸞身邊極有頭臉的陪房嬤嬤，便盈盈笑道：「我身上不好，麻煩回二嫂一聲，今日便不過去了。」

那婆子板著臉道：「二奶奶請三奶奶務必過去一趟。」

婉玉略一沈思，只見竹影站在那婆子身後擠眉弄眼的，便道：「好吧。」說完扶著怡人的手下車，跟在那婆子的身後往前走，沒幾步便瞧見一戶半敞門的院子，門口各站著兩個婆子守門，穿過院子走進正屋一瞧，只見柯穎鸞正扯著楊晟之的衣襟袖子搖頭甩首的大哭，只把楊晟之身上簇新的大紅吉服揪成一團，口中道：「老三！你說句話，你說句話！你二哥就是要生生的逼死我才甘心！你們楊家就是橫豎瞧我不順眼，硬要擠我出去！」餘光一掃，瞧見婉玉來了，登時撲上前一把抓住婉玉雙臂，淚流滿面道：「弟妹，妳來得正好，妳來評一評，我在楊家這些年，到底做錯過什麼，竟有這麼個結果！妳二哥在家裡的事一概不管，所有大事小情都由我一手操持著，鎮日裡上上下下的事少說也有二、三十件，從外頭那些支出算起，鋪子裡的月例開銷、商戶間人情送禮，這要花多少銀子？我們二房比不得大房，更比不得你們三房，手頭哪有餘錢可使，我日日裡精打細算，既不能落了大戶人家的臉面，又不能多使了銀子，今年新衣裳都沒添幾件。我又不是不賢良，精心看中了老太太身邊的丫頭，巴巴的上去求，要給他納妾。他們兄弟可倒好！背著我偷偷養起孌寵、找起樂子來了！」

說到此處，楊晟之早已走上前，一面將婉玉往身後拉，一面對柯穎鸞道：「婉妹才嫁進來，她能知道什麼事兒？妳只管同我說。」

柯穎鸞大哭道：「你只管向著你兄弟罷了！他養了小倌兒置在外宅裡，偷家裡的東西賣，又借了債像菩薩一般供著，若不是債主找上門來，我壓根兒就不知有這一樁！自己老婆平日裡虧穿虧嘴，他不放在心上，反倒拿銀子出來補貼個小戲子，他這做派丟的是你們楊家的臉！事已至此，我還不如一頭撞死算了！」言罷就要撞牆。

婉玉同丫鬟們趕緊拉住，婉玉道：「嫂子先息怒吧。」

柯穎鸞握住婉玉的手嗚嗚哭道：「我當初嫁進來還過了些風光年月，後來娘家不省力，多少狗眼看人低的下流貨開始給我臉色看，爺們兒還是個慫包，事事都要我自己費心勞力的，這也就罷了，還不會知疼著熱，如今對個下九流的小蹄子都比對我好千萬倍，我的命怎麼這麼苦……」說著放聲大哭道：「我活著真是沒趣兒，真不如死了算了！」說完又要站起來撞牆，婉玉同丫鬟們又急忙相攔。正尋死覓活的當兒，忽聽裡屋一陣響動，楊景之掀了簾子衝了進來，一把抓了楊晟之的胳膊泣不成聲道：「愛奴……愛奴已是不行了……」言罷掩面慟哭。

柯穎鸞大怒，指著楊景之罵道：「混帳東西！撇下自己老婆不管，倒擔心小賤人死活！死了算便宜他！若不拿剪子在他身上戳幾個窟窿真是難消我心頭之恨了！」言罷直往臥室裡奔去。

眾人吃一驚，趕緊勸攔，但哪裡攔得住，柯穎鸞一頭衝進去，舉起拳頭便往床上捶，慌得眾丫鬟、婆子趕緊抱住她腰身，擋住她的拳頭，跪在地上道：「二奶奶息怒，千萬保重自己身子！」

婉玉跟上前往床上一瞧，只見個約莫十六、七歲的少年郎躺在床上，粉琢玉砌的一張臉，女子比之都嫌遜色些，蓋著一床菱花被，雙目緊閉，面色都已發青了。

柯穎鸞道：「都已這樣了我還保重什麼？我今日便和這小賤人同歸於盡，倒也乾淨！」

說完又往床上打，此時只聽「啪」一聲脆響，柯穎鸞臉上早已挨了一記，這一下打得她怔住了，捂著臉扭頭一看，只見楊景之站在她跟前，氣得渾身亂顫，抖著手指著她鼻尖道：「妳這……妳這黑心的賤婦……我已事事都依妳了，妳又為何下黑手，打死我的愛奴！」說著哽咽起來。

楊景之素是個怯懦老實的，自娶了柯穎鸞，又添了一樁「懼內」的病兒，平日裡連頂嘴都不敢，此番狠狠打了柯穎鸞一掌更是破了天荒，不光是柯穎鸞呆住了，楊晟之和婉玉也都愣了，屋中頓時靜了下來。

柯穎鸞捂著臉怔怔的看著楊景之，眼裡的淚珠兒滾來滾去，忽一頭撞到楊景之身上，叫道：「好哇！如今你有本事，打起老婆來了！你打！你打！你今日便打死我！」又哭得地動山搖，頭髮蓬亂，金釵、銀簪掉了一地。

楊景之不過心疼孌寵，怒極之下打了柯穎鸞一掌，他到底是個軟弱窩囊的，見柯穎鸞使潑不由氣弱，也有些怕了，只用袖子掩了面，哭道：「我統共身邊就這麼一個可心的人兒……」又瞧了愛奴一眼，悲從中來，撲在床前哭號道：「我命苦的小奴兒，你若走了，也帶我一同去了吧……」

楊晟之原以為他二哥要鬧一場振作夫綱，誰想雷聲大雨點小，反伏在床前哭得柔腸寸斷，又好氣又好笑，上前扶了楊景之，在他耳邊低聲道：「人沒死，還有氣兒呢，已有小廝請大夫去了，二哥也收一收淚，想法子把這事圓過去是正經。」

楊景之無言，只一逕兒拉著愛奴的手痛哭流涕，柯穎鸞歪著身子癱在地上哭得頓足捶胸，婉玉命丫鬟去攙扶柯穎鸞，心中暗道：「這本是二房的家事，我們何必跟著湊熱鬧？若是夫君想蹚渾水可大不妙了。」悄悄上前扯了楊晟之的衣袖，楊晟之立時跟她走到屏風後，拉了她胳膊道：「是不是乏了？妳要煩了只管回家去。二嫂性子潑，只怕妳受委屈。」婉玉搖搖頭，看著楊晟之的臉色試探道：「我只是覺著鬧成這樣也忒不像樣了，若讓旁人聽見還不知怎麼笑話。」

楊晟之皺著眉道：「我也不想插手，剛打發人去請太太了，只等著那頭來人咱們便回去，方才竹影回去傳話，我還特別囑咐他讓妳先回家去，妳怎麼又來了？」

婉玉笑道：「他確對著我使眼色來著，是我會錯了意，以為你在這兒有什麼為難的事，讓我過來呢。」

楊晟之見婉玉笑容清甜，心裡一陣蕩漾，低下頭輕聲道：「就算有為難的事也得我擋在前頭，怎麼也不能讓妳操這個心。」

婉玉心裡一顫，目不轉睛的看著楊晟之，良久方才嘆了一聲道：「你有這個心我就知足了。」

楊晟之一怔，眸色深沈下來，嘆道：「妹妹好像總不信我似的，只恨沒有刀子，把我胸口剖開來讓妳看看我的心。」

婉玉見楊晟之目光熱辣辣的，臉便紅了，垂了頭道：「你別惱，我不是這個意思。」

楊晟之看她羞答答的模樣，心裡越發愛憐酥軟了，湊到她臉頰邊親了一下，道：「我不惱，看我回去怎麼收拾妳。」說完便繞出去勸慰楊景之了。

婉玉大羞，用手捂著臉站了許久，待兩頰的紅潮退了，方才整整衣衫走了出來。只見丫鬟、婆子已將柯穎鸞攙了起來，扶到八仙桌旁坐下，柯穎鸞已是上氣不接下氣，嗓子都啞了，楊景之仍伏在床頭哭天抹淚，哭一回「我命苦的小奴兒」，又哭「早知如此，你要什麼我也都給你了」。柯穎鸞氣得面如土色，猛將桌上的茶杯拿起來狠擲在地上，大罵道：「今日我非砸了這裡不可！」又要跳起來大鬧。

婉玉急忙走上前按住柯穎鸞的手道：「二嫂消一消氣，我聽說已有人進府將這樁事稟告太太了，說不定太太待會兒就到了，若正撞見二嫂摔砸東西只怕不好。我知二嫂有千般萬般的委屈，不如此時就忍一忍，待太太來了央告她老人家作主便是了。」

柯穎鸞用帕子抹了一把臉，冷笑道：「太太能給我作主？我只能自己給自己公道罷了！」又嚎哭道：「妳二哥若是納個妾我也不惱了，他竟招個小倌兒回來，那小蹄子是能給他生養兒女還是怎的？他四處舉債當菩薩似的供著，還偷了家裡一對玉獅子出去賣，若不是今日債主找上門來，我還蒙在鼓裡當傻子。如今他有能耐長本事了，竟為那小賤人打老婆！下一回是不是要一刀捅死我才稱心滿意了？不光丟我的臉，更丟他們楊家的臉面。冤孽啊冤孽！真真兒是現世報！」

婉玉見柯穎鸞如此便知勸不住，只讓丫鬟和婆子攔住她亂摔東西，又揀些不疼不癢的軟話來勸，柯穎鸞口中猶罵個不住，放聲痛哭，忽聽院門一響，有個小廝奔進來道：「大夫到了！」

楊景之如同得了珍寶一般，從內室迎出來大聲道：「快請進來！」

柯穎鸞氣得柳眉倒豎，拍著桌子叫道：「請大夫？請什麼大夫？快給我打出去！」

楊景之不理，直要迎大夫進來，柯穎鸞氣得渾身亂顫，竟搶上前直挺挺橫躺在門口道：「想讓大夫進門，除非踩著我過去！」

正鬧得沒開交，又聽有人報到：「太太打發郭嬤嬤和胡嬤嬤來了！」

柯穎鸞聽是柳氏身邊兩個極有頭臉的老嬤嬤來了，立時收聲，一骨碌爬起來，面上換了一副委屈形容，捂著胸口揑著帕子不住抽泣，楊景之乘機將大夫引到臥室。不多時郭嬤嬤和胡嬤嬤便走了進來，屋中一片肅靜，唯聽見柯穎鸞啜泣之聲。

郭嬤嬤五十上下，生得矮胖，方圓臉面，穿一襲半新不舊的石青色綢服，頭上綰一個髻；胡嬤嬤年紀相當，身材細瘦些，穿著藍色緞子襖褂，尖臉高鼻。二人均肅著一張臉，進門後先環視一遭，見地上杯摔碗裂，茶水、茶葉潑了一地，又見柯穎鸞披頭散髮，滿面淚水，郭嬤嬤便皺了眉頭道：「二爺在何處？二爺呢？」

楊景之在臥室聽有人呼喚，情知躲不過，便走了出來，拱手道：「原來是二位老嬤嬤到了，快請坐喝茶。」

胡嬤嬤垂著眼皮道：「茶水免了，我們是來替太太傳話的。」

郭嬤嬤道：「太太說了，家裡的事怎能鬧到外頭丟人現眼？二爺不過是貪些樂子，何至於就鬧到這個地步了！大爺和三爺都是有官職的人，傳揚出去可怎麼收拾？叫你們兩個趕緊回去見太太！」

柯穎鸞心中有氣，淚止不住的淌下來道：「哪裡是貪些樂子，把家裡都花虧空了，偷賣我的嫁妝……」

胡嬤嬤道：「二奶奶若有委屈便回府跟太太訴吧。」

楊景之唯唯諾諾，心裡只記著一樁，道：「我自然回去見太太，只是愛奴給打傷了……」

郭嬤嬤打斷道：「若是傷了就給治傷，楊家一向寬仁，總不能不管。」楊景之得了這一句話便不再多言。而後眾人便收拾一番，回了楊府。

卻說楊晟之夫婦回府，到房裡換了衣裳便去給長輩請安，至楊母房中一看，正值柯穎鸞在楊母跟前哭訴。楊母歪在美人榻上，抬眼見楊晟之引著婉玉進來，忙道：「快來，今兒個是三房回門吧？可用過飯了？」

楊晟之笑道：「已經用過了，來給老祖宗問安。」說完拉著婉玉行禮。

楊母擺手道：「不必了，快坐吧，沏兩杯好茶吃。」又指著柯穎鸞道：「我正跟你們二嫂說話兒，告訴她女人要足了強不好，景哥兒已是個極寬柔好性兒的了，如今不過養個小戲子，這也不叫荒唐，不准她再鬧了。」婉玉聽了心裡連連搖頭。

柯穎鸞抽泣道：「倒不是為個小戲子，是為我的心……他如今這般打我、作踐我，我還有什麼臉……太太也數落我的不是，我心裡塞得滿滿的都是委屈……」

楊母道：「鸞丫頭，不是我愛說妳，妳待景哥兒也忒厲害了些，妳若體貼溫存了，何至於鬧到這般境地呢？這幾日我也想了，你們二房久久無嗣也是我一個心病，妳雖看上了碧桃，但人家家裡早已給訂了親，我也覺有些對不住妳。這幾日留心看了身邊幾個丫鬟，就覺得彩鳳行事穩重，容貌也好，性子也好，今年十八歲，家裡也沒給訂親事。妳是個美人胚子，她也是個美人胚子，景哥兒守著妳們兩個，自然不會再到外頭胡鬧了，我這就把人叫來給妳看看。」

柯穎鸞頓時大吃一驚，整個人都愣住了，眼裡滴下來的淚都顧不上擦。楊母命人叫了彩鳳來，柯穎鸞原先雖認識彩鳳卻未曾仔細打量，今日細細一觀，見果是個有姿色的丫頭，細眉杏目，體態嬌柔，頓時感覺跟吃了黃連似的。

楊母笑道：「彩鳳，還不快見二奶奶。」

彩鳳顯是早已知曉楊母的意思，頓時紅了臉兒，走到柯穎鸞跟前行禮道：「請二奶奶大安。」柯穎鸞臉上似笑還哭，抖著嘴唇說不出話。

楊母對彩鳳道：「我已跟妳二奶奶說完了，日後妳要好好伺候二爺和二奶奶，妳是從我房裡出去的，妳丟臉就是丟我的臉，要事事聽二爺和二奶奶的話，盡自己本分。」又對柯穎鸞道：「這個月挑個時候把彩鳳領回去吧，日後妳跟景哥兒安安生生的過日子才是，景哥兒日後若還出去胡鬧，我就給妳作主。」

柯穎鸞欲說幾句，但喉嚨裡如同堵了塊石頭，強把心頭的火氣吞下肚，只嗚咽了兩聲，但淚又掉了下來。婉玉見了憐憫起來，暗嘆道：「鸞姐兒本來受了氣，跟老太太訴委屈來的，誰想倒弄巧成拙，反倒找了更大的氣受。老太太一番話明是訓示彩鳳，實則是告訴二房，彩鳳是她房裡出去的人，打彩鳳的臉就是打她的臉，唉，鸞姐兒又是何苦來的！」想起先前柳氏在她懷著珍哥兒時往大房裡塞人，輕輕嘆了口氣。

待請安完畢，婉玉一直低著頭，默默跟在楊晟之身後。至明月池邊，楊晟之不走了，命跟著的婆子、丫鬟退到竹林裡等候，待四下無人了，便握了婉玉的手道：「妳怎麼了？打從老太太房裡出來就心事重重的。」

婉玉道：「就是有點可憐二嫂。」

楊晟之道：「可憐之人必有可恨之處。妳有所不知，她對二哥刻薄，暗中虧了家裡不少銀子，又弄死兩個通房丫頭，如今也是她的果報。」

婉玉低著頭幽幽道：「你不是女子，怎知道箇中滋味？二嫂縱有千般的不是，她有些心思我還是懂的。」

楊晟之一怔，仔細一想方才恍然婉玉可憐柯穎鸞什麼，便笑起來，伸手支起婉玉下巴，雙目深深望進她眼裡，道：「原來妳擔心的是這個。」

婉玉見楊晟之眼中精光閃動，便知他已經明白了，臉上一陣燙，裝傻道：「什麼？」

楊晟之只覺心裡喜孜孜的，忍住笑意，說：「妳只管放心，以後不管是老太太還是太太，往三房裡送丫頭的時候，不待妳開口，我都替妳攔了便是了。」

婉玉心裡顫了顫，頓時溢出欣喜之情，仍板著臉彆扭道：「誰說我是這個意思了……你說這個話，誰知道是不是哄我高興呢？等瞧見了標緻的丫鬟，只怕早就把今兒個說的話忘光了。」

楊晟之擰著眉道：「我今日說的話句句屬實，若有一句不真，日後天打雷劈，不得好死！」

婉玉急忙掩了楊晟之的口道：「呸呸！說這個做什麼?!」

楊晟之拉下婉玉的手，伸臂把她環在胸前，低聲道：「婉妹，妳怎麼總對我有戒心似的，總不肯信我似的。」

婉玉胡亂搪塞道：「還不是因為我知道你，長得浩然忠厚，卻一肚子彎彎繞繞的念頭。」

楊晟之笑道：「原來娘子已如此知曉為夫了，但我卻絕不會辜負妳的。」

婉玉無言，過了半晌，抬起胳膊輕輕環了楊晟之的腰，只覺微風習習，桂花飄香，天上的明月映在池水之中，比往日裡瞧著越發皎潔光輝了。

歸寧之後，楊晟之查點行裝，見一應物品早已被婉玉打理停當，自覺省心省力，擇了日子攜妻子、侄兒楊林珍與梅書達等京城世家子弟一道乘船回京。婉玉將心巧、靈兒，並兩個老嬤嬤留在抱竹館裡守著，只將慣用的五個丫鬟留在身邊，其餘的則早早打發先行上京等候。

婉玉頭一遭遠行，時常悄悄從紗窗子裡向外看，見一路山水草木，秋色澄澈，不由嘆道：「莫怪詩文裡總詠山歌水了，如今一見才知詩裡頭寫的遠不及親眼所見。」珍哥兒前兩日格外新奇，日日磨婉玉讓奶娘和丫頭抱著他到船頭玩耍。婉玉不願拘著他，命人仔仔細細看著，珍哥兒玩了幾日也膩了，又因吹了風發了熱，只得病懨懨的在床上躺著，婉玉著了慌，取出藥丸子，用熱湯化了給珍哥兒服用，夜間見珍哥兒發汗，脈象也平穩了，方才放下心來，之後命珍哥兒不准出去，只在船屋裡安生歇著。

這一日終到了京城。碼頭上早有下人備了轎子和拉行李的馬車等候。一路無話。婉玉至楊晟之在京城置辦的宅院一瞧，見果是一座三進三出（注）的大宅，後花園三面桃梨梅竹，引著半院泉水，繞著粉牆石橋潺潺流過，雖不甚大，卻頗有意趣。

楊晟之剛一回京就有鋪子裡的掌櫃前來稟報，楊晟之自換了衣裳處理俗務。婉玉則命人去請大夫給珍哥兒瞧病，又指揮身邊幾個得用的丫頭、陪房、小廝整頓行李，打發人去梅書達住處送東西問好。

楊晟之忙到掌燈時分才回來，進門便瞧見婉玉靠在美人榻上，怡人正捧著本子唸道：

「金銀器八箱，已入庫；古玩瓷器三箱，已入庫；縷金翠盤花椅搭十六對，已鋪禮和堂；綠鳳尾瀟湘竹簾十掛……」

婉玉見楊晟之來了，忙對怡人道：「先不說了，妳也下去歇歇，換豐兒這些小丫頭子來伺候吧。」

楊晟之擺了擺手道：「妳們唸妳們的。」

婉玉親自給楊晟之倒了杯茶，又上前幫他脫換衣裳，口中道：「也收拾得差不多，緊要的物件都在咱們房裡，其他的都已鎖在庫房裡了，日後看府裡哪處宅子缺什麼，再從庫房裡頭取，每件物品都是登記造冊的。禮和堂是你招待貴客的地方，我去瞧了一眼，也忒素淨了，不是咱們家裡的氣概，我擺了個青銅的瑞獸雙耳大鼎和一個玉馬彝，都是貴重的玩器，特別跟你說一聲。」

楊晟之見婉玉眼眶下已浮出青色，想到妻子這幾日舟車勞頓並未睡好，到府裡又忙了大半日，有些心疼，握了婉玉的手道：「先不管那些了，東西就算不收拾也不會跑了，只管全都放庫房裡鎖著就是，妳累了吧？晚上讓廚房做幾個妳愛吃的菜，吃了飯就早點歇著吧。」

婉玉道：「廚房已做得了，珍哥兒身子骨還虛著，我先讓人端了粥和幾樣小菜送到他房裡，讓他先吃了。」

注：三進三出，大宅院中，第一進為門屋，第二進是廳堂，第三進或後進為私室或閨房，是整個四合院中最南端的一排房子，其簷牆臨胡同，一般不開窗。

楊晟之道：「珍哥兒可好些了？若吃了藥還不見好，就趕緊再換個大夫瞧瞧。」

婉玉道：「我方才打發人去問，說他睡得挺熟的，想來沒什麼大礙。」說完命丫鬟擺飯，和楊晟之一同吃了，隨後沐浴梳洗，夫妻二人早早就寢。

第二日，楊晟之醒來時，婉玉早已把去翰林院的應用之物收拾妥帖。楊晟之道：「妳怎麼起這麼早？咱們自己到京城住，上無長輩，沒有這麼些規矩，妳多睡會兒才是。」

婉玉對著收拾好的包袱一努嘴道：「我要是睡沈了，誰給你整理這些東西呢？」

楊晟之道：「不是有丫頭打點嗎？」

婉玉一面命丫鬟端巾帕進來服侍梳洗，一面打發人去廚房把熬了半宿的人參湯端來，口中道：「頭一次還是我精心些，薄厚衣裳都備好了，你慣喝的茶葉放在藍色的包裡，你這幾天有點咳嗽，我給你帶了瓶甘草潤喉露，不舒服時滴一茶匙，用溫水調開了喝。我聽說翰林院巳時正才吃早飯，你先喝碗人參湯墊墊胃。這兒有兩個捧盒，每個裡頭都各有兩個菜和湯飯，回頭讓小廝們找地方給你和我二哥熱了吃，午時我再打發人送飯去。」

楊晟之笑道：「還是妳心細，想得周全。午時不必打發人送吃的去了，我跟小舅哥與同僚有些應酬。等我走了妳再多睡會兒，保重身子才是，等我晚上回來跟妳說話解悶兒。」說完喝了參湯，穿戴停當往翰林院去了。

婉玉送別楊晟之後也無睡意，換了件荔枝紅繡牡丹的長褙子，腰上繫著摻金珠線穗子宮絛，下著天青色裙裾，頭上、手上皆是一色梅花樣式的金器，打扮極端莊。待卯時二刻準時坐堂內理事，府中的婆娘、丫鬟、媳婦都已到齊，婉玉順著名冊看了一遍，見府裡只有一個還未留頭的小丫頭子、兩個婆子和三個媳婦是原先楊晟之從楊家帶來的家生奴才，餘者皆是她從娘家帶來的，心裡不由一鬆，暗道：「家裡人口倒簡單，如此這般就好打理了。」想著將名冊放置一旁，揚聲道：「妳們大多都是跟我娘家陪嫁來的，既是老人兒，也就該知道我的規矩和脾氣，旁的話我也不再多說，只要事事依著原先的規矩行，自然是不錯的，若仗著自己原先的老臉面做了不該的事兒，我一例處罰，旁人也不准求情。」

眾人聽了齊聲應道：「只聽奶奶吩咐。」

婉玉命怡人唸花名冊，按著慣例將人分配下去，哪個應門、哪個管茶房爐火、哪個掌管杯勺碗碟酒皿、哪個打掃廂房廳堂等逐一安排人選，末了把對牌發下去，打發人都散了。

怡人上前道：「奶奶忙了半日了，該吃點早飯歇一會兒才是。」

婉玉捶了捶肩膀道：「是有些累了，這些天坐船就讓人頭暈腦脹的，昨兒個又忙亂一回，覺著骨頭都要散了。」

怡人立即上前給婉玉捏肩，又朝門口使了個眼色，霽虹和金簪正守在門口，見了趕緊把水盆、巾帕和早飯端了進去。婉玉淨了手，剛拿起筷子，又想到什麼，問：「珍哥兒吃了沒有？」

霽虹道：「吃了，聽孫嬤嬤說精神已經健旺。」

婉玉方才放心，吃完飯用香茶漱口，帶了怡人和采纖在府中各處轉了一圈，見人人各司其職，上下清明，不由微微點頭；又指導哪一處地方要擺玩器、哪一處要換窗紗、哪一處該設什麼家具、哪一處要補栽花木，立時就有婆子和管事媳婦來領鑰匙，從庫房中領了東西擺上。

待用過午飯，婉玉歪在床上小睡，忽感覺身上沈沈的，鼻間聞到男子氣息，後有人湊上來吮住她的唇。婉玉一驚，登時醒了過來，只見楊晟之正摟著她親暱。婉玉仍不慣與男子親熱，想掙扎又掙脫不開，楊晟之翻身將她壓得嚴嚴實實，長長的親了一記，末了細細親著婉玉的臉兒，見她雙頰紅撲撲的，只覺全身火燙，伸手就要解婉玉衣扣。婉玉急忙攥住楊晟之的手道：「這還白天呢！」

楊晟之親著她的髮鬢道：「待會兒把床幔帳放下來，床裡就黑了。」說著手便探到她小衣裡頭去了。

婉玉倒吸一口氣，按住楊晟之的手央告道：「好人，別鬧了，我跟管花園的婆子和媳婦都說好了，未時三刻去園子裡逛逛。回頭她們過來問我怎麼不去了，丫鬟說我跟你在一處……一處睡著，我、我還有臉沒臉了？」

楊晟之懷抱一團軟玉溫香，又見婉玉粉面融融羞色，溫聲軟語的央求他，像隻咪咪叫的貓兒似的，只恨不得把她死死往骨子裡揉，啞著嗓子道：「待會兒我陪妳逛園子去，哪個敢笑妳，我就把她轟出去。」說著一把扯下幔帳親過來，強要婉玉依從。

楊晟之身壯力強正值青年，又是新婚燕爾，正是貪歡的時候，眼瞧著婉玉星眸半合，檀口微張，兩頰紅霞暈染，烏髮披散下來更襯著身如白玉凝脂一般，婉轉嬌吟處已有不勝之態，往日裡端莊矜持的模樣已全然不見了，心裡越發揣了團火，直過了許久方才將雲雨散了，在床上摟著妻子，仍沒個饜足。

婉玉捶了他一記道：「還不快起來，叫丫鬟打水梳洗，園子裡還有人等著呢。」

楊晟之道：「陪我再躺躺，今兒個就不去了罷。」

婉玉紅著臉，自顧自起身道：「那可不成，這已經不成體統了。」

楊晟之從後一把抱住婉玉躺下來，道：「什麼體統不體統的，難得今兒個下午學士告假，我們這才散了學，偷得半日閒，我只想跟妳一處躺著。」說著手又不規矩起來。

婉玉又羞又急，繃著臉道：「再鬧我就惱了！」

楊晟之住了手摟著婉玉笑道：「那把妳方才求饒時喚我的那聲再叫一回，我就放了妳，陪妳一同看園子去。」

婉玉聽了臉蛋登時紅得好似滴血一般，垂著臉兒不說話。楊晟之輕輕搖晃，哄道：「乖婉兒，再叫一聲讓我聽聽。」

過了好半晌，婉玉才吶吶的喚了一聲：「好、好哥哥……」楊晟之渾身的筋骨都酥了一酥，婉玉又捶了一記，嗔道：「還不趕緊起來。」楊晟之這才笑吟吟的起身，喚丫鬟抬了木盆來，二人沐浴梳洗，重新換過衣裳，便往花園去了。

這廂一干婆子、媳婦早已得了信兒，立在園子門口守著，見二人來了，連忙引著向前走。只見迎面一座假山，削峰掩映，怪石嵯峨，頗有幾分崢嶸之勢，楊晟之道：「這山上有一亭，曰『愛晚亭』，據說坐在亭中看晚霞再愜意不過，因此才取的名字，我卻覺得落了俗套，命人把匾額摘了，夫人是才女，想出的名目必然高明雅趣，不如妳題個匾掛上吧。」原來楊晟之知婉玉胸中有些墨水，故如此說討歡心，婉玉聽了果然歡喜，笑道：「妙得很，既已是咱們家的園子了，原先的名兒還是不用的好。你是兩榜的進士，比我有學問，還是你取吧。」

楊晟之聽婉玉如此說，便故意說了「含暉」、「吐月」、「堆霞」等俗名，婉玉果然搖頭說不好，楊晟之便笑道：「別推讓了，還是妳取一個，待妳取完了，我給題字。」婉玉抿嘴笑了笑，抬頭一瞧，果見山上微露涼亭一角，想了想道：「有古詩說『霞石觸峰起』，偏巧這山還是賞霞的佳處，不如用『昂霞』二字。」楊晟之讚道：「好名字，壯麗又有十分的氣勢，就用『昂霞』了。」

說著與婉玉繞過假山往後去，只見款款一條石子小路，四周翠竹輕搖，待轉彎步入抄手遊廊，翠竹皆不見，滿眼皆是鬱鬱蔥蔥的蘿藤，遊廊兩側各色花木，桃梨杏樹繁茂，垂柳依依，楊晟之指著對婉玉道：「這是茉莉檻，這是海棠畦，這是芍藥圃，薔薇架後頭的一處房舍小了些，本是處賞花的地方，原叫『桃花塢』，夫人改一個吧。」

婉玉讚嘆道：「地方雖小，卻盤旋曲折，種了這麼些花木，倒有咱們江南園子的韻味了。詩詞裡頻有『不放春歸去』之嘆，這裡不若叫『鎖春塢』吧。方才我想到一個上聯，我說不好你可不准笑。」

楊晟之眉目柔和道：「妳只管說，我給妳對下聯。」

婉玉道：「花倚玉堂吐芳淺。」

楊晟之接道：「風卷竹簾問春深。」

婉玉「哎呀」一聲，笑吟吟道：「你這『問春深』可把我的『吐芳淺』比下去了。」

楊晟之笑道：「還是妳的好，我是渾說的。」一面說一面走，只見遊廊盡頭竟與一水榭相連，那水榭小巧玲瓏，開敞通透，屋中掛幾幅字畫，又設一八仙桌，涼臺探向水面。婉玉走到臺上，眼前豁然開朗，只見一池碧水蕩漾，半池蓮葉焦黃，假山拳石，徑曲橋深，池邊亭台軒閣雕甍繡欄，掩映花木之間，滿眼皆是勝景，不由心曠神怡。

楊晟之道：「此處該書何文？」

婉玉微微笑道：「在這水榭裡剛好能賞這半池蓮花，月色極佳的夜裡，坐在這兒賞月聽琴應是再妙不過的了。又有詩詞『荷花嬌欲語，笑入鴛鴦浦』，依我的意，就叫『嘯月鴛鴦榭』。」

楊晟之道：「『嘯』一字太顯剛烈，與『鴛鴦』不搭了。不光要看月色抒懷，更要攬景，夫人覺得『攬月鴛鴦榭』怎樣？」

婉玉拍手笑道：「這個好，氣度不凡，見大丈夫的胸襟，改一字就見風骨。這次你出個上聯，我來對。」

楊晟之略一想便道：「荷韻滿袖談風月。」

婉玉笑道：「煙雨一榭敘古今。」

楊晟之道：「這次妳又比我作得好了。」湊上前低聲道：「等天氣好的時候，咱們晚上就來這兒賞月，若晚了，咱們就歇在這兒。鴛鴦榭裡做鴛鴦，也不枉叫這個名兒。」

婉玉臉又紅了，「呸」了一聲，轉身朝水榭另一側的遊廊向別處去，行至不遠便見十幾株芭蕉，層層疊疊，與幾十竿翠竹擁著一處房舍，牆下鬱鬱蔥蔥種的皆是碗口大的菊花。

婉玉一怔，楊晟之卻笑道：「這是個佳處，妳隨我來。」說完引著婉玉走上前，推門一觀，只見屋中桌椅床几一應俱全，另有書架子，上頭零零散散擺著幾套書，窗前的桌子上擺著棋盤，推窗便能看到芭蕉搖曳。

楊晟之道：「剛買下這宅子時我就在這裡宿了一晚，當夜便下雨了，聽雨打芭蕉之聲頗得古韻，我當時便想，若是能跟妳在此處聽雨下棋，不知該有多快活了？」

婉玉嫣然笑道：「難不成此處要叫『聽雨軒』？」

楊晟之笑道：「還真讓妳猜著了，原來確叫這個名兒，不過又俗套了。我原想叫『綠幽館』，但想想又覺得不新奇。」

婉玉道：「此處有竹子有芭蕉，自然當得起『綠幽』二字，古詩云『蕉葉半黃荷葉碧，兩家秋雨一家聲』，又有『聽雨入秋竹，留僧復舊棋』。這裡不如叫『綠幽洗秋之館』。」

楊晟之脫口讚道：「好名字，清幽，比我高明多了。」

婉玉嬌嗔道：「這是你讓著我呢，就算我渾說你也讚好，罰你作個對聯出來。」

楊晟之見婉玉嬌態已然癡了，想伸臂摟她，又想起門外還站著丫鬟、婆子，只好悄悄捏了捏婉玉的手，口中道：「舊棋人觀青瑤影，枕上客聽夜雨聲。」

婉玉點頭笑道：「應景，還敢說自己不高明。」

二人一同出了房舍，又有一亭，亭邊栽得皆是桂樹和楓樹，此時節桂花飄香，楓葉正紅，滿襟滿袖皆是清爽，婉玉道：「此亭應叫『點樨亭』或『聞樨亭』。」楊晟之道：「前者更別致些。」

說著眼前出現一石橋，原來池中央有一小洲，以石橋與岸相連。楊晟之同婉玉穿過石橋，行至小洲，只見洲上壘一土山，山上建一繡樓，崇閣玲瓏，極盡精巧華美之意。楊晟之道：「夫人累了罷？咱們進這樓裡歇歇。」婉玉走了半日也覺腿疼，便扶了丫鬟進到繡樓中，見樓中空蕩蕩的，並無陳設，邁步攀木梯上至二樓，只見屋子正中擺了桌椅，怡人捧來坐蓐，婉玉在椅上坐了，楊晟之命人將繡樓四面的窗皆悉推開，對婉玉笑道：「這一處才是園中最勝之景。」

婉玉展眼一觀，果然園中景致一覽無餘，清風拂面，頓時精神一振。楊晟之笑道：「這園子本分為春、夏、秋、冬四季景，方才見過東面的鎖春塢和垂柳桃杏等為春景；南方攬月鴛鴦榭和半池荷花為夏景，西面綠幽洗秋之館和點樨亭為秋景。」說完伸手指著北方道：

「這一處為冬景。」

婉玉走到窗前一瞧，只見北方有一座二層的閣樓，閣樓四周栽種幾十株老梅並幾棵松柏和翠竹。

楊晟之道：「那處原名『待雪庵』，是先前本家老太太的佛堂，故而清寒了些，便未帶妳過去。」

婉玉道：「這一處卻是極好命名的，你看這梅、松、竹恰是歲寒三友，就乾脆叫了『歲寒居』吧。」也不待楊晟之答話，又出聯道：「紅梅弄雪對月語。」

楊晟之立時對道：「翠竹和露抱琴眠。」又笑道：「如此這般園子裡的匾算齊全了。」想了想一拍大腿道：「不對，還差一處，這繡樓還未曾命名呢。」

婉玉道：「春有百花，夏有荷，秋有桂菊，冬有梅。這小樓裡一年四季都能觀賞花開，真好比花間仙境了，當年淑妃省親，命以『花間一夢』為題作詩詞，我極愛這四個字，人之一生便好比夢幻泡影，轉眼就是一世，這繡樓叫『花間一夢樓』如何？」

楊晟之緩緩點頭，命檀雪取來文房四寶，將匾額一一寫了。金簪和霽虹端來果品細茶，夫妻二人在繡樓中賞景說笑，自有一番濃情密意。

第三十七回　苦姝玉命喪深宮院　病楊母魂斷喜壽宴

轉眼年關將至，婉玉一面忙著準備楊晟之官場應酬的各色禮物，一面忙著發年例，又命人把府裡頭佈置起來，換了門神、對聯、掛牌、新漆了桃符，掛上大紅燈籠，每個上頭都書一個「楊」字。楊晟之見大小事務有條不紊，越發覺得婉玉賢慧能幹，又恐她累著，時時也替她分擔一二。

臘月二十九日，婉玉正在房中核帳，忽接到淑妃娘娘的手諭，淑妃念姊妹情深，故在正月初二召婉玉進宮覲見。待太監宣旨完畢，婉玉忙起身接旨道：「多謝公公，不知公公如何稱呼？遠道而來辛苦了，還請喝些熱茶。」說著向怡人使了個眼色，怡人立時遞給婉玉一封紅包，婉玉又塞到那太監手中，笑道：「一點小意思，不成敬意，公公留著買酒喝吧。」

那太監四十歲上下，身矮面白，接過紅包只覺壓手，不由眉開眼笑，將紅包揣入懷內，細著嗓子道：「咱家姓劉，夫人客氣了。」言罷坐了下來。

婉玉坐下來道：「我初到京城不久，不知宮中應如何行事，此番覲見娘娘又有何需要避諱之處，還請公公提點一二。」說著又掏出一封紅包，從桌上推了過去。

劉公公暗讚婉玉懂事，面上不動聲色，垂著眼皮把紅包摸進袖中，笑道：「夫人只管放心，淑妃娘娘念舊情，夫人畢竟出身柳家，見一見也是情理之中。」

婉玉暗道：「姝玉進宮之後一舉得男，但聽說那小皇子有先天帶來的病，一直病懨懨的。皇上升了姝玉為祥貴人，當時姝玉從宮裡給柳家送了好些東西，賞她姨娘的物件比給孫氏的還豐厚，場面闊極了。當日人人議論，說姝玉生一子傍身，淑妃還一無所出，皇上如今雖已有七、八位皇子，但也保不齊日後姝玉真就高過淑妃娘娘一頭去。」口中道：「不知這次覲見，是否能見到祥貴人？」

劉公公微微一怔，眼中精光微閃，壓低聲音道：「夫人果然是初到京城，莫怪咱家沒提醒妳，祥貴人三個月前惹惱了太后，皇上龍顏動怒，本要嚴加懲處，淑妃娘娘苦苦哀求，方才改罰禁足兩個月，革俸銀半年，小皇子也留在淑妃娘娘身邊教養。夫人這次去是否能見到祥貴人，咱家也未可知。」

婉玉吃了一驚，臉上卻不動聲色道：「這樣大的事，宮外頭怎麼一點消息都沒有？」

劉公公道：「宮裡是什麼地方，豈能事事傳到宮外去？唉，祥貴人到底年輕氣盛，在宮裡有幾位主子娘娘……」劉公公說到此處忽住了嘴，喝了一口茶，起身道：「多謝夫人賞茶，咱家還有事，先告辭了。」婉玉連忙起身相送。

待送走劉公公，婉玉默默想了一回，命人將庫房打開，精心備了兩份禮物預備送往宮中。

且說正月初二這一日，婉玉天未亮便梳洗打扮，妝束起來，後乘大轎入宮，由一隊宮娥、太監引入椒房。婉玉垂首恭謹，眼略向四周一瞥，只見香燭輝煌，錦幃繡幕，聞得一股撲鼻的木樨清香，依稀看到一位明燦耀目的宮裝佳人端坐在正前方。

婉玉忙上前見禮，女官站立一旁曰：「免。」於是婉玉起身，又曰：「看座。」婉玉躬身道：「謝娘娘。」後端正落坐。婧玉笑道：「都是自家姊妹，何必拘束？」把婉玉喚到跟前握著手問長問短，先敘些姊妹私情，又問及家中大小事務。

婉玉一一答了，又道：「不知九皇子可好？快要滿一歲了吧？」

婧玉立時容光煥發，笑道：「提起九皇子，真真兒是逗人喜愛。就是從胎裡帶了些病氣，身子骨弱，如今用心調養照顧著，皇上今兒個早晨還來抱過他。」

婉玉笑道：「九皇子龍姿鳳質，伶俐可愛，自然深得皇上和娘娘歡喜了。」

婧玉越發笑開了，絮絮說了些九皇子的事，一派慈母之情。婉玉也句句迎合著，見婧玉歡喜了，方才裝作不經意之狀問道：「不知祥貴人在宮中可好？」

婧玉一頓，臉上的笑容緩緩淡了，嘆了一聲道：「她啊……唉，三妹妹太過孤高了些，誕下皇子後便越發清高自傲了，言語間頂撞了幾位嬪妃，太后風聞了便訓示了幾句，三妹妹不服，竟出言頂撞了太后，此事傳到皇上耳朵裡，皇上心生不悅，我哀求了許久，皇上方才看在九皇子的分上，輕罰了三妹妹。只是三妹妹心頭鬱積了憂思煩悶，病得極重，這幾日方才好了些，我已告訴她今日傳喚妳進宮，就不知她能不能來了。」

婉玉暗哂道：「淑妃一直深得太后歡心，若早求到太后跟前，何至於讓此事傳到皇上耳中？只怕是姝玉仗著自己生下皇子便越發端架子傲慢，不只惹得後宮幾位嬪妃不快，更惹得淑妃不悅了。這一招借刀殺人甚狠，姝玉不僅失寵，更失了兒子，她若不改這個性子，日後只怕難有出頭之日。」心中唏噓，口中只管道：「祥貴人還是要多寬解心情、保養身體才是。」

婧玉又同婉玉說笑了一回，此時有太監啟道：「時辰已到。」婧玉便緊緊握了婉玉的手，笑道：「如今一個月可內省一次，妹妹要時常遞牌子來看我才是。」婉玉點頭，口中只說「娘娘好生保養」等語，方才行禮退了出來。

待到椒房外，由太監引著拐過後房，只聽得有人道：「請等一等。」那太監腳步一止，婉玉扭頭一瞧，只見房屋陰影之中立著一個人，待那人慢慢走近了，婉玉登時大吃一驚，原來這人竟然是姝玉！雖說是姝玉，卻同往日的姝玉大不相同了，臉色蠟黃，兩頰病容，眼睛深凹進去，一頭烏髮都乾了，身披一件雪青色斗篷，身子單薄得彷彿寒風中的秋葉一般。

那太監立時行禮道：「見過祥貴人。」婉玉忙隨著太監拜了一拜。只見姝玉從袖中摸出一錠銀子塞到那太監手中道：「韓公公寬仁，請給片刻時光，容我們說一、兩句。」

韓公公把銀子捏在手裡，咋了咋嘴道：「如此只能片刻，門外還有轎子等候，不可拖延。」說罷甩手走到一旁。

姝玉走到婉玉跟前，婉玉再欲行禮，姝玉便立時道：「不必了。」而後雙目直勾勾看著婉玉，從上到下打量，又從下到上打量，忽輕笑了一聲道：「妳越來越好看了。」

婉玉無言，不知該如何作答。姝玉又道：「聽說妳嫁給楊晟之了，他、他待妳好嗎？」婉玉正要開口，只聽姝玉又道：「妳氣色甚好，想來他待妳是極好的了。」說著有些悵然，眼神也空洞洞的，道：「他如今好嗎？」緊接著喃喃道：「他也應是極好的了，登科兩榜進士，選為庶起士入翰林院，又娶了一品大員的女兒，春風得意，怎能不好呢？」

婉玉見她如此，心裡也有些難過，道：「聽說祥貴人前些時日病了一場，不知可曾好些了？」

姝玉方才回過神，慘然笑道：「好又如何、不好又如何？在這地方死了又如何？誰會惦記著？熬日子罷了。」說完正色道：「今日來，是有件事想求妹妹看在往日的姊妹之情上幫忙一二。」

婉玉道：「姊姊請說吧。」

姝玉道：「妹妹此番來，淑妃必從宮裡賞東西給妳，我也會賞妹妹一份。我賞賜的東西，但求妹妹留下幾件心愛的，餘下的悄悄託人帶給我姨娘，我日後不能在她跟前盡孝道了，送這些東西，只當讓她老了有個依靠，就算我給她養老送終了……」說著哽咽，強忍住淚不讓滴下來。

婉玉心中不忍，道：「妳在宮中，上下打點的地方多，還是留著自己用吧，我自會時時派人送東西給妳姨娘。畢竟姊妹一場，這點銀子還是有的。」

姝玉一怔，緊握了婉玉的手，哽咽叫道：「五妹妹……」淚如雨下一般。婉玉連忙勸解，又道：「若姊姊執意要送，那妳的東西我一件都不留，全都送到妳姨娘手裡，這是妳的一片孝心，不能玷污了它。」

姝玉強忍住淚道：「我這一份還請妹妹務必交給姨娘，如若妹妹能時時照拂我姨娘，我便感激不盡了，來世當牛做馬也必將報答。」又再三叮囑道：「一定要悄悄送到我姨娘那兒。」

婉玉忍不住嘆了一聲道：「但凡原先知道這個理兒，不做狷狂，謹言慎行些……」

姝玉流著淚道：「先前是我自誤了，以為宮中皆是庸脂俗粉，自己有幾分姿色才情，又生了皇子，日後便能在深宮中立足，得封高品是遲早的事。後來才知道，深宮內哪怕晉一級都不知要熬費多少年華，多少人終其一生不過才人、貴人而已，就像微塵一般。但如今知道了，也晚了……我只後悔當日未聽姨娘所言，把自己一生斷送在這見不得人的地方……」

婉玉又是憐憫又是感慨，勸道：「妳好好保養身體，切勿胡思亂想，只是那個清高的性子就改改吧，日後定有出頭之日。等九皇子長大了，好日子在後頭呢。」

姝玉搖頭垂淚道：「我知道，熬日子罷了，只怕我在這冷冰冰的地方熬不下去……」

婉玉還要勸解幾句，只見韓公公走過來道：「貴人請回吧，不能耽擱了。」姝玉握著婉玉的手不忍放，再三囑咐婉玉一定把東西送到她姨娘手裡，婉玉連連點頭。待走出一段路，婉玉忍不住回頭看，只見姝玉仍立在原處，身影在寒風裡越發顯得單薄了。婉玉出宮城的時候，掀開轎簾看了看甬道兩旁灰濛濛的宮牆，只覺心頭堵了一團石頭，靜靜搖了搖頭。

歸家後，楊晟之問起進宮之事，婉玉坐在床頭道：「倒沒什麼要緊的，只是淑妃召我進宮敘些家常罷了。爹爹前些日子面聖述職，甚得皇上滿意，二哥哥又得幾個宗親看重，想要結親，淑妃便籠絡籠絡，也是人之常情。只是這次也見著姝玉，她卻不太如意。」遂將姝玉的事同楊晟之講了。

楊晟之良久無言，長長嘆了一聲，婉玉亦嘆了口氣道：「姝玉為人不壞，只是太過清高，目無下塵了些，這性子難免在深宮遭妒。她如今這個模樣，我心裡也不舒服。原先在柳家，她從不跟我說話的，竟然能求到我這兒來，可見是真的求不到人了。她今日說的話也屢發悲兆不祥之意，彷彿活不了幾日了似的。」又瞧楊晟之有些呆愣愣的，便推了一把道：「想什麼呢？我方才同你說話兒呢。」

楊晟之嘆道：「姝玉不大通俗務，只有個多愁善感的性子，滿心懷風花雪月，在宮裡只怕過得艱難了，可憐她青春玉貌，一襲風流，竟有這樣結果……」說著唏噓不已。

婉玉道：「也不枉你憐愛，她還特別問起你過得可好來著，可見是先前的舊情銘記在心裡，久久的不能忘。人家原就巴巴做了鞋送你，你卻不肯收，當初要收了，何至於讓她進宮受這樣的委屈，你在這裡長吁短嘆呢？」

楊晟之吃了一驚，朝婉玉看過來，只見她臉上似笑非笑的，明眸閃亮，楊晟之便知婉玉早已知曉他同姝玉原先的舊事，頓時有些害臊狼狽，挨在婉玉身邊伸臂一摟道：「這是什麼話？我怎麼對她憐愛了？我不過是聽妳說起來，就隨口說了幾句，妳當是什麼了？再者說，天地良心，我沒要她做的鞋，可妳做的鞋我立時就收下來了。還捨不得穿，只上腳了幾回就收起來了，不信我拿給妳看。」說著起身就要開箱子找鞋。

婉玉哼一聲道：「定是你嫌針線粗糙，才穿了兩回就不穿了。」

楊晟之道：「當時咱們中間隔了這麼些人和事，我只當日後與妳天涯永隔，所以留著妳給我寫的字、做的針線，日後看看也是個念想，所以沒捨得穿罷了。」

婉玉抬頭，只見楊晟之正深深看著她，心裡不由一顫，楊晟之把她攬在懷裡道：「我同她只是小時候的情分了，可我對妳的心，妳應是知道的。」說完細細親著婉玉的臉兒道：「婉妹，給我生個孩子吧。」

婉玉臉紅，輕輕的「嗯」了一聲，又推道：「大白天的做什麼。」

楊晟之知她面薄，便笑了笑，尋了別的話來說，夫妻二人玩笑一番，不在話下。

是夜，姝玉坐在床上哭了一回，咬牙暗道：「姨娘我已盡了心，身邊黃白之物盡數相贈，五妹妹但凡有一絲良心都應不負囑託；方才遠遠看了兒子幾眼，日後他長大成人，淑妃自會竭力，我兩樁心事已了。如今身在宮中永不得脫身，早已如同死灰一般，如此這般活著已是沒趣，何況要再瞧人臉色，做低三下四之態，受盡欺凌，這世間已再無讓我留戀之處，不如一死，求個解脫。」想到此處，尋出一條腰帶，掛在門框上，繫了一個死結，含淚把頭伸進去，雙腿輕輕一蹬腳下的小凳子，整個人便吊了起來。服侍她的宮娥俱被她打發出去，故此刻懸樑，旁人一概不知，只這樣靜悄悄的死了。

第二日卯時二刻，宮中傳出消息，祥貴人柳姝玉突發惡疾猝死宮中，皇上欽賜棺木，命厚葬。

且說婉玉在京城安居，平日裡除卻管理家中大小事務、往來送迎外，便同珍哥兒一處讀書寫字，或與楊晟之彈琴下棋、作畫吟詩，日子倒也十分平安順意。冬去春來，至隔年夏天，一日婉玉忽不自在起來，渾身發懶，做什麼都悶悶的，又添了噁心的毛病兒，請來大夫一診，正是有了喜脈。楊晟之喜不自禁，請了京城中名醫每日前來診脈，命廚房變著花樣的做菜做湯，又花了許多銀子買滋補之物，百般溫柔體貼。誰料想，正在歡喜的當兒，忽有穿孝的楊家僕役從金陵送信來，原來楊母前幾日突然發病撒手人寰，楊崢命他們夫妻攜珍哥兒回鄉。楊晟之聽聞，喜意登時就去了一半，只得奉守丁憂，收拾家門，打點行囊，攜妻子、侄兒奔喪回金陵。

一路舟車勞頓，天氣悶熱，婉玉又犯嘔，不幾日就瘦了一圈，恐楊晟之擔心，只得強打了精神說笑，珍哥兒知婉玉身上不爽利，也格外乖覺了些。這一日終回到楊家，怡人並兩個老嬤嬤小心翼翼的攙婉玉下車，婉玉抬頭一瞧，只見大門上高高懸掛兩盞白燈籠，迎在大門口的下人皆是一色的白服素孝。

婉玉默默嘆氣，心道：「老太太也是個心慈的，原先待我和珍哥兒都不薄，竟然這樣撒手了，連珍哥兒最後一面都沒見著。」摸了摸珍哥兒的頭道：「待會兒好好給你老祖宗磕頭，別讓她白疼你了。」眾人簇著他們三人先回房換衣裳，而後三人到靈堂行跪拜大禮，又去拜見楊崢和柳氏。

楊崢兩鬢都已斑白了，神色憔悴，見他們夫婦帶著珍哥兒來了，方才有了些欣慰之色。柳氏樣貌反倒圓潤了些，只顧抱著珍哥兒問長問短，因婉玉有了身孕，也不鹹不淡的關照了幾句。婉玉見堂上只立著楊景之一人，卻不見楊昊之、妍玉和柯穎鸞，心中暗暗納罕。

楊崢見婉玉面露疲憊之色，便道：「老三、媳婦兒先回去歇著吧，回頭讓廚房單做些滋補的湯水，叫外宅廊底下的小廝把濟安堂的羅神醫請來，給診一診才是。」

婉玉道：「勞煩公爹惦記，我先告退了。」說完起身行禮，慢慢退了出去。

待回到抱竹館，只見廳堂當中擺放著幾箱行禮，怡人正命小丫頭子將帶來的行李收拾了，夏婆子正坐在門廳口的小凳子上，見采纖扶著婉玉進來，忙起身迎道：「奶奶慢著些走，如今是雙身子的人了，留神閃了腰。」

婉玉道：「哪兒就這麼嬌弱，還不足月份，怎麼就會閃腰了？倒是從一進門就沒得閒兒，這會兒有些乏了。」說著走到臥房，斜歪在床頭。采纖端了一碗茶來，婉玉嫌熱，擺了擺手道：「放那兒吧，這會兒不想喝茶。」

采纖道：「奶奶要不瞇一會兒？」

婉玉道：「我渾身痠疼，卻睡不著。」搖了搖扇子，道：「把心巧叫來。」

不多時心巧便到了，模樣未變，雙眼水汪汪的，眼神有些虛浮，神態倒極老實，進了門走到婉玉跟前跪下磕頭道：「問奶奶安，請奶奶千秋。」

婉玉道：「妳起來吧，這段日子我不在，府裡可有什麼事？老太太雖然身上不好，但一直吃藥調養著，怎麼突然就過去了？」

心巧忙道：「說起來，今年府裡倒不十分太平，大年初一的時候，咱們府上一早就搭粥棚捨粥，從西面來了個穿著破衣裳的和尚，老爺正好瞧見，便命打粥的多給他打了些。誰想那和尚又拽著老爺的袖子要衣裳，老爺看他穿得單薄，就又賞了他一件舊棉襖。那和尚便說：『貧僧與老菩薩宿命有些因緣，今日就點化你幾句，今年貴府上有白虎吊門星進宅，恐白事不斷，添一丁卻損三人，不祥也！』說完便走了，老爺命人攔住他要問個清楚，那和尚卻走得比風還快，拐過宅子就不見人了。老爺雖覺得他瘋瘋癲癲的，但大過年的聽了這話，誰不憂心忡忡呢？第二天就請了四十九個和尚、尼姑和道士上門誦經消災，又花了大錢到廟裡打平安醮。許是佛祖保佑了，前半年府裡還算太平，老爺、太太的心氣兒起來了，又趕上老太太壽辰，府裡就要熱鬧一回，沒想到老太太就在做壽那天突然過去了，後來又有人送信兒，說奶奶有了身孕……所以……所以府裡頭好多人都悄悄說，那和尚說得準，不知還有兩條命是誰的了……」一邊說一邊翻著眼皮，小心看著婉玉臉色。

婉玉搖著扇子坐了起來，道：「說得還有鼻子有眼兒的，從哪兒聽來的？」

心巧道：「句句千真萬確，不敢胡說！老太太做壽那天，昊大爺在外頭採買了十二個又會唱又會演的女孩子來，十二個站在一塊兒像一把水蔥似的，每個人手上都捧一個禮盒，盒子裡放一樣金貴稀罕的物件兒，口中唱祝壽的曲子，瞧著也新鮮。老太太看著高興，還誇了大爺幾句，大爺乘機要討當中一個喚作碧官的，話裡流露出點意思，大奶奶臉上不好看，在廊下就跟大爺爭持起來，老太太在屋裡聽見，急忙讓丫鬟扶著要親自出來勸架，誰想到剛一起身就說胸口疼，歪在榻上掙了幾下，藥丸子還含在嘴裡，人就嚥氣了。老爺氣懵了，說是他們氣死了老太太，狠狠打了大爺幾記，讓他跟大奶奶在祠堂跪了一宿，還是太太苦苦求情方才作罷的。」

婉玉聽得目瞪口呆，半晌搖了搖頭，暗道：「楊昊之那廝原就是鎮日在家裡調三窩四、敗家破業沒臉面的東西，竟真把老太太氣死了，造孽啊造孽……妍玉也是可憐見的……」又抬頭問：「如今大房那頭如何了？」

心巧道：「還能如何？死者為大，先發喪要緊，老爺還不曾發落，大爺和大奶奶也遠遠的躲著。」

婉玉道：「二房呢？又是什麼光景？」

心巧眉飛色舞道：「二奶奶跟二爺起了爭執，二爺怒起來捅了她一刀，如今傷還沒好呢，都在床上躺了大半年了，整日要死不活的，二爺鬧著要休妻，大夥兒就都以為二奶奶是裝病，後來才發覺不是，好像又染了別的症候，請了好幾個大夫來看都不見好。後來二爺把老太太賞的丫頭彩鳳抬了做姨娘，二奶奶知道了，病就越發難好了。二爺做得也絕，竟一次都沒進房看過，倒像巴不得二奶奶死了似的。」

婉玉瞪了心巧一眼道：「這些話出了這個門兒妳要還敢說，我就立刻讓妳出府去！」

心巧嚇了一跳，忙垂了頭道：「三奶奶我不敢，這些話打死我也不敢在外頭說。」

婉玉緩了臉色道：「旁的還有什麼事兒？」

心巧道：「旁的就是姑奶奶家的事兒，菊姑奶奶跟瑞二爺雞吵鵝鬥的，老太太做壽的時候，瑞二爺竟然都沒來，不光是老太太，連老爺、太太的臉上都不好看，問起來，姑奶奶起先還拿旁的話兒遮掩著，後來躲不過才說，原來瑞二爺已經賭氣出去住了，半年多沒回家，太太聽了急得掉眼淚。因老太太走得急，這檔子事兒還沒下文呢。」

婉玉點了點頭道：「妳先下去，妳守在這兒也辛勞了，待會兒自有妳的賞。」

心巧喜形於色，跪地上磕頭道：「謝三奶奶恩典。」說完退了出去。

怡人端了碗湯進來，看著心巧背影嗤笑一聲道：「奶奶會選人，把她這愛打聽的留下來，多少胡話新鮮事兒都能字字不落的傳過來。」

婉玉笑道：「她是個專管『六國販駱駝』的，這樣的人留一、兩個沒壞處，別看她一腦門子是非，機靈倒是真機靈，又會搭訕，又會跟人相熟，妳們還未必有她這本事。」說完把湯接過來喝了，又命怡人道：「把禮物備好了，讓檀雪和采纖跟我去一趟。」

婉玉重新換了衣裳，讓檀雪打傘遮陽，采纖小心攙扶著，身後還跟著兩個拎東西的小丫頭子。婉玉先到西跨院見鄭姨娘，到了才知鄭姨娘守在靈堂，便又往大房住的飛鳳院去。

走到飛鳳院門口，只見院門虛掩，采纖剛要伸手去推，忽有一個大青瓷瓶飛來，「嘩啦」一聲脆響，正打在院門摔落地上，登時把婉玉驚得心頭一跳，還未緩過神，便聽妍玉罵道：「你、你再說一句試試，我明兒個就把那幾個小妖精統統拉出去賣了！」

楊昊之扯著嗓子道：「妳賣啊！有本事妳就都賣了！告訴妳，老子還不稀罕了！妳不但賣了她們，連府上的丫頭小媳婦也統統賣了！反正我們楊家有的是錢，這般模樣兒的，百十來個的再買回來，我正好全換成新的，看著解膩歪！」

又聽一聲唏哩嘩啦的脆響，楊昊之喊道：「妳摔！今兒個妳就都摔了！正好這屋子的東西我也看膩了，全換成新的！呸！早就看膩了！」

妍玉帶著哭腔道：「好哇，是不是連我你也看膩了？正想著換一個呢！」說完又乒乒乓乓的摔了一氣。只聽紅芍的聲音道：「奶奶住手吧，若是讓老爺知道了……」話還沒說完就聽見「啪」一聲，顯見是挨了打，妍玉罵道：「狗奴才，輪得到妳來攔我！以為我抬舉妳，如今做了房裡人，妳就敢上臉了？再多說一句，連妳一塊兒賣了！」

婉玉聽到此處向左右使了眼色，采纖和檀雪立時會意，眾人便輕手輕腳的走了。待走出一段路，檀雪道：「大房那兒還真鬧騰。」采纖道：「昊大爺那個性子，大奶奶那個脾氣，兩人加一塊兒連老太太都能氣死呢，不知道日後還會出什麼樓子。」

婉玉心中深以為然，口中仍輕斥一句：「不許胡說！」采纖吐了吐舌頭，不再出聲了。

二房的院子即在眼前，婉玉整整衣裳，進院一瞧，只見裡面靜悄悄的，采纖喚了幾聲也沒人答應，婉玉舉步走到廳堂裡也沒瞧見一個丫鬟，繞過屏風掀開簾子走到臥室一看，只見床上躺著個人，悶熱的天裡，身上仍蓋著一床被，露出一綹頭髮，湊到近前，頓時能聞到一股酸臭之氣。

婉玉用帕子掩著口鼻一看，只見被子上露出一張人臉，面色有些發青，眼眶黢黑，臉頰肉都瘦乾了，確是柯穎鸞無疑。婉玉見她睡著，心下暗嘆，搖了搖頭又要轉身出去，忽被一雙枯瘦如柴的手緊攥住手腕，婉玉嚇了一跳，扭頭一瞧，只見柯穎鸞睜開雙目，目光陰慘慘的，直直瞪著她。

婉玉吃一驚，一手撫著胸膛，臉上強笑道：「二嫂醒了，方才我來看二嫂睡著，就沒敢打擾。」

柯穎鸞慢慢鬆了手，咳嗽了兩聲道：「原來是妳，我還以為是……」說著又咳起來。

婉玉道：「二嫂怎麼一個人在這兒躺著，丫鬟和老媽子呢？」

柯穎鸞冷笑道：「景二爺要休了我呢，我這病病歪歪的也是挨一日算一日，就要吹燈拔蠟的人了，誰還跟我經心？」說著又是一陣大咳，喘著氣道：「都巴結彩鳳去了，她如今抬舉成了姨娘，又是老太太房裡的人，這廂老太太沒了，還不趕緊到跟前兒哭喪買賢名兒去，如今哪個丫鬟我支使得動？」

婉玉雖厭惡柯穎鸞跋扈凶悍，但瞧她如此光景到底不忍，道：「二嫂還是保重身體，有什麼我能做的，只管同我說就是了。」說著向檀雪使眼色，檀雪便走到桌前倒了一碗茶，扶著柯穎鸞的頭餵她喝下。

柯穎鸞一口氣把碗裡的茶喝乾，呻吟一聲，緩了片刻，忽冷笑道：「妳有什麼能做的？笑話！是楊景之對不起我！我含辛茹苦，千算萬計的為著他。而他呢？他待我又如何了？有道是一夜夫妻百日恩，我同他做了多久的夫妻了，對我比死敵還仇深！老太太死了活該！那老貨怪我沒有子嗣給二房裡塞人，也不看看她孫子是什麼下流貨色，沒臉的東西，愛男人不愛女人，除非我偷了漢子，否則怎能憑空生出兒子來！」說著又是一陣大咳。

婉玉聽了不像話，忙攔道：「要不、要不二嫂先回娘家住一住？待病養好了再回來？」

柯穎鸞眼角流下一滴淚道：「我回娘家？我前腳回了娘家，楊景之定然後腳就送一封休書過來！所以我不走，我死也要死在這屋裡！」說著竟吃吃笑起來道：「若是好了便罷，若我死了定要找他尋仇的！」

婉玉聽這笑聲只覺含著無限怨毒，令人毛骨悚然，暗嘆道：「她到底還是不改性子。」此時柯穎鸞身邊慣用的丫鬟雀兒端著一碗藥，掀簾子走了進來，見婉玉等人吃了一驚，忙把藥放在桌上，迎上前行禮道：「三奶奶來了。」采纖忙道：「妳來得正好，二奶奶身邊怎會沒有人呢？我們也該回去了，我們奶奶有了身子，不能沾染了病氣。」

婉玉對柯穎鸞道：「妳好好養著吧，我先走了。」說完便走了出去，站在門口問雀兒道：「妳們奶奶病成這樣，怎麼身邊只有妳一個伺候的？」

雀兒含著淚道：「奶奶出嫁帶過來的陪房，如今總共只剩我一個了，二爺命一旁的丫頭、婆子不准管。老太太一片慈心，在世時命大夫每天過來給二奶奶診脈，還送些湯水，拿銀子買藥，老太太一撒手，我們奶奶就沒人管了，如今的吃食花費都是拿體己的銀子。我勸奶奶回娘家靜養，奶奶說，只怕她在楊家的命還長些，若是回了娘家，體己的幾個錢讓人算計去，就更沒活路了。」

婉玉道：「二爺不讓下人管，他們還就真不管了？」

雀兒抹眼淚道：「奶奶雖待人厲害些，但到底也有念舊情的，有的幫把手，彩鳳就甩了閒話出來，旁人也不敢再管了。」

婉玉再嘆了一聲，暗道：「柯穎鸞手上不乾淨，楊景之兩個通房都死在她手上，當年有個通房染病，她便不讓人管，也不給治病，請大夫來都是做做樣子罷了。若依我看，不安分的人打發出去就是了，何苦折磨出人命來，如今她這般，也是一報還一報罷了，只是這光景忒慘澹了些，幸好身邊還有個忠婢伴著。」口中道：「日後要抓什麼藥，妳悄悄來找我，三爺名下有個藥材鋪子，一來妳方便些，二來也能省這筆吃藥的銀子。」雀兒哽咽起來，登時就要磕頭，婉玉扶一下道：「不必了。」說完往外走。

行至大門，忽見五、六個丫鬟簇著彩鳳進來。彩鳳一怔，趕緊擠出笑迎上前道：「這話兒怎麼說的，原來是三奶奶來了，趕緊屋裡坐吧。」

婉玉道：「不坐了，我來探望二嫂的，該走了。」說著不動聲色打量彩鳳，見她全身縞素，但掩不住滿面光彩，一看就是近來過得極為得意。

彩鳳笑道：「既來了這兒，怎麼能不坐坐呢？」一迭聲招呼丫鬟道：「還不快把好茶、好點心拿出來！」說著就挽著婉玉的胳膊往屋裡走，殷勤道：「早就想請三奶奶過來呢。」

婉玉立住腳，臉色微有些沈，道：「今日就不坐了，出來逛了半日，我該回去了。」

彩鳳還欲勸，看了婉玉臉色也倒知趣，訕訕的鬆了手道：「那、那我送送三奶奶。」

婉玉不答腔，讓采纖扶著，款款走了回去。過了一盞茶的工夫，楊晟之便回來了，婉玉將方才一番見聞同楊晟之說了，楊晟之道：「二嫂的事妳管她做什麼？如今她是躺床上，否則上躥下跳的，還不知要給妳添多少堵心。不讓家裡人管她也是父親的意思，二嫂藉著二哥的名號虧空了大筆錢銀，周轉不靈讓對家找上門來，還險些惹上官非，父親震怒，本來要二哥休了她，二哥也有這個意，誰想她竟病倒了，眼見這病也不能快好，咱們家便看著菊妹妹的面子，暫且讓她留下來罷了。」

婉玉嘆了口氣道：「話雖如此，可我瞧她這光景也是熬日子，不如幫襯一二，讓她走得舒坦些，也算給咱們沒出世的孩兒積點陰德吧。」

楊晟之握了婉玉的手笑道：「近來怎麼格外變得多愁善感起來了？以後二嫂那兒妳少去，大房那兒也是，方才父親還同我罵了大哥一回，咱們少招惹麻煩。妳只管好好的養身子，旁的事一概不必操心。」頓了頓又道：「明兒個從帳上支五十兩銀子，讓竹影拿到廟裡，以妳的名義做些佛事、善事。」

婉玉笑道：「怎麼突然想到做這個？」再一想忽明白過來，道：「是不是公爹同你說大年初一那個化緣和尚的話了？」

楊晟之皺著眉道：「女人生孩子素來都凶險，和尚既說今年家門有血光之災，要損三人，咱們須在意些。」又捏了捏婉玉的手，笑道：「妳和孩子肯定都是平安的，打明兒個起，我開始吃素齋了。」

二人正在房中說話兒，卻聽檀雪隔著簾子道：「三爺、三奶奶，翠蕊來了。」

第三十八回　楊三郎起心掌家業　鄭姨娘逞強遭懲罰

話說婉玉和楊晟之正在房裡說話，只聽檀雪來報說翠蕊來了，婉玉同楊晟之對望一眼，道：「當初咱們上京沒幾個月，她老娘把她領回家了，但仍每個月從咱們這兒領月例，這會兒又來做什麼？」心中暗想：「我們今兒個才剛回來，翠蕊就巴巴的來了，這消息得的倒快。」楊晟之道：「到底還是抱竹館的丫鬟，來請安行禮也是她應當盡的。」命檀雪道：「叫她進來吧。」

不多時翠蕊進來，跪地磕頭道：「給三爺、三奶奶請安。」婉玉一打量，只見翠蕊穿了一件雪青底子的對襟褙子，頭髮綰成烏油油的髻，插了一對嵌瑪瑙的金簪子，臉上也用了些脂粉，顯是精心裝扮的，但身量瘦了一圈，瞧著有幾分單薄伶仃的模樣。婉玉道：「妳起來吧。」

翠蕊起身，悄悄用眼一溜，只見婉玉靠在羅漢床上，楊晟之坐在另一側，手裡正拿了小鉗子夾核桃，頭都不曾抬。翠蕊見楊晟之益發偉岸沈穩了，心裡不由酸酸的，暗想：「這麼長時間未見，三爺竟看都不看我一眼，真真兒好狠的心！」淚便往眼眶上湧，忙強壓下去。

婉玉微笑道：「妳伺候了三爺幾年，是老人兒了，不該拘著，坐吧。」

翠蕊強笑道：「我今兒個是特來向三爺和三奶奶請安謝恩的，家裡見我慢慢大了，要討恩典領我出府，日後就不能在主子跟前侍奉了……」說著又悄悄用餘光掃楊晟之，心裡還隱隱盼著楊晟之能開口留她。

婉玉不好接話，便看著楊晟之。楊晟之不言，只將手裡的核桃殼夾碎了，把裡頭的果仁細細挑揀出來，放在白玉瓷的小碟子裡，推到婉玉跟前道：「妳多吃這個，最近人都瘦了。妳自己不愛動，也不知會丫頭們給妳弄吃的。」翠蕊登時便紅了眼眶，趕緊垂下頭去。楊晟之將小鉗子放下，用毛巾抹了抹手，對翠蕊道：「妳年歲漸漸大了，也該出府去謀個前程，妳服侍我一場，咱們主僕有這麼多年的情分，自然是不能虧待妳的，待會兒妳去支六十兩銀子、四匹綢緞，也是我們一番心意。」

婉玉道：「我這兒有一套鑲了金銀的黃玉首飾，妳拿去戴吧，方才怡人收拾出我幾件衣裳，雖說上過身，但都沒什麼穿，也賞給妳。這些年妳服侍三爺也辛勞了。」

翠蕊雖早已料想到，但聽楊晟之親口說出來，身子仍忍不住晃了一晃，婉玉說了什麼全然沒有入耳，含著淚跪倒在地說：「三爺日後要多多保重身子，莫要熬夜挑燈讀書了，也莫要貪涼，冬日裡只穿夾襖出門……」說著語不成聲，用袖子擦著眼睛，哽咽起來。

檀雪和怡人正在門外站著，聽見裡頭動靜連忙走了進來，一邊一個攙起翠蕊，怡人笑道：「怎麼好端端的哭上了，知道妳是捨不得主子，妳只管放心吧，有我們幾個，還怕伺候不了三爺和三奶奶嗎？」又見婉玉對她使眼色，便對翠蕊道：「妳好不容易來一趟，到我們那裡喝杯茶吧。」也不顧翠蕊頻頻回首，一面說一面強帶著她出了門。

婉玉道：「她倒是個對你忠心耿耿的丫頭。」

楊晟之嘆了口氣道：「我自小身邊就她一個丫鬟色色伺候周到，她忠心是忠心，可惜不是個伶俐人兒，但凡我流露出一點念舊情的意思，她便能順杆爬上來開染坊，又存了不該的心思，不知要挑唆出什麼禍端來，不如多賞些東西送她出府罷了。」說著又將小鉗子拿起來給婉玉夾核桃。

婉玉一邊吃核桃一邊道：「我明白，當初你在家裡艱難，翠蕊一直妥帖伺候著，單這一點就難得，所以賞得厚些也是應當的。」

楊晟之笑道：「妳還貼首飾和衣裳進去做什麼？回頭按照最新的樣式再給妳打一套赤金的釵環，衣裳也添幾件。」

婉玉道：「不必了，我不愛戴那些，再說老太太剛走，服孝裡也不該穿金戴銀的。」

楊晟之道：「前陣子當鋪裡收來一對羊脂玉的鐲子，又膩又潤，是上等貨，我早就想給妳戴，這些時日忙得忘了。玉是養人的東西，我這就給妳拿來。」

楊晟之剛起身，就聽外頭一陣喧譁，怡人匆匆忙忙高聲道：「姨娘來了！」話音未落，鄭姨娘已自顧自的走了進來，一見著婉玉便眉開眼笑道：「哎喲喲，我方才回去就聽桂圓說妳去看我了，偏生我又不在，這話兒怎麼說的。」見婉玉要起來，連忙幾步上前按住道：「別動、別動，妳現在是有身子的人了，就該一天到晚躺著。」又盯著婉玉的肚皮樂得見牙不見眼道：「若是生個大胖小子，珍哥兒還算什麼東西，只怕連太太都得看咱們幾分臉色，看誰還敢再說三道四！」說著格格笑了起來。

自從楊晟之考取了功名，鄭姨娘便自覺揚眉吐氣，後楊晟之又娶了婉玉進門，點了庶起士，鄭姨娘便越發精神百倍，說話底氣十足，聲調都比往常高了幾分，走路昂首挺胸帶著風，府裡的下人們也湊趕著巴結，奉承的話說了不計其數，鄭姨娘便益發飄飄然了。柳氏心生不快，斥責了幾回，偏生老太太身上一直不爽利，大房又隔三差五的吵嘴，二房則險些鬧出命案，柳氏鎮日忙亂竟也沒顧上她。鄭姨娘好吃好喝著，時不時跟人磨牙閒話，吹噓一回楊晟之的本事，誇讚一回三房媳婦兒如何貌如天仙、出身名門，又嘲笑一回大房跟二房，身心舒暢，人也胖了一圈，這廂一聽楊晟之回來，立時又抖擻了幾分。

楊晟之正給鄭姨娘倒茶，聞言將茶碗重重往她跟前一放，登時嚇了她一跳，拍著胸口嗔道：「怎麼這般沒輕沒重的，萬一驚了肚裡的孩子可怎麼好？」

楊晟之擰著眉頭道：「姨娘這話說得不像話，什麼看臉色不看臉色，咱們跟太太和其他兩房就是井水不犯河水，只不過是安安靜靜過自己日子罷了……姨娘也收斂些，別去招惹不痛快。」

鄭姨娘瞪著眼道：「什麼叫招惹不痛快？我委屈吃苦多少年，好不容易過上幾天舒心日子，我可再不受人氣了，如今我兒都回來了我還怕什麼？你如今也是有了功名的人了，老爺又看重你，咱們又何必瞧著別人臉色……只怕他們還要急趕著求你呢！」

楊晟之登時就沈了臉色，道：「姨娘好生糊塗！莫非以為我考取功名就完事大吉了？如今我連翰林都沒點，又因守孝歸鄉，再回翰林院是什麼光景都不知道，萬一不受重用或只點個小官又該如何？且當今聖上最重孝道，妳若跟太太爭持起來，一頭是嫡母，一頭是庶母，我該偏幫哪一個？我倘若幫了姨娘，那就是忤逆嫡母之罪，足夠讓御史言官參上一大本的，若因此丟了官又如何？」

鄭姨娘聽得一愣一愣的，婉玉心中暗笑道：「真會唬弄人，他才是個豆丁點大的官呢，哪個御史會在意他。」又見楊晟之向她使眼色，連忙道：「是呀，真真兒是這麼回事。那些御史最愛生事，連皇上寵愛哪個娘娘都要彈劾，對文武百官就更不用說了，有個三品的侍郎，只因為生得醜了些，就被言官彈劾了；華蓋殿的大學士，因不愛洗澡，也被言官彈劾了，這些雞毛蒜皮的小事都足夠參出一大本來，連祖宗八輩都能挖出來罵一回，若咱們家生了事端，被御史言官知曉了，又該怎麼好呢？姨娘最心疼三爺，凡事還要為他多著想一二。」

這一席話登時把鄭姨娘唬住了，驚道：「居然還有這樣的事兒？」

楊晟之沈著臉道：「姨娘以為官場是什麼地方？若姨娘真心疼我，就溫柔和順些，家中自有妳一席之地，好日子還在後頭呢。」

鄭姨娘唯唯諾諾，婉玉見他二人有些僵持，便拉著鄭姨娘的手柔柔笑道：「姨娘氣色真好，越來越年輕了。」

鄭姨娘立時滿面紅光道：「旁人也都說我精神健旺了，前幾日濟安堂的羅神醫還給我診過脈，說我身子骨硬朗著呢。」說著嘴角含笑，看了楊晟之一眼，道：「我也想多活幾年，享享我兒子的福。」

婉玉笑道：「這是自然的。」說罷命怡人取來兩個包袱，解開後一邊點指著裡頭的東西，一邊對鄭姨娘道：「這一包是京城裡的特產，姨娘嚐嚐新鮮，還有幾件素淨的衣裳，都是全新的，用上好的料子織造，我因想著在孝期裡都要穿素，就做了兩身，也比照著姨娘的身量做了幾套；這一包有一盒堆紗的宮花，是宮裡娘娘賞的，顏色倒也素雅，姨娘拿去戴吧；還有兩套釵環首飾，都是京城裡最時興的花樣；這兒還有兩個香袋、兩錠子藥，也是宮裡賞出來的。」

鄭姨娘每瞧見一樣，臉上就笑開一分，道：「還是我兒子、媳婦想著我，給我帶這麼些東西來。」又絮絮的問長問短。

婉玉一一答了，楊晟之見婉玉臉上帶了倦色，便應承了鄭姨娘兩句，道：「姨娘還應在靈堂守著，出來這麼久怕是不好，妳先回去，待晚上用完飯我再去看妳。」鄭姨娘聞言方才依依不捨的走了。

楊晟之長嘆了一口氣，坐在婉玉對面垂著頭無語。婉玉看了看他臉色，親手倒了一杯茶推到楊晟之跟前道：「姨娘一心一意的指望你，想著你能在家裡揚眉吐氣了，心裡高興歡喜罷了。」

楊晟之搖了搖頭，低聲道：「姨娘對我好我自然是知道的，但她若不是這個脾性，我未考中兩榜進士時也不至於是那樣的光景。幸好還能唬一唬她，否則在這個節骨眼上惹出事端，反倒壞了事。」

婉玉何等聰明，這一句便聽出幾分弦外之音，道：「什麼節骨眼？壞什麼事？」

楊晟之不言，只將茶杯端了起來，淺淺啜了一口。婉玉略一想，睜圓了雙目道：「莫非、莫非你想……掌家？」

楊晟之聞言立時抬起頭，四目相對，屋中一時間變得靜靜的。良久，楊晟之斬釘截鐵道：「大房不堪用，二房懦弱無嗣，楊家若在他們倆手裡，遲早要敗下去。」

婉玉倒抽一口涼氣，道：「楊昊之是爛泥扶不上牆，可他娶的是柳家的嫡女，妍玉怎能善罷甘休呢？甭說她，太太那關就難過。」

楊晟之微微一笑，笑意卻有些森然，道：「太太算什麼？真正當家的人是老爺！只要老爺點頭，任憑太太和大房鬧上天去，又能如何？大房早已不招老爺待見了，除非老爺真想敗家破業，或者腦子突然糊塗了，否則大房永難有翻身之日。」

婉玉道：「還有二房呢，雖說二哥懦弱些，可做事情也算中規中矩，二嫂只是熬日子罷了，等她一撒手，太太給他娶個聰明賢慧的媳婦幫襯二哥，到時候……」

楊晟之一擺手道：「二哥一顆心全在愛奴身上了，死心塌地的。別說是聰明賢慧的媳婦，就算是嫦娥天仙下凡，只怕也難入他的眼，況他吃了柯穎鸞的虧，肯定不會再像原先那般聽老婆話了。日後只消勸說父親，給二哥娶一房小門小戶性子又柔和順從的女子便可，二哥本就懦弱，只要日子安穩便萬事足了。」

婉玉暗道：「這愛奴是他花銀子幫楊景之贖出來的，也是他時不時拿銀子接濟楊景之二人，當初他說瞧楊景之可憐，身邊沒個可心的人，這才出手相幫，可如今想想，莫非他早就做了奪嫡子之權的打算了？」想了又想，終忍不住問道：「你……你是不是早就打算日後接掌家業了？」

楊晟之輕笑一聲，搖了搖頭道：「起先我不過想著博個功名，日後分家出去過。太太厲害，姨娘愚笨，頭上還有兩個嫡出的兄弟，我又不討父親歡心，除了自己用功讀書還能如何呢？但誰知後來大哥竟膽大包天，把妻推下河溺死，徹底得罪梅家令父親厭惡，我那先前的大嫂雖腿腳殘了，但是個極賢淑、極聰慧的人，若她還在世，大房還尚有六、七分希望，如今她一死，大哥又娶了個不經事的填房，頻頻惹出事端來，珍哥兒又小，大房還能有什麼指望？二哥又是懦弱慣了的，更不足為慮了。父親身體老邁，近來一直為身後事打算。」頓了頓，目光灼灼看著婉玉道：「楊家幾代綿延至今，有了這般富貴，萬不能毀在這一輩手上！且不說如何對得起列祖列宗，楊家若毀了，我的仕途前程也如同毀了一半。」

婉玉怔怔看著楊晟之，心道：「他若沒有這個心，便不是楊晟之了。他自小就在家中忍氣吞聲，裝傻扮呆，只怕等的就是這一刻。楊家日後要變天了。」婉玉暗中長嘆一聲，慢慢伸出手覆在楊晟之寬厚的手上，楊晟之立時神色一鬆，目光款款看著婉玉的臉，將她的手慢慢的握牢了。

卻說楊母過世，楊崢悲傷大慟，柳氏又犯了胃疾，故家中無一得用之人，楊崢只得掙扎著料理喪事，又要操持生意，十分勞苦。這廂楊晟之歸家，楊崢頓覺有了臂膀，將店鋪、田莊等事交予楊晟之處理，楊晟之也不推辭，萬分盡力。因他待人謙和，出手慷慨，又有意籠絡，故沒幾日，店鋪、田莊裡的掌櫃、夥計和佃農，無一人不讚他好。楊崢心懷暢慰，柳氏卻不痛快起來，因楊昊之正討楊崢嫌惡，楊景之又是個凡事提不起來的，她捏不著楊晟之的錯處，只好將氣出在婉玉和鄭姨娘身上，婉玉乖覺，被柳氏訓斥便一笑就過去了，鄭姨娘卻百般委屈，暗暗記恨。

這一日清晨，婉玉往柳氏處請安，她有了身孕難免嗜睡，起來便遲了些。走到院裡，正瞧見柳氏的大丫頭春露從屋裡出來，婉玉上前笑道：「春露姊姊早，不知太太昨晚上歇得好不好？這會兒做什麼呢？還請通報一聲。」

春露一怔，皮笑肉不笑道：「我還當是誰？您是奶奶，叫我『姊姊』豈不是折殺我了？我可不敢。」

婉玉見她神色不善，心中警醒了幾分，去挽春露的手臂，親熱笑道：「怎麼當不得？連三爺尊重起來都要喚妳一聲『姊姊』的……」

春露揮開胳膊冷笑道：「您不比旁人，三奶奶架子大，大奶奶早就來了，知道太太身上不爽利，這兩日在跟前侍奉湯藥，一整天的不離開。三奶奶偏能過了時辰來請安，太太一早還問了三、四遍呢，如今她也乏了，這會兒歇了，三奶奶請回吧。」話音剛落便從屋裡傳來一陣笑聲，又有柳氏說話的聲音。

婉玉微挑了眉頭，怡人卻忍不住了，剛要開口，婉玉暗地裡一按怡人的手，對春露道：「太太恐怕這會兒又起來了，勞煩春露姊姊再進去瞧瞧。」

春露道：「我方才親自服侍躺下的，還能有錯不成？」又往前一站，堵住門道：「三奶奶回吧，明兒個起早再來！別再讓我們太太左問右問、左等右等的。知道的說是婆婆等媳婦兒請安，不知道的還以為是等著娘娘駕到呢！」

婉玉將笑意斂了，靜靜看著春露的雙目，忽提了裙子，扶著怡人的手便往屋裡走。春露張開手臂攔著，高聲道：「都已讓妳回去了，莫非妳聽不懂不成？」

怡人厲聲道：「閃開！三奶奶是有身子的人，動了胎氣，有個好歹，唯妳是問！」

春露登時被喝住了，此時柳氏的聲音從屋中傳來：「大清早的吵嚷什麼呢？不成體統！」

怡人瞪了春露一眼，伸手將她推開，扶著婉玉進了屋。入室繞過屏風一瞧，只見柳氏正坐在窗下的描金百福羅漢床上，妍玉和彩鳳一左一右的圍繞著，三人顯是說到趣處，正掩著口笑。見婉玉來了，三人立時停了下來，屋中靜悄悄的，柳氏肅著臉看了婉玉一眼，將小几子上的茶碗端起來，低著頭慢條斯理的喝了一口。妍玉一臉看熱鬧的神氣，緩緩搖著扇子往懷裡扇風。彩鳳看看婉玉，又看看柳氏，埋了頭不吭聲。

婉玉端端正正行禮道：「給太太請安。」

柳氏冷笑道：「這都什麼時辰了？妳還過來做什麼？妳走吧，這會兒我懶得見妳。」

婉玉低眉順眼，垂著頭道：「是我不對，惹太太生氣了。」柳氏面上冷冷的，不答腔，妍玉裝聾作啞，彩鳳不敢插嘴，屋中又靜了下來。婉玉又道：「方才春露說，太太一早就等我，還左問右問的，顯是關心媳婦兒，我若不來給太太賠禮，就枉費太太的一片心意了。這幾日身上發沈，睡了總也醒不過來，今日才晚了的，日後絕不敢了。」

婉玉悄悄用眼角掃過去，見柳氏面色平和了些，暗暗鬆一口氣，方欲再說幾句軟話，偏巧鄭姨娘從後門擎了雞毛撢子進來，將方才的事看在眼裡，登時心中不平，搶白道：「我看這也不是什麼大不了的事兒，晟哥兒的媳婦兒有了身孕，本就該在床上多躺躺，四處走動了胎氣可怎麼辦呢？我記得大爺原先那房媳婦兒，懷珍哥兒的時候，晨昏定省都是省了的，晟哥兒的媳婦不過是來遲了些……」

話音未落，柳氏猛拍桌子，指著鄭姨娘鼻子怒喝道：「爛了舌頭的下流東西！這兒輪得到妳來指手畫腳？還不給我滾出去！」

若平日，鄭姨娘早就縮頭縮腦的退出去了，但此刻婉玉在場，鄭姨娘頓覺自己在「兒媳婦」面前失了顏面，不由惱羞成怒，回嘴道：「我說的是這個理兒，就是來得晚了些，何至於這麼急赤白臉的。」

方才鄭姨娘說「大爺先前那房媳婦兒」，正惹得妍玉不自在，聞言立時陰陽怪氣道：

「喲，這是太太給媳婦兒立規矩呢，妳巴巴的跑進來說這一番是什麼意思？莫非把三弟妹當成自己兒媳婦了不成？妳眼裡還有太太嗎？」

鄭姨娘一手攥著雞毛撣子掐腰，一手攏著頭髮，尖聲細語道：「我是什麼意思？我是要緊著三奶奶肚子裡的孩兒，這一輩兒除了珍哥兒，好不容易又有了血脈，自然不該有差池的。三奶奶嬌貴，比不得做姑娘時就能有身子的，萬一孩子掉了，過後生不出來怨誰呢！」

這一句噎得妍玉面皮青紫，又羞又恨，幾欲暈倒過去，站起來顫著手指著鄭姨娘道：「妳……妳……」

鄭姨娘得意洋洋，指著自己鼻尖，弓著背道：「我？我哪句不對了？」

妍玉扭過頭帶著哭腔對柳氏道：「太太！妳管還是不管！」說完臉埋在帕子裡哭了起來。

柳氏氣得渾身亂顫道：「反了！反了！真是反了！」一面罵，一面伸手去揉肚子，臉都白了。

彩鳳忙湊上前扶著柳氏，急切道：「太太妳怎麼了？快去請大夫！快去請大夫！」妍玉一時也顧不得哭，眾人皆手忙腳亂，春露從外頭跑進來，手裡拿了個瓷瓶子，倒出一丸藥，用湯水化了餵到柳氏口中。半晌，柳氏容色稍緩，滿面厭惡的揮了揮手對婉玉道：「妳還不趕緊走？留在這兒故意給我添堵不成？日後妳不必來了。」婉玉心下暗嘆，眼角瞥見鄭姨娘面帶幸災樂禍之色，暗自搖了搖頭，默默退了出去。

待出了院子，怡人見四下無人，便低聲對婉玉道：「奶奶站了半日，累了吧？要不要找地方歇歇？」

婉玉眉目間帶著倦意，搖了搖頭。怡人見她沒精打采的，恐她受委屈窩在心裡，忙開解道：「奶奶不必憂煩，太太看我們不順眼又不是一、兩日了，理她做什麼？千萬保重身子，別積著怨氣在心裡。」

婉玉緩緩道：「我能有什麼怨氣？只當看場戲罷了，只是姨娘這般一鬧，臉面撕破，日子就有得熬了。早知如此，春露在門口攔著，咱們直接回來便是了。我因想著春露一向是個昏聵的，又跟妍玉交好，不讓我進屋，應該不是太太的意思，我若是扭頭走了，太太悶著火氣在心裡，日後更處不好，不如進去認個錯，說兩句軟話，暫時繫著關係，兩相平安無事罷了。」

怡人嘆了一句道：「誰想姨娘沈不住氣。」

婉玉跟著嘆了口氣道：「誰說不是？原本我都要勸好了。」頓了頓又道：「姨娘那麼鬧也不成，先前三爺受她拖累，在家裡過得就艱難。如今不能讓她再壞事了。」一面說一面走回抱竹館。

婉玉回去便打發采纖到柳氏處探消息。過了好半晌，采纖回來道：「太太鬧身上不爽利，大奶奶和彩鳳姨娘守在屋裡。太太命人掌了鄭姨娘奶奶二十記嘴，打完就命她回屋不准出來了。」

婉玉道：「可打重了？」

采纖道：「打的時候聽說喊得哭天搶地的，後來我悄悄去看了，一點事都沒有，上了藥就好多了，還說晚上到奶奶這兒來。」

婉玉想了想道：「妳去拿治傷的藥膏，悄悄給鄭姨娘送過去，再多說幾句關心的話兒，別讓人瞧見，快去吧。」

采纖應了一聲，自去取藥膏，送去給鄭姨娘。

至晚間，楊晟之與楊崢在外未歸，婉玉獨自用罷晚飯，鄭姨娘便來了。婉玉與她見過，殷勤讓座道：「姨娘快坐，不知傷得重不重？我讓采纖送過去的藥膏是京城裡上好的，隔兩個時辰就搽一回，過幾日就好了。」說著在燭火底下細看，只見臉上又紅又腫。

鄭姨娘一擺手，說話還有些不俐落，得意道：「放心吧，打嘴的是錢婆子，她不敢下狠手，前兒個她還跟我提，想讓她家小四兒在晟哥兒手底下謀個差事，送了我兩根筷子那麼粗的金簪子。」說著拿出一雙鞋遞與婉玉道：「這是我前幾日做的鞋，妳身上越來越重，腳上得穿雙軟些舒坦的。」

婉玉接過一瞧，見做工雖不精細，但用的都是極好的料子，笑道：「勞煩姨娘了，竟這麼想著我，費了不少功夫吧？」說著，把鞋穿在腳上試了試，笑道：「真真兒合腳，比我原先穿的鞋舒坦多了，姨娘的手真巧，我明兒個就穿上。」

鄭姨娘見婉玉稱讚，心裡也歡喜，笑道：「我用的都是最上等的綾羅綢緞，精心著呢。」又嘆了口氣道：「如今可是熬出來了，先前到我手裡的料子，沒一件像樣，都是他們剪剩下的零碎貨，針頭線腦的，得又拼又裁的才能給晟哥兒做雙鞋，連府上體面的奴才都不如。晟哥兒的月例也就這麼丁點兒，每個月還從牙縫裡省下來銀子補貼我……」說著眼眶便紅了。

婉玉親手遞茶道：「如今都是好日子了，姨娘傷感什麼？」

鄭姨娘聞言，立時精神抖擻，接過茶碗道：「可不是?!都是我兒爭氣，一考就考出個舉人，再一考就考出個進士。如今更體面了，進了翰林院了，日後做官做宰的，我看誰還敢跟我說個『不』字！」

婉玉順著鄭姨娘的口氣，笑道：「誰說不是呢？如今也沒有人敢小瞧姨娘。」

鄭姨娘哼一聲道：「我熬了二十來年了！我們晟哥兒比他頭上那兩個強一百倍，要模樣、要學問，哪樣不得人意兒？我就是不服，憑什麼從我肚子裡爬出這麼好的孩兒，我還成天讓人呼來喝去的，當個出氣的筒子，受這個罪！」說著忘情，不由扯到傷處，疼得連連抽氣。

婉玉道：「姨娘消消氣，嚐嚐這玫瑰滷。」說著推過來一只白玉碗，裡面盛著紅瑩瑩的湯水。

鄭姨娘捧起來嚐了一口，讚道：「好喝，香得很！這是用玫瑰花兒做的吧？」

婉玉款款笑道：「這是今年新製的。採來鮮玫瑰花去掉花蕊，把花瓣放在玉臼裡搗成膏子，濾去澀汁，再加白糖，用大瓷罐子收起來，埋在地底下。想吃的時候挖出來，用水一沖，香氣四溢，還有養顏的功效呢。我做了兩罐子，姨娘若歡喜，待會兒走的時候拿走一罐。」

鄭姨娘連連唸佛道：「阿彌陀佛！也只有妳這大戶人家出來的才在吃食上這般講究。人都說大房那個是什麼織造家嫡出的千金小姐，行動坐臥都帶著款兒，連吃米都要珍珠模樣的，又說我們老三找的原是柳家庶出的，呸！瞎了那些亂嚼舌根子窮貨的狗眼！我們老三媳婦兒正經八百的巡撫家小姐，連喝的水都是玫瑰花醃出來的，大房那個算什麼東西?!」

婉玉探鄭姨娘道：「姨娘跟他們置什麼氣？依我的意，大家井水不犯河水，他們說什麼，咱們只管給個耳朵罷了，也兩相清靜。」

鄭姨娘嘆氣道：「如果不然呢？我原指望晟哥兒回來了就有了靠山，誰想鬧開了還影響他仕途前程，就只能任憑他們欺負了去。妳說，我今日說的話哪句不對？還白白挨了打。待會兒晟哥兒回來了，我讓他給我作主！」

婉玉道：「姨娘為了我受委屈了。」

婉玉一直籠絡鄭姨娘，既會順著意說話，又時不時的送些精巧玩意兒，故鄭姨娘早已將婉玉視為知心人一般，對婉玉道：「也就妳能明白我的心了。」

婉玉聽了，低了頭，半晌道：「三爺這陣子都忙外頭的事，每日回來埋頭就睡，精神頭不大健旺，再聽了這事，恐怕更歇不好了……不是我說句誅心的話……您看他們現在神氣活現的，誰知以後能怎麼樣呢！」

這一句正撞在鄭姨娘心坎上，鄭姨娘連連點頭道：「是這個理兒，只可惜晟哥兒再能幹，上頭還有兩個嫡出的兄弟。」又湊過來低聲問道：「莫非……莫非晟哥兒有什麼打算了？」

婉玉笑道：「他能有什麼打算，姨娘想讓他有什麼打算呢？」說著伸出兩個指頭向上一指道：「您方才說了，他上頭有兩個嫡出的兄弟呢。」

鄭姨娘聞言洩了氣，婉玉又勸道：「姨娘往後還是別招惹太太，若鬧起來吃虧的總是咱們，誰好誰壞的鬼神手裡有本帳，老天爺都長著眼呢。」殷殷勸了鄭姨娘一回，又送了些吃食。一時珍哥兒來找婉玉，鄭姨娘便告辭，從後門走了。

第三十九回　觀情形春露剖心意　思往事紫萱說見聞

且說珍哥兒在婉玉處玩耍，不到一個時辰柳氏便打發人來接，珍哥兒雖百般不願也只得走了。婉玉歪在床頭瞇了一會兒，楊晟之便回家來，進門就嚷渴，婉玉忙命怡人盛酸梅湯，又命小丫頭端梳洗用具來。

楊晟之見婉玉慣用的杯子裡剩半盞茶，端起來便一飲而盡。婉玉攔不及，失笑道：「你喝我的茶做什麼？那茶裡頭加了安胎的藥材，哪是你們男人能喝的東西。」

楊晟之一怔，笑道：「我說滋味不大對呢。」坐在婉玉身邊伸手便摟道：「好媳婦兒，讓我抱抱。」

婉玉用胳膊肘頂著道：「一身的汗，涎著臉往我身上蹭什麼？快去洗洗。」

楊晟之笑嘻嘻的，扳著婉玉的臉親了一口，這才挪到一旁梳洗，又換過衣裳，挨到婉玉身邊道：「我這一天都不在，妳都做什麼了？要是悶得慌，就叫珍哥兒過來跟妳說說話兒。」

婉玉道：「今天可熱鬧得緊。」便將去柳氏房裡請安的事同楊晟之說了。

楊晟之連連皺眉，又氣柳氏薄待婉玉，又惱鄭姨娘生事，又心疼婉玉受委屈了，臉色便有些沈，道：「春露那丫頭是怎麼回事？咱們沒有得罪過她的地方，她一個奴才竟敢欺到主子頭上，即便有太太撐腰，也沒那麼無法無天的！」

婉玉道：「我也納悶，咱們可從來沒虧待過她，這次回來給各房帶東西，也給她留了一份，平日裡也時不時的送點兒東西去。她是太太身邊的大丫頭，會說話、會奉承，掐準了太太的心思，最得信任。素習又好貪斂財物，太太房裡的大小丫鬟，連同老嬤嬤們沒有一個不給她送禮的；咱們給她送東西，無非就是花銀子買個平安，也堵堵她的嘴，有個風吹草動的好知會咱們一聲，若有個什麼事，也好在太太跟前斡旋美言幾句。原先也好好的，今日突然就翻了臉……莫非嫌咱們送的禮輕了？」

楊晟之想了想，搖頭道：「不應該。這裡頭只怕有隱情。」

婉玉嘆道：「太太如今給咱們三房臉面看，多半是因老爺如今提攜你……府裡的情形你也知道，上上下下，從主子、丫頭，到管事的媳婦婆子們，有哪一個是省事好纏的？現在幾百雙眼睛都直勾勾盯著咱們呢，若是錯一點兒，不但給人看笑話磨牙，更惹麻煩上身。幸好二嫂染病躺在床上，可我看那彩鳳也不是省油的燈，騎牆頭順風倒的貨色，瞧誰得勢了就緊巴巴貼過去，大房更是全掛子的武藝，再湊上姨娘，今兒個太太屋裡就鬧出個人仰馬翻了，到頭來帳還得算在咱們頭上。」

楊晟之摩挲著婉玉的手道：「不去太太跟前更好，妳就安心養著，讓大夫說妳身子虛，只能靜養不能起床，也就免了晨昏定省了，不到前頭湊合也不必受那份閒氣。凡事有我，妳不必擔心。」頓了頓又道：「下個月岳父大人做壽，我擬的禮單子妳看過了？」

婉玉道：「看過了，只是單子上有些東西咱們沒有，要另置辦花銷太大，不如換成別的。」

楊晟之一擺手道：「單子上沒有的全從帳房的錢裡出，我打好招呼了，父親親自過目，也允了的。」

婉玉點了點頭道：「還有一樁事得同你說，姨娘聽說我父親下個月做壽，也想跟著去瞧瞧熱鬧。」

楊晟之眉毛一挑，道：「她去做什麼？還不夠添亂的！她能安安生生在家待著，我便燒高香了。」

婉玉深知楊晟之心思。鄭姨娘乃目光短淺、粗俗卑陋之輩，楊晟之雖對她處處維護，但多有腹誹，每每因鄭姨娘言行自感羞慚，平日裡不願婉玉同鄭姨娘碰面，恐婉玉因鄭姨娘之行看輕他幾分。婉玉便道：「我明白你的心，可姨娘是姨娘，你是你，你有多好，我是知道的。等閒的少年郎鮮有年紀輕輕就高中兩榜進士的，你自有真才實學，品格貴重，單憑這一點，就足夠讓人都高看幾眼了。」

楊晟之心裡一暖，抬頭看著婉玉，目光也溫潤脈脈的。婉玉又道：「父親做壽，姨娘既然跟我開了口，也不好駁她的臉面，到時候有采纖、霽虹她們跟著她，自然鬧不出什麼亂子。不過是跟幾個丫鬟一同說說笑、聽聽戲熱鬧一番，我自有安排，你寬心便是。」

楊晟之把婉玉攬到懷裡道：「我上輩子積了德，才把妳娶進來。只是委屈妳了，妳心裡若有什麼不痛快的，只管跟我說，想要什麼也只管跟我說。」

婉玉心想：「先前楊昊之和太太都不曾給我好臉色，我一個人孤零零的，回娘家還要硬裝出歡喜的神色，那才叫委屈。如今不過是太太給我些臉色，只要夫君待我好，旁的又算什麼呢？」夫妻倆又絮絮說了一回，方才歇息了。

且說柳氏處，春露正在自己臥房裡做針線，忽彩鳳拎了個黑漆描金的捧盒走了進來，春露抬眼見了，道：「妳怎麼來了？快坐。」說著挪了挪身子，給彩鳳在床上挪了個空。彩鳳坐下來笑道：「我擔心太太身子，在小廚房裡做了碗湯送過來，也給姊姊捎過來一碗。」說著掀開蓋子，只見裡頭一碗香噴噴的山藥烏雞湯，並兩樣清爽小菜。

春露心中受用，笑道：「妳忒客氣了，留著自己吃，給我送來做什麼？」

彩鳳把湯碗和菜碟端出來放在炕桌上，滿面掛笑道：「我也吃過了，這烏雞是頂頂滋補腎陰的東西，別等涼了，趁熱吃才不糟蹋。」說著遞上調羹。

春露口中客氣了幾句，拿了勺子喝湯。彩鳳道：「我給太太還送了一大碗，只是春雨說太太身上不爽利，晚飯才用了一點就躺床上歇了，這妳看……」

春露哪有不明白的，滿口應承道：「留我們這兒的小廚房吧，明兒個一早我就熱了讓太太吃，說是妳在廚房熬了一宿，今兒早晨特別端上來孝敬的。」

彩鳳把小菜碟子往春露跟前推了推，笑得益發殷勤，道：「還是妳會說話，莫怪太太總誇妳嘴跟抹了蜜似的，還請多費心。」

春露挑起眼角看了看彩鳳，喝了兩口湯，忽嘆口氣道：「妳不必這麼應承我，咱們都是一同進府來的，別看我如今在太太身邊有幾分威風，但歸根結柢，最命好的人還是妳。老太太一發話，妳進了二房，沒過多久就成了半個主子，那母老虎病歪歪的也是熬日子，二爺好性兒，如今整個二房還不是妳說了算。等過些時日，那母老虎死了，妳再生個一男半女的，太太、二爺心中歡喜了，興許就能把妳扶了正，風風光光的做景二奶奶！」

這一番話正撞在彩鳳心坎上，口中卻連稱不敢，去捂春露的嘴道：「這樣的話可不能瞎說，傳揚出去還不折殺了我！我不過就是個丫頭出身的，當主子奶奶是作夢，殺死也不敢想，能在這裡熬一輩子，好好伺候主子，也是我的福了。」

春露一把拍下彩鳳的手，臉兒上微微露著笑，只看著彩鳳不語。彩鳳只覺自己的心思全被看穿了似的，渾身不自在，忙扯開話頭，春露一邊喝湯一邊有一句沒一句的應著。彩鳳閒扯了幾句，見春露把湯喝完，就將碗筷收拾了起身告辭，春露也不挽留。

待彩鳳走了，春露的小丫頭粉蝶拿了抹布進來抹桌子，春露斜靠在門邊，一腳蹬著門檻子，手裡拿了耳挖子剔牙，看著彩鳳的背影，「呸」一口吐了肉渣，冷笑道：「一肚子騷心思的小狐媚子，癡心妄想著想當正頭正臉的二房奶奶呢！打量我是傻子瞧不出來怎的？『殺死也不敢想』？我呸！殺死也不敢想還把熱臉湊跟前兒，當主子似的給太太送吃食？作她的春秋大夢，當老爺、太太是『聾子配的耳朵』不成？當景二奶奶，就妳也配?!」

粉蝶問道：「姊姊喝茶嗎？」

春露扭頭斥道：「大熱的天，喝什麼茶？就這點眼色還指望我日後提攜妳？今兒下午不是剛熬了冰糖燕窩梨湯，太太就吃了一碗，還有小半鍋，給我盛一碗來。」說著又走到床邊坐了下來。

粉蝶盛了湯，放在炕桌上。春露捧起碗喝了一口，想起方才的事，猶自不甘，口中道：「以為送一碗烏雞湯就能收買人心了？小家子爛氣的，虧她還是老太太房裡出來的。甭說她是個姨娘，三奶奶又怎麼樣？剛從京城回來時巴巴的給我送了兩個大銀錠子，我如今還就不買她的帳了，她能把我如何?!」

粉蝶怯怯道：「姊姊今兒個駁了三奶奶顏面怕是不好吧？太太沒發話，姊姊就攔著三奶奶不讓進門……日後若是查出來……」

春露哼一聲道：「誰有閒工夫查這個？眼下太太正氣惱三房，若是真查了，只怕還要誇獎幾句呢！」

粉蝶道：「就數三爺、三奶奶那頭給咱們送的東西多，姊姊又何必為難人家？」

春露伸一指戳粉蝶的頭，壓低聲音道：「傻子，我問妳，老爺百年之後，楊家偌大的家業都歸誰？」

粉蝶搖了搖頭，又想了想道：「我聽人說，老爺好像有意思提攜三爺。」

春露道：「別看三房如今鬧得歡，可太太還沒嚥氣呢，這家業啊……嘖，遲早還是大房的。我七、八歲就進楊府了，一直跟在太太身邊，太太最疼誰，我心裡會沒數嗎？何況大爺還娶了織造家的嫡千金呢。眼下不過是大爺做了幾遭惹老爺氣惱的事，這才攆得跟過街的耗子似的，其實這親父子、父子親，打斷骨頭都連著筋，過些時日，老爺還得把心腸軟下來。三房遲早得回京，就算惦著這頭白花花的銀子，也得搆得著！」

粉蝶道：「主子們爭來爭去，跟咱們有什麼相干？方才我還聽春雨她們說姊姊太生事，跟主子頂起來沒好果子吃，還不如都不得罪，做個好人。」

春露哂道：「都是些目光短淺的娘兒們，不站定了山頭，日後怎有前程？大奶奶早就許給我了，日後她掌家自有給我的一番安排。原先她這麼一說，我也就那麼一聽，可前兒個她就把我兄弟提攜出來，讓他跟著大爺了。妳也知道，先前我兄弟在二門廊下聽差，能掙出什麼頭？一個月那幾個錢還不夠打酒喝的。我跟太太提過兩回，給我兄弟換個差事，太太都沒搭理，我也不好再說。誰想才跟大奶奶提了一次，這事就成了！往後跟了大爺就不一樣了，月錢多、賞錢多，前程也闊，日後保不齊能進鋪子裡當個掌櫃管事。今兒個大奶奶一早就同我說了，若是三房來請安就讓我攔著。有個文謅謅的詞兒叫『投桃報李』不是？我攔著時說話聲音大些，也是為給大奶奶聽的。何況太太正厭惡三房，沒個打緊的。」

粉蝶咋舌道：「乖乖，竟有這麼些學問！」

春露斜著眼得意道：「妳呀，嫩著呢，跟我好好學吧。若不是妳家跟我們家沾親帶故的，我才不收妳這樣的在身邊呢。」

粉蝶想了想道：「大奶奶說給姊姊安排前程，莫非……姊姊想進大房當姨娘？」

春露伸出指頭狠狠戳了粉蝶腦袋一記，咬牙道：「不長進的東西！這話可不能說出去！誰想當姨娘了？」說著從床頭摸出一面靶鏡，對鏡自照，鏡中映出一張長臉，高顴骨、方下巴，五官倒還耐看，只是眉眼太淡，兩頰上點著雀斑，須用脂粉才能遮住，頭髮卻烏黑亮澤，在頭上堆了一個沈甸甸的髻。

春露對著鏡子理了理髮鬢，瞥見粉蝶縮頭縮腦的模樣，嘆了口氣，放下鏡子道：「若說沒存過那個心是瞎話。大爺生得俊，還有個風流樣兒，丫頭們哪個不愛？可大爺就愛模樣俏的，但凡爹娘給張好臉，我也拚一拚，可眼看著不是什麼美人，我也就死了心了。誰想竟是好事，春芹是太太給大爺的，仗著自己有兩分顏色，跟大爺打得火熱，到後來跟我們說話都愛答不理的，下場又怎樣？大奶奶哪是吃素的主兒！」說著一把將鏡子塞到枕頭底下，坐正了道：「我呢，也沒什麼旁的念想，打小在楊家長大的，丫頭婆子、嬸子嬤嬤們的，也都相熟，主子們多少還敬我兩分。楊家這般富貴，整個金陵城都找不出幾家，日後等我年歲大了放出去，打死也享不了這樣的福。太太雖待我不薄，但到底也上了些年歲了。我就巴望著日後大奶奶替太太管家，賞我個油水肥厚些的體面差事，有個磕磕碰碰的能關照一二，我就知足了。」

粉蝶聽得一愣一愣的，春露看她傻呆呆的模樣「噗哧」一笑，慢悠悠道：「學著點吧！不練幾分本事，想過得舒坦，難！」

待到梅海泉壽辰當日，婉玉一早便收拾妥當，攜了珍哥兒和鄭姨娘，同楊晟之一道回娘家。楊晟之百般怕婉玉不舒坦，親自備了馬車，婉玉、珍哥兒和怡人乘一輛；鄭姨娘、采纖和珍哥兒的奶娘乘另一輛。他則騎了馬，帶了八個長隨，一路往梅家而去。

行至梅府門前，只見熙來攘往，轎子、馬車浩浩蕩蕩，楊晟之策著馬停在婉玉乘的馬車旁，對著車簾俯下身道：「大門都堵塞了，一時半刻進不去，不如繞到南側門。」婉玉隔著簾子道：「也好，先叫竹影去知會一聲，讓二門上的小廝抬轎子來等著。」竹影立時飛跑過去傳話，眾人繞到南側門，馬車卻停住不動了。

婉玉道：「出什麼事了？」說著將簾子掀開一道縫向外望去，只見門口簇著一眾僕役，停著兩乘轎子並兩匹大馬，一馬上坐著個年輕公子，依稀可看見面如敷粉、唇若塗脂，神態輕佻，生得頗為俊俏；另一馬上則坐了個面目黑醜、體態癡肥的胖子，二十歲上下，衣著鮮麗，舉止驕奢，顯見是富貴人家出身。婉玉蹙了眉暗暗思索道：「從側門進府的都是家裡的親戚，可這是哪一房的親戚，我怎麼沒見過？」思索間那轎子已抬進了門，那兩個男子也翻身下馬，進入府中。又等了片刻，梅家的下人抬了轎子來接，婉玉便攜了珍哥兒坐轎，搖搖晃晃的進了府。

轎子在垂花門處停下，又換了幾個年輕力壯的媳婦抬轎，婉玉透過紗窗向外一望，只見方才在門口碰見的兩乘轎子也已停下，有丫鬟打起轎簾，從轎中各走出一個年輕的小媳婦，婉玉一瞧登時吃了一驚，那二人正是梅燕雙和梅燕回！

怡人也是一驚，挪到紗窗邊對婉玉低聲道：「雙姑娘和回姑娘已經嫁人了？咱們怎麼不知道？先前因奶奶的事，太太發了一頓脾氣，令她們不許到府上來了，如今怎麼又重修舊好了？」

婉玉搖了搖頭道：「這事我也不知道，但好歹都是一門子的親戚，抬頭不見低頭見，能有多大的仇怨，況我也嫁人了，先前的疙瘩也該解了。」心中暗想道：「門口那兩個男人莫非是雙生女的夫君？倒真真兒是姘媸自別了！不知哪個娶了姊姊，哪個娶了妹妹？」

轎子行至大花廳處方才停下，早有守候的丫鬟一擁而上打起轎簾，奶娘抱走了珍哥兒，婉玉方才扶著怡人的手下轎。待進了花廳，吳氏正坐在椅上同兩個老妯娌說話，紫萱站在身後奉茶伺候，她今日穿粉紫縷金牡丹刺繡緞面交領長裙，頭上插金戴銀，臉龐、身量都圓潤了不少，顯是過得極為舒心。婉玉入門便要行禮，吳氏忙攔住，道：「妳是有身子的人，快坐過來。」仔細打量婉玉面色紅潤，不由眉開眼笑，又召喚珍哥兒道：「好孩子，又長高了，快來！」

珍哥兒乖覺，跪拜叩頭，脆生生道：「給外祖母請安，外祖母長命百歲，福壽康寧！」這一番逗得眾人撫掌大笑，紛紛誇道：「好個孩子，生得俊，還雪團一般聰明。」

吳氏歡喜不盡，一把將珍哥兒拉到懷裡又揉又搓，道：「我的心肝兒，就數你嘴甜。」說著摸出一個沈甸甸的荷包往珍哥兒手裡塞。屋中坐的皆是與梅家素來交好的官宦人家的太太女眷及走得近的親戚，雙生女之母董氏正坐在離吳氏極近的椅子上，她本就能說會道，此時嘴越發閒不住，換著話題討吳氏歡喜，一時說：「還是嫂子最有福氣，孫子就已是極聰慧極伶俐的了，誰想這外孫竟跟孫子不相上下，我瞧著都眼紅了。」一時又說：「都說三歲看大，我看珍哥兒日後準能考個狀元郎，錯不了。」吳氏原本對董氏淡淡的，但聽她努力的誇讚自己兩個孫兒，也不由點頭微笑。

婉玉道：「楊家的鄭姨娘特來請安，這會兒在門外頭候著。」

吳氏一時想不起鄭姨娘是何許人，面上有幾分茫然，紫萱忙附耳說了兩句，吳氏立時恍然，道：「還不趕緊請進來。」言畢有丫鬟出去請人，只見門簾挑起，鄭姨娘便走了進來。

鄭姨娘自當日聽說梅府上做壽，便巴巴的想跟著一起來，一則因梅家門第高，平日絕無機緣拜會，心中不免好奇；二則她素愛湊熱鬧，巴不得尋個由頭找樂子；三則回去之後也好在眾人面前顯弄自己的見聞和體面。她跟婉玉開口，本不抱十分的希望，誰想婉玉竟一口應承下來，鄭姨娘不由喜出望外，從此日日夜夜的盼著。但臨行時楊晟之對她再三囑咐警醒，細說了梅府上的規矩，她滿腔的火熱就冷了一半，待來到梅家，鄭姨娘只覺府中氣象絕非楊家可比，連二門上三等僕役舉止用度就已不凡，立時便縮手縮腳的。

這廂丫頭引她進大花廳，鄭姨娘一瞧，只見地上鋪滿紅氈，當地立著景泰藍鎏金口的大花瓶，牆上掛著一色的名人字畫，書香文雅之氣甚濃，右手處一張雕夔螭的紫檀羅漢床，設大紅彩繡的蟠桃百蝠引枕靠背，床上坐一儀態高貴雍容的婦人，懷裡摟著珍哥兒，正是吳氏了。屋中坐了二十來個女眷，每一椅旁設一几，几上或設洋漆瓶、或設舊窯瓷瓶，當中插著當令鮮花，又有天青色荷花葉茗碗，泡著上等名茶。

鄭姨娘見滿屋裡坐的皆是有頭臉的女眷，不由腿腳發軟，走上前不待旁人說話，身子一癱就跪在地上磕頭道：「給巡撫奶奶磕頭請安。」

眾人皆是一怔，紫萱忍不住「噗哧」笑了出來，又急忙收住，吳氏從座上而起親自攙道：「都是一家子親戚，這可使不得！」紫萱見吳氏起身，也忙過來幫著攙扶。吳氏又讓文杏給鄭姨娘搬繡墩子坐，鄭姨娘口中連稱不敢，硬要坐個小凳子，紫萱還要謙讓，婉玉覺得臉上有些熱辣辣的，笑著打圓場道：「姨娘性子隨和，讓她愛坐哪裡就坐哪裡吧。」紫萱聽了也不再讓，鄭姨娘便搬了凳子挨著婉玉坐了。吳氏問她身體可好，平日做些什麼等語，鄭姨娘唯恐失言被人笑話，唯唯諾諾應著，臉上只一逕兒的堆著笑，想要討好，卻不知該說什麼。婉玉便接過話替鄭姨娘答覆了，吳氏心裡也明白了幾分，不再多問，只讓鄭姨娘喝茶和吃糕餅等物。

此時梅燕雙和梅燕回進來行禮，吳氏不卑不亢問候兩句，雙生女便退下，婉玉滿心的疑惑不好問出口，只得悶在心裡，同吳氏等說笑了一回，眾人便要到花廳外頭聽戲，婉玉道：「還在孝期，聽戲是萬萬不能了，這會兒我也有點乏了，先回去躺一躺。」

吳氏忙道：「極是，有身子的人就易乏累，我的兒，妳趕緊去歇歇。」

紫萱道：「就歇我那兒吧，茶水吃食都不缺，用什麼都齊備，不但清靜，離花廳還近些。」

吳氏點了點頭，對婉玉道：「我讓廚房給妳做了幾樣妳愛吃的點心，待會兒她們給妳端去屋裡。」說完又命自己身邊的丫鬟和老嬤嬤妥帖跟著伺候。

婉玉從屋中出來，在廊下拉住鄭姨娘低聲道：「姨娘若想聽戲，就讓采纖帶妳到戲臺旁的茶房去，關上門從紗窗裡也能瞧得見，又隱蔽又相宜，屋裡還有瓜果糕餅，茶酒也不缺，舒服得緊。」

鄭姨娘眉開眼笑道：「只是在這孝期裡……」

婉玉抿著嘴笑道：「姨娘只管去，妳不說我不說，沒人知道。」說罷便招呼采纖，鄭姨娘樂呵呵的跟著走了。

紫萱一扯婉玉的袖子道：「還不隨我來，妳個沒良心的，打京城回來才往家來了一回，我怪想妳的，一肚子的話兒想跟妳說呢。要不是家裡頭事情千頭萬緒，我早就去楊家看妳了。我給妳的補藥妳可吃了？」一面說一面拽著婉玉往前走。

婉玉挽著紫萱的胳膊笑道：「吃了，就泡在茶水裡。我也想妳呢，可守孝在身，又懷了身孕，哪能隨隨便便就出門，況我們家那位太太妳也是知道的，沒有事還要挑出幾分錯來煞性子，我又不是傻子，何必往刀口上撞。」

紫萱哼了一聲道：「她就是欺軟怕硬，妳也不必怕她，若真受欺負了，我們跟妳撐腰。不必公爹、婆婆，我第一個給妳出頭去！」

婉玉笑道：「都當娘的人了，火爆性子還不改改。」

紫萱笑道：「這怕是改不了了，躺進棺材裡還是這個德行。」

說笑間姑嫂兩人已進了屋，迎面便瞧見鶴哥兒穿著開襠褲，坐在床上玩耍，婉玉見他生得白白胖胖、玲瓏玉致，心都酥軟了，上前摟在懷裡親了一親道：「乖寶兒。」鶴哥兒立時咧著小嘴齜著牙對婉玉傻笑，紫萱道：「倒是乖，跟妳大哥一個性子，做什麼都慢悠悠的，也不愛哭，冷了、餓了都不出聲。」說著見鶴哥兒搖搖晃晃的要站起來，伸手一點鶴哥兒的腦門道：「傻小子，哪有一點像我的樣子！」鶴哥兒往後一仰，「撲通」倒在床上，咯咯笑了起來。

婉玉道：「妳同大哥近來都好？我看妳氣色好，臉盤也圓潤了，想來是不錯。」

紫萱道：「倒是沒什麼鬧心的事，妳大哥過段日子要升半個品級，換個地方歷練。他一心想當御史，說什麼執筆為公，可公爹說他性情耿介，不夠圓融，要再磨練磨練。」

婉玉道：「爹爹自有他的道理，咱們聽著就是。」

紫萱拈了塊雪片糕放入口中，忽想起什麼，「噗哧」笑了起來，道：「妹妹還記得孫志浩那廝嗎？」

婉玉道：「自然記得，嫂子提他做什麼？」

紫萱拍著手笑道：「他呀，如今可熱鬧了！當初從大獄裡出來，他爹娘拿了一千兩銀子送他到外省做生意，誰想生意沒做出來，反倒在外頭學了一身的毛病，比先前壞了十倍，又嫖又賭，把銀子揮霍個一乾二淨才回家。他爹又湊出錢，讓他在本地做點買賣，沒幾日家裡就折騰窮了。他爹氣了一場，又中了風，癱在炕上。他娘一咬牙，乾脆給他娶了個凶悍的婆娘，他娘子家裡也有些產業，但因生得比男人還魁梧，說話的嗓門比打雷都響，舉止粗野，無人敢上門提親，孫家是貪圖她家錢財才去提親的，他娘子確也陪送了不少嫁妝傍身。誰想剛一過門就把孫志浩得意的那幾個小妾全都拉出去賣了，只留下一個老實巴交的，孫志浩膽敢說個『不』字就又打又罵的。」斜眼看著婉玉，得意道：「妳猜這事我是如何知道的？」

婉玉從善如流道：「嫂子是怎麼知道的？」

紫萱繪聲繪色，比劃道：「話說還是三個月之前了，我去柳家探望姊姊，乘轎子剛過市集，就在巷子裡看見有個男人披頭散髮沒命的跑，後頭跟著一個五大三粗、健步如飛的女人，手裡還舉著一把菜刀，一邊跑一邊罵『孫志浩！你這王八，膽敢和粉頭相好，老娘今日不殺死你』！那架勢好生威風！我聽『孫志浩』這名字有些耳熟，想了好半天才記起來他是強姦柯穎思的淫賊，還是柳家孫氏的侄子。等見了姊姊，我把這事的來龍去脈講了，姊姊說我碰見的確就是那人了。」

婉玉啐道：「那畜生活該！這還便宜了他！」

紫萱笑道：「聽說他經常被他娘子打得青一塊、紫一塊的，總沒有飯吃，晚上被趕到柴房裡睡，就連他親爹娘也不敢管，管了也要挨打。真應驗一句話：『惡人自有惡人磨』。」

婉玉點頭道：「妳說得極是，這也是他的報應。」捧起茗碗喝了一口，問道：「三堂叔家的那對雙生女出嫁了，我怎麼都不知道？嫁給誰了？」

紫萱道：「妳不提我還忘了，他們家悄悄的把親訂了，都沒聲張。今年開春，姊妹倆相隔一個月出嫁，只成親前幾日才送了喜帖來，我們也都吃了一驚。雙姐兒嫁的夫君叫劉青，家境不算殷實，聽說原先祖上也曾發達過，可到這一輩已經落魄了，只能算小門戶，有兩、三畝薄田，一個老媽子和一個書僮，連使喚丫頭都沒有，雙姐兒家裡陪送了不少嫁妝，這才置了房產田地。那劉青至今才是個童生，可長得真真兒是一表人才，俊俏得緊，見過的都說堪比吳其芳呢。」

婉玉道：「梅燕回又嫁給什麼人家了？」

紫萱道：「回姐兒嫁的這人有些來歷，沾著點皇親國戚。夫君叫烏新正，是汝寧公主的外曾孫，文不成武不就，聽說字都沒認全，在家族裡也不遭待見，卻成天在外顯擺自己是公主的外曾孫。他身上無一官半職，父親也只在光祿寺掛個虛銜，但家中還有幾個錢，占著房躺著地的，有三幢大宅。只是人長得又肥又醜，行事也多有荒唐，但以回姐兒的門第，嫁他也算高攀。」

婉玉道：「這對姊妹有意思得緊，一個圖貌，一個圖財，卻沒一個圖男子的人品見識、才華本領。」遂將自己在門口撞見雙生女的事同紫萱說了，紫萱道：「聽妳這番形容便是他們了。自妳嫁了楊晟之去了京城，太太對他們家的氣也消了些，後來三堂叔親自登門道歉，太太又見妳過得和美，這才跟他家重修舊好，內宅裡開始走動，公爹做壽也請他們來了。」

剛說到此處，只見香草走了進來，見著紫萱道：「我的奶奶，我滿世界尋妳，妳倒在這裡躲清閒。雙姐兒、回姐兒跟二老爺家的淑姐兒爭持起來了，奶奶快去看看！」

紫萱一怔，趕緊穿鞋下床，急道：「不省事的小祖宗！靜淑妹妹一向跟雙生女兒雞吵鵝鬥的，我怎麼忘了這檔子事，讓她們坐一處呢！」

婉玉道：「妳別忙，我同妳一起去。」說著起身，同紫萱一同到花廳旁的抱廈（注）去了。

注：抱廈，圍繞廳堂、正屋後面的房屋。顧名思義，在建築外觀上如同環抱著正屋、廳堂。

第四十回　藏詩書醋潑酸楊三　送丫鬟氣死病鸞姐

少頃，婉玉和紫萱移步到了花廳旁的抱廈，綠蘿站在門口，見紫萱來了，忙迎上去道：「奶奶可來了，方才好勸歹勸才消停些，淑姑娘一張嘴說不過那兩張嘴的，給氣哭了，旁的姑娘、奶奶們正哄著。」

紫萱道：「怎麼就吵起來了？」

綠蘿道：「淑姑娘訂親了，對象是城南王家的小兒子，王家有些田產，這小王公子還是個秀才，年紀、容貌都同淑姑娘般配，別人因這姻緣好就打趣她，本來也好好的。誰想雙姐兒和回姐兒說了句不中聽的，說淑姑娘這脾氣秉性以後討不了公婆歡喜，淑姑娘也不吃虧，回嘴了幾句，一來二去就吵起來了。」

婉玉對紫萱咬耳朵道：「那對小姊妹我是領教過，伶牙俐齒，張牙舞爪，我都覺不好招架。」

紫萱挑了眉頭道：「我聽妳說過那幾樁事，早就恨得牙癢癢的。今兒個是公爹做壽，全都老老實實的便罷了；拿架子擺款兒不肯老實的，莫怪我用掃帚趕出去！」說著拎起裙子邁步就往屋裡走。

婉玉忙攔住道：「和氣為重，息事寧人要緊，咱們又不是青天大老爺，哪裡斷得了什麼是非，再說鬧大了也是咱們臉面上不好看，回姐兒好歹嫁的是個皇親國戚，誰知道跟朝廷裡會拉上什麼關係？」

紫萱洩了氣，想了想道：「是了，我脾氣急，若是妳看我要惱起來，千萬要提醒提醒。」說著走了進去。

婉玉進屋打眼一瞧，屋中坐著的全是梅家各房的小姐、奶奶，林林總總七、八個，梅靜淑坐在炕上哭得抽抽噎噎的，旁邊圍了五、六個人勸著。梅燕雙和梅燕回坐在椅子上，神態悠然，彷彿聽不見哭聲似的。再細打量二人，只見梅燕雙身子骨越發單弱了，身穿酒紅撒金褙子，雪青馬面裙，頭戴赤金花葉髮簪、紫色絹花，腦後插著點翠插梳，雖是一副貴氣裝扮，但較之梅燕回卻遠遠不及了。梅燕回身穿金緞繡工筆山水樓臺圓領褙子，象牙白的細綢裙子，頭戴嵌祖母綠大金鳳釵、菊花折枝金簪、燒藍鑲金八寶花鈿，耳上、頸上全是沈甸甸的各色首飾，手腕上三對金銀玉鐲，指上幾個明晃晃的戒指，整個人珠光寶氣，神色亦帶著兩分倨傲。

紫萱瞧了雙生女一眼，逕自朝梅靜淑走過去，拍著肩膀道：「好端端的，靜淑妹妹怎麼哭上了？走，嫂子帶妳聽戲去，想聽哪一齣，我給妳點。」說著便要拉梅靜淑走。

梅靜淑見到紫萱，哭得越發厲害了，抽泣道：「嫂子來得、來得正好，妳來評一評理……」

婉玉忙走上前笑道：「好妹妹，快收一收淚兒，到我那裡洗把臉，重新上些脂粉才好。」掏出帕子給梅靜淑擦臉，又去架她胳膊，低聲道，「今兒個妳大伯做壽，不看僧面看佛面，何必跟她們兩個置氣。好妹妹，忍忍吧。」說著要帶她出去。

梅靜淑坐著不肯動，拿著帕子拭淚道：「今日是大伯壽辰，看在嫂子和婉姊姊的面子上，我才不跟那兩個貨計較。」

紫萱笑道：「這就對了，咱們斯斯文文的說話兒。」親手倒了一杯茶遞與梅靜淑。

梅燕雙嗤笑一聲，招呼梅燕回道：「妹妹，咱們走。不過說兩句實話，就至於哭得尋死覓活的，好像咱們如何欺負了她似的，這屋裡是沒法待了。」

梅靜淑看著婉玉、紫萱二人，帶著哭腔道：「嫂子、姊姊，妳們聽聽，倒是管不管？」

婉玉連連皺眉，又不好多說，紫萱氣得對梅燕雙道：「妳就不能少說兩句！」

梅靜淑掙開婉玉，大聲道：「我三番五次忍著，是妳們句句話都在擠兌我，今兒個管他三七二十一，妳們橫豎要撕破臉，我又何必留情！」指著梅燕雙冷笑道：「瞧妳做出的那些事……打量我們真不知道不成？妳沒羞，戀慕人家吳家的公子，瞧人家要跟婉姊姊訂親了，就千方百計攪散了人家姻緣。呸！真是臊死人了！自己下作輕狂了，名聲不好，有頭臉的人家誰還願意跟妳們攀親？偏妳自己好男色，非要找個俏郎君，竟然連門第、家世、人品都不看了，中意連個秀才都沒考上的繡花枕頭！」

梅燕雙氣得渾身亂顫，一拍桌子站起來道：「滿嘴放炮的小蹄子，只會亂編排人，想王家也是有些體面的人家，妳這模樣、品性傳出去，看人家還哪隻眼睛瞧得上！」

梅靜淑冷笑道：「莫非我說錯了？若論品性，我確不如雙姊姊，雙姊姊賢良得緊，這才剛過門半年，身邊四個丫頭就都給夫君收用了，聽說雙姊夫還同一個窯姐兒相好，三天兩頭的去噓寒問暖，姊姊竟也大度，跟個沒事兒人一般，我自然是萬萬不能了。」

梅燕雙臉上一陣紅、一陣白，眼裡早已滾下淚珠兒來，只憋出一句：「妳、妳胡說……」氣得抖成一團，再無法言語。

婉玉見又要吵起來，道：「都消停些，少說兩句吧！」紫萱反倒拉了婉玉一把，低聲道：「靜淑妹妹說的這番我竟不知道，咱們待會兒再勸，且聽聽還有什麼奇聞。」婉玉聞言好笑，胳膊肘頂了頂紫萱道：「把架勸住了，淑妹妹拉到外頭去，隨妳怎麼問，這鬧起來成什麼體統，萬一說臊了誰，當場撞牆抹了脖子，真個兒就不好收場了。」

梅燕回冷笑一聲，對梅靜淑道：「妳說的那些不過是旁人胡編亂傳，哪個少年郎不輕狂幾年？姊夫如今可全然不同了，只有長舌婆才當真的亂嚼一氣。再者說，眉毛、鬍子一把白還沒中秀才的人有得是，這又有什麼稀奇的了？況即便會讀書又如何，一輩子窮酸的多得是，不如差事體面，賺得來錢糧。我夫君早已答應了，給姊夫謀個肥差，看到時候誰能輕賤了去！」

梅靜淑哂笑道：「是了，妳夫君皇親國戚，真真兒的體面，回姊姊做個填房也不算委屈了，聽說前房還留下一子一女，倒也勞煩妳看顧著，免得擔了『後娘心狠』的名聲。」

梅燕回臉上登時變了顏色，因前房子女養在京城她公婆跟前，故她做填房的事便想瞞著，誰想竟被人知曉了。屋裡一時間靜悄悄的，雙生女臉上好似打翻彩帛鋪，抖著嘴唇，一時要哭又強忍著。眾人也竊竊私語起來。

梅靜淑只覺心裡痛快，輕飄飄落下一句：「自己做的事兒老天爺都長眼呢，別以為不說就沒人知道了。」言畢一甩簾子走出去了。

婉玉隨著走出去，拉著梅靜淑走到清靜之地，方才放慢腳步道：「到我那裡喝杯茶消消暑，也洗洗臉，重新畫畫眉眼才好。」

梅靜淑不吭聲，半晌才道：「婉姊姊是不是怪我了？妳們沒來的時候，她們說了好些不中聽的，我、我也是實在忍不住……」

婉玉道：「誰怪妳了？只是妳大庭廣眾之下不給留臉，雙姐兒還好說，梅燕回好歹嫁了個有頭臉的，只怕日後為難你們。」

梅靜淑冷笑道：「她不過就嫁了個汝寧公主的外曾孫子，跟皇家都快八竿子打不著了，汝寧公主都仙逝多少年了，憑她能為難去不成？我梅靜淑一沒吃她的，二沒喝她的，絕不受她這個氣！」又絮絮說了些許氣話，婉玉聽她如此說，也不再多言，岔了別的話頭。

且說晚間壽宴已畢，婉玉乘馬車回楊府，珍哥兒玩了一天，這會兒躺在馬車裡早已困乏睡了過去，婉玉恐楊晟之灌了些酒水騎馬捽著，便掀了車簾子道：「坐馬車裡來，我有話同你說。」

楊晟之聞言下馬，待怡人換去了鄭姨娘的馬車，楊晟之方才坐到婉玉身旁。二人閒來無事，婉玉便將梅靜淑同雙生女爭持之事說了，楊晟之道：「梅通判不知怎麼會答應這兩門親事的。撇開烏新正相貌暫不提，論起談吐，竟說不出一句整話，『嗯』、『啊』、『這個』說了半天還雲山霧罩的。又非要同旁人比試書法，倒也沒人給他難堪，他寫什麼都只管讚好；一開口就愛提他外曾祖母，表揚太祖皇帝功勳，一副與有榮焉之態，帶著十分的憨氣。那個劉青更不用說，不開口倒好，還像個體面人家的公子，可一說話便知此人是個沒見過世面的浪蕩子；開始還吆五喝六的，後聽我們在一處報名號、敘同年，又論及官職等事，他腿就軟了，縮頭縮腦，問他話也不回答，灰溜溜跑了，我瞧著他那兩下子還不如咱們家三等的小廝。」

婉玉道：「聽說三堂叔對這兩門親都不甚滿意，烏家還算得上高門第，回姐兒自己也願意，三堂叔便允了；但劉家那門親，當中不知有什麼內情，起先是不肯答應的，後來也鬆了口。」

楊晟之笑道：「旁人怎麼結親我不管，我只管我娘子。今日累了吧？妳靠在我身上歇歇。」

婉玉倚在楊晟之身上道：「有樁事我正想問你，原先我在外頭書架子上擺的兩、三套書怎麼沒了？是不是你拿去看了？」

楊晟之一怔，不動聲色道：「什麼書？」

婉玉道：「《容齋隨筆》和《困學紀聞》等幾部，上京的時候我恐東西多遺失了，就放在外頭的書架子上，回去一找才發覺不見了，我以為落在娘家，今日又找了一番，怡人說記得我早就帶回咱們府上了。」

楊晟之輕咳了一聲道：「不過是幾冊書，丟了也就丟了，沒什麼大不了的，妳想看什麼書，列個單子我給妳買回來，還有古董字畫，但凡妳想要的，只管開口便是。」

婉玉道：「那兩部都是成套的善本，還是江陰一帶有名的才子抄寫的，單看書法也賞心悅目，即便是有銀子也買不來。若你沒瞧見，我就去問問丫頭們。」

楊晟之皺著眉頭，臉色有些難看。原來他無意間翻了那幾冊書看，瞧見扉頁上題著吳其芳的字並詩詞句等，知道那書是吳其芳送的，心裡登時便有些不舒服。吳其芳容貌俊秀，亦有十分的才學，當日科考便在他之上，原本婉玉便要與之結親，因他施計方才如願以償。雖娶得嬌妻，但楊晟之每見了吳其芳不免暗暗比較，又恐婉玉心裡還對吳其芳存著念想，欲問又開不了口，心裡到底結了疙瘩。這廂見了吳其芳送的書，不由拈起醋意來，伸手便將那幾套書揣了，到外書房尋個角落胡亂一塞了事。今日婉玉問起，他便悶悶的，還有些惱，口中道：「又不是什麼金貴東西，甭找了，回頭我再給妳尋幾套來。」

婉玉搖了搖頭道：「還是要好好找一找，明兒個我就讓怡人她們把房子細細尋一遍，丫頭們住的地方也別漏掉，好端端的，總不能長腿跑了……」後半句「書丟了事小，若是出了家賊可不是鬧著玩的」還未說出口，楊晟之便脫口而出道：「幾冊破書罷了，比這稀罕幾倍的東西也不見妳放心上，我知道，不過因為那書是吳其芳送的罷了！」

婉玉登時便怔了，半晌才把氣喘過來，道：「你說什麼？」

楊晟之推開婉玉道：「我說什麼妳心裡明白！」

婉玉道：「我明白什麼？你把我想成哪樣的人了！」

楊晟之硬聲道：「幾冊書就讓妳急成這樣，同我成親了以後還當寶貝似的供著，妳若還惦念他，我也不必礙眼，成全了你們便是！」說完便命停車，撩開簾子便下車騎馬去了。

婉玉愣愣坐著，只覺得又委屈又心酸，聽了楊晟之說的話，心裡灰了一半，眼淚止不住滾下來，又恐吵著珍哥兒，不敢哭出來。

待回了府，奶娘自抱了珍哥兒去睡覺，婉玉回到臥房裡，楊晟之卻不知去哪裡了。怡人端了碗湯，上前道：「奶奶今天晚上用得少，喝碗湯再睡吧。」

婉玉坐在床上不吭聲，怡人瞧見她眼中淚光點點，似是哭過了，不由吃了一驚，道：「奶奶，妳怎麼了？」

婉玉滿面倦色，搖了搖頭道：「沒什麼，讓小丫頭子打水進來梳洗吧。」怡人不敢多問，便叫小丫頭進來，婉玉換了衣裳、卸了妝，也不等楊晟之便上床安歇了。

片刻楊晟之回來，怡人攔住道：「方才三奶奶哭了一場，臉色也不大好看，連湯都沒喝就上床睡了，也不知出了什麼事？」

楊晟之一愣，低頭想了片刻道：「妳把湯熱一熱端進來。」說完便進屋了。臥室裡燃著一盞蠟燭，婉玉躺在床裡側，面對著牆。楊晟之坐在床邊上，喚了婉玉幾聲，婉玉聽見他叫喚，不由又有些傷心。楊晟之在車裡說了橫話，出來讓風一吹，立時就後悔了，又聽說婉玉哭了，晚上連滋補的湯水都沒吃，心中越發悔起來。

此時怡人端了湯進來又退下，楊晟之輕輕推了推婉玉肩膀道：「好媳婦兒，方才是我錯了，我灌多了黃湯跟妳發瘋，妳大人有大量，別跟我一般見識。快別跟自己賭氣，起來把湯喝了吧。」

婉玉閉著眼不睬他，楊晟之伸手便要抱婉玉起來，婉玉發狠一掙，奈何力氣不敵男子，反倒在楊晟之懷裡。楊晟之借燭光一看，只見婉玉雙目紅腫，臉上隱有淚痕，又是心疼又是後悔，抓著婉玉的手道：「媳婦兒，是我錯了，妳打我解解氣吧。」

婉玉淚珠兒又滾下來，捶道：「你既已懷疑我操守，那何必過來又哄又勸的。是不是我先前名聲不好，你便早已在心裡認定我是那樣無恥的人！」說著哭起來。

楊晟之連忙道：「妳絕不是那樣的人，我才無恥。我自打見了妳，魂兒就沒了，一心一意想娶妳進家門來，什麼無恥下作的事都做了……我……」一時語塞，再說不下去，只得解下腰間汗巾子給婉玉拭淚，婉玉別過臉不理他。只聽得屋外夏蟲鳴叫，偶有風掠過竹林，伴有「沙沙」響動。

楊晟之把兩部書拿出來放在婉玉面前道：「書在這兒，我方才去外書房拿書去了。」又嘆道：「是我小心眼，妳同吳其芳原就有婚約，還是表哥、表妹的親，平日裡相處也比同我多，他生得好，也有才學，岳丈、岳母也都中意他，若不是……我總有些不是滋味，怕妳雖嫁過來，心裡還惦記他，甚至還怨我……」說著臉皮已脹紅了。

婉玉聞言氣消了大半，道：「你還不懂我的心？方才在馬車上你說那番話是什麼意思？又當下丟開了不理我，莫非真不要老婆了？那你現在就去寫休書，我給你磨墨去。」

楊晟之賭咒發誓道：「馬車上說的話統統不算數，下回再也不說了。我賴死賴活都跟妳過這一世，妳打都打不走。」又可憐巴巴道：「好媳婦兒，快別惱了，看妳掉眼淚，我心肝肺都跟著疼。乖，快把湯喝了，等妳喝完湯有了氣力，為夫或打或罵任妳處置，千萬別虧了身子，餓著咱們兒子。」

婉玉臉仍繃得緊緊的，瞪眼道：「原來你不是心疼我，是心疼你的兒子。」

楊晟之賠笑道：「兒子算什麼？長大了娶了媳婦，哪裡還記得爹娘，我自然最心疼妳、最在意妳。」說著端起湯碗讓婉玉喝湯，又拿起扇子給婉玉搧風。

婉玉喝了湯，又瞧楊晟之手搖扇子，朝她堆著笑，想起他在馬車上的光景，不由又好氣又好笑，咬著牙伸出手指頭在他腦門上狠狠一戳，道：「你說你是什麼人，讀了這麼多年聖賢書，陳年的乾醋也喝！」

楊晟之揉揉腦門，去摟婉玉道：「我只喝我娘子的醋，別人我才不稀罕。」

婉玉掙道：「去，厚臉皮的東西，剛把人弄哭了，這會兒又來動手動腳。」楊晟之不聽，還是把婉玉摟定了。半晌，婉玉才低聲道：「那些書你若看著礙眼，就拿走吧。我同吳其芳，清清白白，什麼都不曾有，原先提的親事也是爹娘的意思。他明年也要成親了……」

楊晟之奇道：「他要成親了？我怎麼不知道？」

婉玉道：「今兒個回娘家聽母親說的，刑部蔣郎中的千金，請父親去保媒。」

楊晟之笑道：「若真如此，我定要給他包一封厚紅包。」心中卻道：「聽京城裡的公子談及各家待嫁之女，說起蔣郎中的幾位千金，都道是品德清白、嫻靜端嚴，不過性情迂腐古板，比窮酸儒尤甚，哪裡及得上婉妹知情知趣。」正得意著，冷不防婉玉把他的手放到嘴邊狠狠咬了一口道：「若是你日後再讓我受委屈，或敢藏什麼調三窩四的心，我就不饒你了！」

楊晟之疼得「嘶」一聲倒抽一口涼氣，陪笑道：「我怎麼敢？我要讓妳受委屈或存了這個心，叫我不得好死！」

婉玉這才「噗哧」一聲笑了出來。楊晟之同她款款說了一回，方才梳洗睡去。

第二日上午，婉玉坐在碧紗櫥裡頭，伏在炕桌邊寫字，春雨從外走進來，笑道：「三奶奶忙什麼呢？」

婉玉放下筆笑著讓座道：「妳怎麼來了，快坐。」春雨是柳氏身邊的二等丫鬟，容貌尋常、身量微胖，臉上總掛幾分笑，故小丫頭子們也愛同她親近。婉玉自和春露鬧了不痛快便刻意同春雨交好，二人私下裡暗暗往來。

春雨在婉玉身邊坐下道：「三奶奶也知道，老太太做壽時昊大爺採買了十二個唱戲的女孩子，如今老太太沒了，家裡一時也聽不上戲，老爺原本動怒，要把這幾個小戲子都拉出去賣了，太太說她們小女孩子也怪可憐見的，不如就分到各房當丫頭，當下全改了名字。太太房裡留了四個，大奶奶已挑走兩個了，今兒早晨彩鳳過來請安時帶走兩個，我給三奶奶送來兩個，還有兩個留給菊姑娘。」

婉玉一怔，點頭道：「既然是太太的意思，就把人領進來吧。」

春雨走出去，從外帶進來兩個十五、六歲的女孩兒，身量一般高，跪下磕頭道：「請三奶奶千秋。」

婉玉細打量，見二人都生得杏眼桃腮，暗道：「楊昊之素來慣在女人身上下功夫，他挑選出來的自然個個都是美人了。」

春雨道：「穿豆青衣裳的叫寒香，穿寶藍的叫惜霞。太太說就按三等丫頭的例兒。」

婉玉道：「就留在我這兒，正巧還有一間空房，待會兒收拾出來讓她們住。」吩咐采纖把人帶下去，又命霽虹給春雨上茶。

婉玉道：「我昨兒個回娘家，家裡給了點兒新茶和點心，天氣熱，我也吃不完，正好妳拿走些。」

春雨笑道：「這怎麼好意思？前些日子奶奶剛送我一對鐲子，我拿回去給我親娘了，她歡喜得跟什麼似的，讓我一定要謝謝三奶奶。」

婉玉笑道：「妳同我還客氣什麼？」壓低聲音問道：「這幾個小戲子當中，不是有個叫碧官的，大爺想收到房裡？」

春雨道：「碧官改叫碧霜，分到二房裡去了。」婉玉一怔，春雨抿著嘴道：「分丫頭的事兒春露早就給大奶奶通了氣兒。大奶奶先跟太太開了口，挑了兩個十二、三歲的小戲子。因大爺早就央告過太太，太太便想把碧霜留到自己房裡，等過一年半載事情淡了再說。春露卻跟太太說，把碧霜留下來，若是讓老爺看見動怒反倒不美，不如放在二房更妥帖，日後再找二房要人也不是難事。太太覺著有理便允了，春露又挑唆太太挑了容貌極出挑的弄霏給二房，今兒早晨彩鳳看見這兩個丫頭，臉色就不好看。」

婉玉道：「聽妳這話裡的意思，好像春露存心找彩鳳不痛快？」

春雨朝窗外看了看，又看了婉玉一眼，哂笑道：「奶奶是個聰明人，該早就看出來了才是。彩鳳一進二房就抬了做姨娘，多少丫頭們眼紅，春露哪是省油的燈，自來都是『氣人有笑人無』，看人家如今風光，恨得跟什麼似的。跟彩鳳面上裝得親熱，背地裡恨不得捅上幾刀才好。倘若二爺看上了弄霏和碧霜，添了彩鳳的堵，春露保准頭一個拍巴掌。」

婉玉笑道：「還是妳瞧得明白，怪不得凡事我都愛向妳討主意呢。我問妳，分我這兒的兩個丫頭脾氣、秉性如何？」

春雨端起茶杯喝了一口，低聲道：「奶奶也明白，好丫頭輪不到三房挑。寒香和惜霞在這些小戲子當中算有些姿色的，只是性情不大老實，原跟大爺混得火熱，只是當時大爺一心記掛著碧霜，大奶奶看得緊，又無下手機會，對她們心思就淡了些。奶奶日後還要多費心調教。」

只這一句婉玉心裡就明瞭了，拍了拍春雨的手道：「多虧妳提點，否則鬧出事可不得了。」

春雨一邊起身一邊笑道：「應當的。」婉玉命采纖取了點心、茶葉給春雨帶著，又抓了一把錢給她，方把人送走了。

待春雨一走，婉玉便將心巧叫來道：「妳到大房、二房和太太那頭探探，新分了丫頭下去，他們有什麼動靜，別叫人瞧出來。」心巧得令走了。

約莫過了大半個時辰，心巧回來稟道：「大房那頭，大奶奶說房裡丫鬟太多了，如今又多了兩個，就要放幾個十八、九歲的丫頭出去，配小廝嫁了。大爺不依，跟大奶奶吵了一場，太太派身邊的老嬤嬤去勸架，最後商定進來兩個放出兩個，剛剛才結的案。二房沒什麼動靜。太太今兒個一早送兩個丫頭去菊姑娘家裡，菊姑娘又給退回來，嫌長得妖嬈，太太便把原先自己房裡的半雪和又綠給了菊姑娘。」

婉玉輕笑一聲，暗道：「真真兒熱鬧。」對心巧道：「妳勞苦了，待會兒讓怡人給妳賞錢，妳去吧。」心巧一走，采纖便道：「就數她能打聽。府裡頭角角落落、風吹草動，就沒有她不知道的。」

婉玉笑道：「妳總看不上她，她卻是個得用的人兒。」把怡人叫到跟前道：「那兩個丫頭，妳們好好盯著，別讓上這屋裡頭來，也別叫四處亂逛，多分點活計下去，把規矩立起來。」怡人見婉玉說得鄭重，知這兩個丫頭不是省心的貨色，立時答應下來。

且說彩鳳一早到柳氏房裡請安，備了幾樣精心做的點心，原是為了討歡喜去的，誰想人在屋裡還沒站定，柳氏便塞給二房兩個丫頭，且模樣極美，叫碧霜的目如春水、嬌嬌怯怯；叫弄霏的媚眼含情、體格風騷。彩鳳滿嘴苦味沒處訴，還強笑著把這兩人讚了一通，道：「太太把這麼標緻的人兒送給二房，可見得太太是真真心疼我們二爺，若是我運氣好，日後還能多兩個姊妹。」

待把人領回來，彩鳳越想越覺得不舒坦，暗道：「那母夜叉還沒死，又來了兩隻狼。二爺待我淡淡的，若再瞧上這兩個丫頭，哪還有我立足之地？」又想到楊景之剛抬舉她當姨娘的時候，柯穎鸞當晚病就加重了一倍，便捏定計策，要先除去柯穎鸞。

楊景之在外宅同愛奴混在一處，鎮日不在家中，彩鳳見用罷晚飯楊景之仍未歸家，便領著碧霜和弄霏到了柯穎鸞房裡。雀兒正搬了小凳子，坐在門口洗衣裳，見彩鳳來了忙堵住門道：「姨娘來做什麼？」

彩鳳道：「太太賞了兩個丫頭，我帶她們來拜見奶奶。」

雀兒往彩鳳身後一瞧，見那兩個俏丫鬟心裡便明白了幾分，冷笑道：「平日裡不見姨娘對奶奶多尊重，今兒個倒規矩來著，甭見了，回去吧，二奶奶剛睡了！」

彩鳳瞇眼道：「奶奶只怕沒睡，我讓這兩個丫頭進去磕個頭罷了，否則也難回太太的話。」說著不顧雀兒阻攔，硬帶人進了屋。入門一瞧，柯穎鸞正病懨懨躺在床上，眼目半睜，面色蠟黃，早已是病入膏肓之態，屋中窗門緊閉，又悶又熱，含混著藥味兒和油膩膩的味道，直沖鼻子。

彩鳳忙用帕子掩住口鼻，大聲道：「見過奶奶，方才太太賞了兩個丫頭到房裡。我特地帶她們二人來給奶奶磕頭。」說著一推碧霜和弄霏，讓上前磕頭行禮。

柯穎鸞心裡明白，但嘴上已說不出，強撐開眼看了一眼，瞧見這兩個丫頭生得貌美，便又將眼睛閉上，淚都流不出，只覺一股恨意衝撞頭頂，狠狠咳嗽了幾聲。

彩鳳讓碧霜和弄霏退下，故意道：「要說還是太太心疼二爺，特別挑模樣最整齊的丫頭來服侍咱們爺，興許過了孝期，我就能多兩個姊妹，奶奶也多兩個臂膀。」

柯穎鸞聞言咳嗽越發淒厲，惡狠狠瞪著彩鳳。彩鳳唬了一跳，不自覺往後退了一步，雀兒幾步上前給柯穎鸞順氣，回頭跺著腳罵道：「妳還不走？真要害奶奶氣死不成?!」彩鳳連忙退了出來。

柯穎鸞咳得上氣不接下氣，雀兒又是抹胸又是捶背，灌了一大碗水方才好些。雀兒見她安寧了，便回到外頭洗衣裳。柯穎鸞躺在床上，只覺渾身發冷，越發痛恨楊景之薄情，滿腔的冤屈悽苦。原她抱著不甘願，才懸著半條命奄奄活到今日，此刻怒氣攻心，直將最後一絲心血耗盡了。迷迷糊糊間，彷彿無常大鬼已來到床前，又有她先前害死的兩個小妾前來討命，欲掙扎，渾身卻無一分氣力，叫不出一聲，張著嘴狠命抽氣，直著脖子喘了半天，一口氣沒上來，人就蹬了腿，芳魂飄飄蕩蕩赴了黃泉。

這廂婉玉梳洗已畢，和楊晟之剛躺下安歇，卻聽院門「砰砰」拍得大響，門開了便聽人報喪道：「二奶奶沒了！」婉玉立時坐了起來，楊晟之起身按住她道：「睡妳的，我去瞧瞧。」說罷披上衣服便走了出去。婉玉只得又躺了下來，一夜輾轉反側，半夢半醒，並未真正入睡。

第二日清晨楊晟之方才回來，婉玉見他滿面疲倦，親手絞了熱手巾給他擦面，又端來一碗冰糖燕窩粥。楊晟之兩、三口把粥吃了個乾淨，方才有了些精神，嘆了一聲道：「二嫂死得忒慘了些，二房這麼些丫頭，只有一個叫雀兒的服侍她，看病吃藥和滋補的吃食，全花二嫂的私房錢，早就花淨了。父親厭惡二嫂，痛恨她虧空家裡的錢銀，家裡只願出五十兩操辦喪事，二哥念在夫妻一場的情分上出二十兩……他也實在是掏不出銀子。二嫂娘家那頭已知會了，方才只打發兩個婆子來問了幾句就算作數……二嫂的喪事，太太和大嫂都不願管，二哥說買一副棺木抬出去葬了便是，我覺著不像樣，到底是楊家明媒正娶來的，不能太寒酸了讓人戳脊梁骨。」

婉玉道：「你打算如何？」

楊晟之道：「該操辦的還是要操辦，簡單一些無妨，老太太剛沒了，家裡辦白事的一干物件都不必另準備，買一副過得去的棺木、壽衣，擇個日子下葬便是了。」

婉玉道：「帳房的五十兩加上二哥的二十兩，七十兩操辦喪事倒也說得過去，若不夠的咱們再添些，也不在乎這點銀子。」

當下便辦起柯穎鸞的白事，不想柯家又出了事。柯琿在京城喝酒鬧事打傷了督察院右檢都御史的小兒子，被拿下大獄，柯家上下為打點柯琿之事忙亂不已，柯穎鸞發喪之事一概顧不上，出殯當日只柯瑞一人來了，場面冷冷清清的。幸而喪事由楊晟之操辦，應具儀禮一概不缺，辦得倒也簡單豐厚，雀兒為柯穎鸞守靈戴孝，十分盡心盡意。待喪事辦完之後，婉玉恐彩鳳為難雀兒，問雀兒有何打算，欲把她要到自己身邊。雀兒道：「小時候家裡窮得揭不開鍋，柯家買了我，讓我有口熱飯吃，跟在二奶奶身邊也過了這麼些年舒坦日子，我感念二奶奶恩德，一直左右伺候。如今功德圓滿，我想回家去孝敬爹娘，只求三奶奶恩典，說兩句好話，讓主子們放我出府。」

婉玉聞此言不由肅然起敬，問了當初賣身的價碼，親自掏銀兩替她贖身，又欽佩她誠義寬厚，贈了銀子、衣裳等物，雀兒領了東西，千恩萬謝的去了。

楊府幾個月工夫就連辦兩起喪事，全府上下一色素孝，雖是夏日當中也覺分外肅殺。眾人心神不寧，議論紛紛。柳氏只覺心驚肉跳，在府中又做法事、又做佈施，攛姸玉和彩鳳親自去寺廟打醮祈福，捐了好多香油錢，折騰了好一番方才消停了。婉玉自在家中安心養胎，楊晟之隨楊崢東奔西走，逐漸有了威望，日得倚重；楊崢甚為欣慰，每每以三兒子為榮，人前對楊晟之多有稱讚。話傳到內宅裡，柳氏和妍玉越發不痛快，每每找碴生事。婉玉便以身子虛弱為由，閉門不出，又嚴格約束房裡的下人，一時倒也相安無事。

且說寒香和惜霞自到了三房，婉玉便讓她們住在最偏的抱廈裡，又有兩個小丫頭子同住一室，隔壁屋子則住了心巧、靈兒等。這兩個丫頭覺著自己有幾分姿色，一心往上攀爬，聽說分到三房便越發喜不自勝，盼著能與楊晟之見上一見。誰知她二人分配的是燒水、澆花、掃地、擦地、餵鳥的活計，怡人一干人將主屋護得嚴嚴實實，油鹽不進，甭說楊晟之，就連婉玉的面也難見到。更鬧心的，還有個心巧。

這一日，惜霞正在後院澆花，只聽前頭腳步聲響，有小丫頭喚：「三爺回來了。」便急急的放下銅壺往前頭去，忽聽背後有人道：「喲，走這麼急，這是幹什麼去呀？」

惜霞一回頭，正瞧見心巧倚在門框上，咬著帕子，看著她似笑非笑道：「惜霞妹妹走這麼快做什麼？知道的說是妳聽見三爺回來了，就趕著湊前兒賣俏；不知道的，還以為家裡死了誰，趕著回去奔喪呢！」

惜霞不擅言辭，又被心巧戳中心事，立時紅了臉，「妳、妳」了半天，再說不出話，眼眶就紅了。寒香在屋裡聽見說話走了出來，對心巧道：「姊姊說什麼呢？都在一處好好過日子，何必說得那麼難聽！」

心巧嗤笑道：「莫非我說錯啦？小狐媚子心裡頭想什麼，打量我不知道？」看了看惜霞，又看了看寒香，見她二人臉上都施了脂粉，因沒什麼首飾，故頭上只別了幾朵花兒，遂撇著嘴道：「嘖嘖，瞧瞧、瞧瞧！這還是老太太的孝期，就搽粉戴花兒的，府裡太太、奶奶們都不敢用脂粉、戴花兒，妳們倒成了精了，不是趕著賣俏是什麼？」說著一甩帕子道：「嫌我說得難聽？這還是輕的，妳們倒幹出好聽的事兒了！」心巧嗓門豁亮，一時間旁的丫頭都過來瞧熱鬧，惜霞又羞又臊，眼淚便掉了下來，寒香拉著惜霞進屋，「砰」一聲便把門關了。

婉玉在屋裡聽到喧譁，打發采纖去問，不多時采纖回來，將來龍去脈說了，忍不住笑道：「也就只有心巧能這樣的治她們，以毒攻毒。」

婉玉對楊晟之一挑眉頭，道：「聽聽，你可是個香餑餑。」

楊晟之低頭看著手裡盤的一塊老玉並未吭聲，等采纖走了，方才丟了玉，一把摟了婉玉道：「我是茅坑裡的臭石頭，妳才是香餑餑。」又蹙起眉說：「這兩個丫頭怎麼一點規矩都沒有？儘早打發了去。」

婉玉道：「太太賞下的人，哪能這麼快就打發了？」

楊晟之道：「妳看她們倆礙眼就說一聲，凡事有我呢。」

婉玉笑道：「兩個丫頭，還真能成了精？先留著吧，每天鬧上一齣，解解悶也好。」

楊晟之也不再提，說了些外頭的見聞趣事，二人說笑了好一回。

第四十一回　菊二姐惦念綢緞鋪　碧丫鬟思戀楊三爺

斗轉星移，轉眼間又過了一個月。一日楊崢對柳氏道：「老二原先那房媳婦就娶得鬧心，這回續弦萬萬要挑對了人。我老早就讓老三出去打聽了，說城南周家的四閨女性子端柔、賢良淑德，今年十八歲了，前年死了未婚夫一直未說親。我親眼見過，果然不錯，這幾日就託媒人先訂下來。」

柳氏瞠目結舌，半晌道：「城南周家的四閨女？聽說模樣長得平庸，性子懦得緊……」

楊崢瞪眼道：「老二還沒吃夠惡媳婦兒的虧？性子柔和正相宜，模樣是尋常些，但看著就像會生養的，二房如今還沒有子嗣，就該娶個多子多福的。周家是舉人出身，家底殷實，娶他家女兒做填房，還是咱們高攀了。」

柳氏不悅道：「不過舉人的閨女，你看昊哥兒……」

楊崢道：「還提昊哥兒，他那檔子事都快羞臊死人了！」

此時丫鬟報說楊蕙菊來了，柳氏便命楊蕙菊到裡間等著，又同楊崢說起楊景之續弦之事，到底不能答應周家。

且說婉玉正歪在床上跟怡人閒話，忽柳氏房裡打發人來，說楊蕙菊回娘家來了。婉玉只得換了衣裳到柳氏處，一進院門，瞧見鄭姨娘的丫鬟桂圓坐在樹蔭底下逗狗兒。見婉玉來了，便走上前向屋裡努嘴道：「老爺在廳裡跟太太說話，菊姑奶奶、昊大奶奶和彩鳳在裡間。」

婉玉聽了便走到窗邊，往廳裡一看，只見楊崢正對柳氏交代事務，便到裡間來，掀開簾子一看，只見蕙菊、妍玉正湊一處說話，彩鳳執茶壺給二人添茶，笑容極殷勤。見她進來，屋中立時靜了。婉玉微笑道：「菊妹妹來了。」楊蕙菊嘴角掛了絲冷笑，低下頭撣衣裳，並未吭聲。

婉玉不以為意，找了張椅子坐了，抬眼打量，只見楊蕙菊身上豐腴了許多，穿了件豆青色的襖，頭上綰了根金簪，許是因衣服和髮式老氣，人也襯得大了七、八歲，原先少女清純朝氣一概無存，整個人看著粗礪了許多。楊蕙菊亦打量婉玉，見她穿月白色繡蘭花的綢緞衣裙，髮間綴著四顆大珍珠，下面有金墜腳，頸上戴一赤金瓔珞圈，墜著金鎖，上鑲各色寶石，顯是極貴重之物。想到自己原先是楊家嫡出千金，即將嫁給巡撫公子；婉玉只是柳家不受待見的庶女。但只這一、兩年的工夫，彷彿天地巨變，自己嫁進家道衰微的柯家，沒有一日不用盡心思，卻受累不討好，夫君又是個不求上進的，落得滿腹的委屈；婉玉卻搖身一變，成了巡撫的女兒，又聽說楊晟之同她恩愛，沒有一事不順著她的。楊蕙菊頓覺老天不公，見婉玉穿戴不凡，雙頰紅潤嬌豔，知她過得極舒心，登時就紅了眼。

彩鳳道：「三奶奶請喝茶。」又笑道：「菊姑奶奶有身孕了，特來跟太太報喜的。」

婉玉笑道：「這是件大喜事，合該好好慶祝，妹妹這一胎準生個貴子。」

楊蕙菊看也不看婉玉，不冷不熱道：「這會兒還沒生，說吉祥話解誰的寬心？什麼貴子？保不齊還是個賠錢貨，可生了丫頭還能掐死不成？不也得養著。」

婉玉挑了眉頭，暗道：「楊蕙菊有個毛病兒，但凡誰不如她，她就加倍對人家好，百般照顧，又炫耀自己能耐；但只要旁人比她好了，便立時換了態度，百般打壓。聽說她自從跟柯瑞成親，日子過得並不十分如意，夫妻不睦，跟婆婆也多有爭吵，瑞哥兒一氣之下離家半年之久，後來瑞哥兒在外頭買了個丫頭收房，等有了身孕方才帶回家來，楊蕙菊因這檔子事鬧了三天才消停的。我同她原本便結過梁子，如今又過得比她強了，她自然對我難有好臉色了。我又何必自找沒趣？」想到此處自取了茶杯喝茶，不再言語了。

妍玉跟楊蕙菊原本並不要好，方才說話也不投機，但因楊晟之地位日漸抬升，鋒芒蓋過兩位兄長，妍玉又急又恨，見楊蕙菊用話噎著婉玉，心中暗暗稱快，似笑非笑道：「妹妹就是嘴兒好，不過呀……這順人情、說好話也得說得恰當，否則討了一身臊。太太不就不買妳的帳……嘖，還不長記性。」

婉玉撩眼皮看了妍玉一眼，又低頭看茶杯不作聲。妍玉本性愛俏驕奢，自嫁入楊家，鎮日裡穿金戴銀，一個月做幾套新鮮衣裳，錢花得如流水一般，楊崢頻頻皺眉，但因楊昊之風流成性，妍玉每每因此與之爭持哭鬧，楊崢恐事情鬧大了驚動柳家，也便睜一眼、閉一眼了。但妍玉到底因楊昊之行為傷心動氣，不到兩年工夫，眉目間已添幾分狠戾滄桑，但穿戴極名貴，一身貴婦氣派。

妍玉見婉玉不言，自覺占了上風，心裡痛快，端起茶碗對楊蕙菊道：「方才咱們倆說到哪兒來著……對，我就說，正的就是正的，嫡的就是嫡的，還能讓小賤人生的賤種占了鵲巢？庶出的騎在咱們腦袋上作威作福，那還得了！所以妹妹何必為那個小狐媚子操心，若是不老實……」妍玉舉起手左右扇兩下，道：「『啪啪』兩記大耳刮子，直接賣了省心！」

楊蕙菊嗤笑道：「我怎麼可能跟個小蹄子一般見識，男人哪有不偷嘴的，不過就是圖個新鮮，自從歸家以後，連瞧都不瞧她一眼了。在我手底下，還能讓她反了營？每日都得來我跟前立規矩，我說什麼不就乖乖兒的，即便她生了兒子也未必能抬成姨娘。我不發話，誰能擅自作主！」

妍玉拍手附和道：「妹妹好氣魄，原就該這樣！」

婉玉心中冷笑道：「妳沒發話，瑞哥兒不是照樣收進房來了。」又見楊蕙菊看著她道：「怎麼一直沒瞧見三哥？自他從京城回來，我只見過他一面，同他說的事也沒回信兒，莫非當了官之後就捏了款兒拿喬，從此不認我們這些兄弟姊妹了？」

婉玉正要開口，妍玉便搶白道：「哪兒是當了官拿喬？妳三哥如今可是大忙人，也是老爺眼前的大紅人，又能幹又得人緣，多少白花花的銀子從他手上過，隨便抄一把就足夠吃半年的。沒瞧見妳三嫂胸前那個明晃晃的大金鎖，我們大房可沒福戴，還怕折斷了脖子！」

楊蕙菊冷笑道：「莫怪呢！眼見是又得功名又得了家財，興成這樣！如今眼見連我都不理了，往後不成了天王老子！」

婉玉挑了眉頭，心裡早已轉出一番話，道：「妳三哥近來是忙了些，其實是幫我娘家些忙。妳們也知道，我娘家二哥跟孝國公之女訂親了，婚事就訂在明年。」話音未落，就見楊蕙菊臉色變了，她每每以不能嫁入梅家為憾事，見柯瑞不喜讀書，沈溺風花雪月缺少擔當，又見梅書達金榜題名、點庶起士入翰林院，兩相對比越發滿腔怨懟，此番婉玉一提便勾起她心病來。

婉玉慢條斯理道：「爹娘溺愛小兒子，故要大操大辦，一切應用之物都要上等的，故請了妳三哥去幫著操持。說起我二哥這樁親事，可是天賜良緣，孝國府乃累世簪纓的大家，沾著皇親國戚，又得皇上青眼，爹對這門第就極滿意。」

妍玉哼一聲道：「可我聽說了，達哥兒要娶的那一位小姐可是庶出的……」

婉玉道：「我爹說孝國府這樣人家出身的女孩兒眼界開，別看是庶出，但人擺出去可是一等一的，不比雖是嫡出，可小家子爛氣的，上不得檯面，娶回家反倒丟人。」說著有意無意看了楊蕙菊一眼，見她面色發青，心中冷笑，沒口子讚道：「那三姑娘就更沒得說了，人長得標緻不說，又溫柔又端莊，通身的氣派跟淑妃娘娘有幾分像。原本婚事訂在明年年底，可我二哥愛得跟什麼似的，急著非要早些娶人家進門，只得往前提了幾個月，應用之物都得快快籌備才是……這說起來真是前世的姻緣，妹妹這麼好的人才，我那二哥竟沒福，到底便宜了瑞哥兒不是？」這一番話頓時噎得楊蕙菊上不來下不去，瞠著雙目，張著口說不出話，臉已氣得發紫了。

姸玉拿著鏤雕檀木香扇往懷裡搧風，咕噥道：「『爹』、『娘』、『二哥』喊著倒親，真是攀上高枝兒，以為長長久久掛在上頭了，可忘了自己到底是什麼出身的。」聲音不大不小，屋中人都聽個清楚。

婉玉好似沒聽到一般，對姸玉笑道：「我們三爺早就跟老爺提了，要昊大哥一同管管鋪子、田莊，偏老爺不肯答應，我們也沒轍。但凡老爺答應了，我們還樂得多歇歇，唉，三爺這些日子累得瘦了一圈，我瞧著也心疼。」

姸玉柳眉一豎，拍桌道：「妳說這話什麼意思？顯弄你們三房能耐，存心擠兌人呢！」

婉玉笑吟吟道：「我可萬萬沒有這意思，妳若不信，親自去問問老爺，看三爺有沒說過這個話兒。」

彩鳳一心抱著扶正當二奶奶的心思，作的是左右逢源的打算，屋裡坐的均是她不願開罪的，故聽了婉玉的話，連忙起身，提著茶壺，到姸玉跟前和稀泥道：「什麼這個話、那個話，外頭爺們的事咱們管這麼多做什麼？大奶奶喝些茶，方才小丫頭子端來兩碟點心，來一塊嚐嚐吧。」說著用帕子托起一塊遞到姸玉眼前。

姸玉正滿肚子的氣，一把便將點心揮到地上，指著彩鳳鼻子道：「也不瞧瞧自己是什麼身分，滿屋裡坐的都是妳的主子，哪有妳插嘴說話的分兒！不過個奴才，抬成了姨娘，就忘了名兒姓兒了？賣身契還捏在我們手裡，真打量自己是二房奶奶了，以為攀了高枝兒比我們強了不成？別忘了誰壓在妳頭上，跑到我跟前兒來指手畫腳，滾一邊兒去！」

彩鳳立時嚇得縮了手，又羞又氣，順著牆溜到一旁站。婉玉知妍玉拿彩鳳出氣，又藉此奚落她，並不放心上，臉上仍笑吟吟的。此時春露進來道：「太太請幾位進廳裡坐。」三人聽了便往廳裡去，楊崢早已走了，柳氏見楊蕙菊不由眉開眼笑道：「我的兒，妳慢些走。」一拉著楊蕙菊坐下，又絮絮道：「妳如今不比往日，可要事事小心，可不能跟上回似的不經意、滑了胎。我方才已同老爺說過了，待會兒開庫房，給妳找些補身子的藥材帶回去吃。人參、燕窩都要勤補著，身子萬不能虧了。這一遭生個白胖的小子，婆家上下哪個不高看一眼，有子萬事足了。」

妍玉不喜楊蕙菊，又眼紅她有了孕，但當著柳氏的面，裝出極親熱的模樣，上前挽住楊蕙菊的胳膊笑道：「我方才還說，妹妹忒心急了，大夫剛摸出喜脈就來給太太報喜，這才一個月的身子，萬一出了事可怎麼得了？可見得心裡記掛著太太，孝心一動，光想著讓太太高興，反倒不顧自己了。」

柳氏萬分受用，笑得合不攏嘴道：「就數妳嘴甜，一天到晚跟吃了蜂蜜似的，哄我高興。」一又拍著楊蕙菊的手道：「若不是有她成天來陪我說話兒、抹牌，日子真難打發了。」

妍玉又乖覺道：「都道『女兒是娘的貼身小棉襖』，太太兩個女兒都不在跟前，我這當兒媳婦的只能當半件棉襖捂捂太太的心。可是妹妹一回來，太太就緊拉著不放，我呀，是沒人疼嘍。」一番話說得人都笑了起來，春露湊趣道：「瞧我們大奶奶多巧的一張嘴。」楊蕙菊指著妍玉笑道：「死人都要讓她哄得活過來了。」

屋中正其樂融融，可巧采織懷裡揣著雙鞋站在門口探頭探腦，柳氏因道：「誰在門口呢？」

采織只得進來道：「三奶奶今兒早上腳腫，平常穿的鞋都不合腳。方才三爺回來給三奶奶帶了雙鞋，讓我送來給奶奶換上。」一面說著一面把鞋取出來，只見是一雙五彩蓮花滿繡的綢布鞋，顯見價格不菲。

婉玉忙道：「不是還有鞋嗎？又不是腫得穿不下了。」便將鞋接了，打發采織回去。這一下屋裡氣氛凝重起來。柳氏看婉玉越發不痛快，妍玉和楊蕙菊都眼紅了。妍玉臉上雖笑著，嘴裡酸溜溜道：「老三跟三弟妹恩愛得緊，一雙鞋還巴巴的打發人給送來。在太太眼前，也不怕太太嗔怪你們輕狂。」

楊蕙菊道：「我同三哥說了一樁事，等到『黃花菜都涼了』，連個信兒都沒有，要見他的面都難，三嫂芝麻綠豆的小事，三哥都打發人圍在屁股後頭緊轉，可見這疼老婆的一片心了。三嫂也該多疼疼我三哥，回頭給老太太守滿了孝，房裡也得多添幾個伺候的人，否則也讓人家拿捏著把柄，說妳不賢良。」

婉玉笑道：「妹妹真真兒賢慧，我得多學學才是。可巧如今房裡丫頭多，太太還賞了兩個俊俏的，老太太守孝未滿，我們暫時還用不著，不如就給妹妹吧。妹妹如今有了孕，聽說房裡的丫頭也有孕了，妹夫沒人伺候也不成。」

楊蕙菊登時變了臉，柳氏臉色也沈了下來，呵斥道：「越說越亂，哪有當嫂子的給小姑房裡塞人的！還不閉嘴！」婉玉裝傻，垂了眼簾看懷裡抱著的繡花鞋。

柳氏不理婉玉，只同妍玉和楊蕙菊說笑。楊蕙菊此番回來，一則因有孕報喜，二則想到娘家來打打秋風，但見眾人都在，一時不好開口，只得悄悄捏了柳氏的手使眼色。柳氏會意，便打發兩個媳婦先走。婉玉早已坐得不耐煩了，當下扶著丫鬟回了抱竹館。

進屋一瞧，正值楊晟之坐在八仙桌前，桌上擺了一茶盤的錁子並一包金子，見婉玉來了招手道：「試了鞋沒？合不合腳？」

婉玉坐到桌旁嗔道：「都是你這雙鞋，惹出一堆閒言碎語，妍玉和你二妹妹同自己夫君都不甚和睦，眼見你連雙鞋都想著我，要不是我嘴上也有幾分厲害，她們幾個早把我吃了。」

楊晟之笑道：「讓她們妒恨去。如今連太太都要讓咱們幾分，妳也不必忍著受氣。」指著桌子道：「剛聽丫頭們說二妹妹有身孕了。我把箱子裡的金銀錁子拿出來，揀幾個花樣新、成色好的，給她包上一包。」

婉玉揀了個筆錠如意金錁子在手中把玩，口中道：「二妹妹託你辦什麼事了？她說你一直沒給她回信兒，聽著口氣不善。」

楊晟之挑了兩、三個海棠式的金錠子放到一旁，道：「她非要入股兩家綢緞鋪子，這怎麼使得？我說要同爹商量，她又不准我告訴爹，軟磨硬泡的，說柯家度日子艱難，因柯琿犯了事，家裡上下打點搭救就花空了銀兩，還賣了個莊子。帳房的錢不能亂支，我掏自己腰包，給了她五十兩，讓她先拿著用，二妹妹嫌少，扭頭便走了。她這次回來，我看來要銀子才是真的。」

婉玉道：「莫不是想錢想瞎了心，忘了有鸞姐兒的舊例在前，公爹定不會答應柯家入股，她磨太太也沒用。」

楊晟之道：「至少從太太那裡刮銀子唄，太太手頭大方，只要哄順了，什麼都送得出。」

婉玉嘆了口氣，道：「菊姐兒跟先前比變了好些，嫁到柯家是害了她了。見她如今這模樣，說句你不愛聽的話，幸虧我二哥哥同她退了親。」

楊晟之道：「我有什麼不愛聽的，她是什麼樣的人我會不知道？我同柯瑞說過，二妹妹性子急躁，又愛搶尖向上，讓他多寬忍，柯瑞說同二妹妹不過是熬日子，沒什麼趣兒。」

婉玉又嘆了一聲道：「這才剛成親幾年，都這個光景了，以後可怎麼過？」幫楊晟之挑了幾十個錠子，又拿了四塊金子，用錦囊裝好了交與楊晟之，楊晟之自去送給楊蕙菊。

且說抱竹館下人房裡，惜霞坐在炕上做針線，門「嘎吱」一聲開了，碧霜和弄霏走進來，道：「做什麼呢？這些天也不見妳往我們那頭去。」說著靠在惜霞身邊看她做的活計。

寒香正歪在炕裡頭閉目養神，聽見動靜也坐了起來，道：「稀客、稀客，碧霜也來了。」

弄霏道：「二奶奶沒了，二爺成天不在，彩鳳跑太太跟前獻殷勤去了，房裡能有什麼事兒呢？今兒個沒輪到我們當班，碧霜說她還沒上過妳們這兒來，我就跟她過來串個門子。」

碧霜在屋裡轉了一遭，見房中擺的俱是一色雕花硬木家具，桌上、櫃上放了幾樣粉彩花瓶玩器，床上鋪展的被褥薦子也都是一色的綢緞，梳妝檯上擺著各種梳妝用具，一概不缺，另有花兒、粉兒，也是樣式精巧之物。惜霞從床頭取了一個八寶盒招呼道：「別光看東西，外頭熱，喝點茶消消暑。這兒有一盒蜜餞果子，昨兒賞下來的，吃點兒磨磨牙。」說著拿茶壺倒茶。

碧霜挨在床沿上坐下，往八寶盒裡一看，只見盒子裡有八樣點心、四樣蜜餞，都是極細緻的茶點，拈了片山藥糕吃，只覺滿口留香，幽幽嘆了口氣道：「還是妳們有福，到三房來，吃穿用度都蓋過我們許多了。」

弄霏道：「不光是吃穿，三房前程多闊，手底下多少田莊、鋪子呢，老爺又倚重他。三爺年歲輕、模樣好，還有功名在身，府裡頭多少眼睛盯著，妳們倆討巧兒，近水樓臺的，還不先得了月亮。」

惜霞吃了一驚，忙伸手捂了弄霏的嘴，寒香扒著窗戶左右看了幾眼，放下窗子道：「這話可不能胡說，萬一讓旁人聽見，哪還有我們的活路！」

碧霜端著茶碗嘲笑道：「哪就沒活路了？這話說得忒厲害了些。」

寒香嘆了口氣道：「咱們是一同進府的，交情又最好，有話也不瞞著……若說沒動什麼心思，那是瞎話，可如今是萬萬不敢了。三奶奶倒沒說什麼，可這房裡的丫頭一個個鬼靈精的，有一點風吹草動都能當戲文唱上一齣，如今聯起手來給我倆好看，萬不能讓人揪住一點錯處。」

碧霜冷笑道：「還怕她們？這可是各憑本事，這個不敢、那個也怕，一輩子沒個出頭，自己一心捏準主意了，說什麼隨她們去。」

弄霏與碧霜姿色不相上下，卻處處被她壓一頭，故而跟碧霜有些不對眼，酸道：「說得輕巧，妳是好命，大爺老早就相中了，只等著當姨娘奶奶，我們比不得，不過混混日子，多攢些錢傍身。誰讓妳長得那麼俊，又會說話兒，又會賣俏，媚眼一拋呀，大爺的魂兒『忒兒』一聲就飛了。」

碧霜眉眼一挑，道：「大爺算個什麼東西？我還真瞧不上。」

弄霏撇嘴道：「嘖嘖，聽聽、聽聽！楊家的大爺人家大小姐還瞧不上呢！」

惜霞道：「大爺妳還瞧不上？生得多俊，吹拉彈唱沒有不會的，還是嫡長子。妳這麼說是存心氣我們不成？」

碧霜嗤笑道：「生得好皮囊，一肚子草莽。見著有姿色的女人就拔不動腿，顯弄自己風流倜儻，會吹拉彈唱又怎樣？哪有一點正經本事。當初是沒個依靠指望，只能傍著他，否則光他那母夜叉老婆，沒幾年也讓給折騰死了，誰熬得住呢？」

寒香低聲道：「莫非妳想留在二房？二爺性子好，二房也清靜，只聽說二爺有個相好的男人養在外頭，一年到頭有一半以上的時間都宿在外頭。」

弄霏涼涼道：「我看人家是看上三爺了，前些天還閉門不出，自昨兒個在花園子裡碰見三爺一回，今兒就拽著我來妳們這兒，只怕是春心動了。」

惜霞道：「甭管是什麼心動了，日後妳飛黃騰達，別忘了我們姊妹就成。」碧霜嗑著瓜子兒，抿著嘴笑。

四人說笑了一回便各自散了。臨走之時，碧霜扭頭往主屋的窗戶裡望去，只見瑤窗繡幕，錦帳華裀，熏香嫋嫋，如同仙境一般，有一懷了身孕的美人斜靠在榻上看書，手邊擱一盤子大紅櫻桃。碧霜不由看得呆了，那美人似感到有人看她，便回轉頭來，目光正與碧霜相撞，碧霜吃了一驚，忙回過頭走了幾步，快到院門的時候又回過頭來站了一會兒，方才「哼」了一聲，慢慢走遠了。

第四十二回　欲勾引碧霜抖風流　斥無恥婉玉逐刁奴

且說碧霜自見了楊晟之後便留了心，往抱竹館走動得越發勤了。同寒香、惜霞閒話中每每提到楊晟之，無不誇說儀表堂堂，如何行事穩重、如何學養淵博，比他兩個兄弟強過百倍，又嘆道：「可恨咱們這輩子只托生個丫鬟，跟三爺這樣的人物無緣罷了。」惜霞懵懵懂懂，寒香卻已聽出意思，心中冷笑，卻擠弄眉眼笑道：「怎麼能說無緣？妳既有意，不如就跟了三爺做小，也算成全心願。」

碧霜再嘆道：「這哪是說著玩的。」

寒香拉著碧霜來到妝檯前，強按她坐下，把鏡匣子打開，伏在碧霜肩上道：「妳就看看這鏡裡頭的人，長得多標緻，這眉眼、鼻子、嘴兒，哪點比三房裡坐著的那一位差了？我瞧著比她還強呢。大爺都神魂顛倒，讓妳攥在手心裡，都是男人，三爺能過得了妳這美人關？」一席話說得碧霜滿面通紅，往鏡子裡望去，卻見鏡中人嬌怯嫵媚，眼波流轉，別有一番風流，頓覺寒香說得有理，不由心花怒放。

惜霞忙擺手道：「不妥不妥，三奶奶平時跟個笑菩薩似的，可聽說是個厲害人物，連大奶奶都敢嗆，太太都讓她兩分，只怕妳們剛露出這個意，就讓三奶奶治死了。」

寒香用眼看著碧霜道：「但凡三爺樂意了，三奶奶有什麼法子？如今三奶奶身上有孕，又趕上老太太守孝，三爺那頭正是一團乾柴，若是逢火這麼一點，哪有不著的？」

惜霞吐了瓜子殼道：「呸呸呸！一個弄不好就得給拉出去賣了！好不容易到楊家來，吃得好、穿得好，又不必受累挨罵，小姐一樣的受用，何必出這個頭？當初老爺就因大爺的事想把碧霜趕出去呢！」

寒香嘆了口氣，道：「惜霞說得也是，何必呢？」又輕聲道：「這要往前走呢，走不好就是深淵峭壁，走好了呢，就是榮華富貴、飛黃騰達；這不走呢，也就是熬日子，往後拉個小廝配了，結果妳自個兒也知曉……」

碧霜咬著唇、盯著鏡子。她本是個極好強的人，自恃容貌美麗，風流壓倒眾人，寒香如此一說更激起她的心來，想到楊晟之豐偉不凡，前程似錦，又想起當日從窗裡看見抱竹館內富麗堂皇，這「一色一財」，早已蒙住了心竅，也不管大爺垂涎、老爺嚴苛、三奶奶厲害，當下便捏定了主意。卻不知這寒香藏了歹心，寒香早對楊晟之有心，卻無下手機會，故百般攛掇碧霜去試試三房深淺。若碧霜不成，與她並未有絲毫干係；若成了，她亦跟著沾光，達成心願也未可知。碧霜哪裡想到寒香有此打算，遂將楊晟之日常作息打聽個清楚，心中慢慢計較起來。

傍晚，楊晟之從外回來，走到園子竹林處，見有個丫頭立在那裡，盈盈一拜道：「給三爺請安。」楊晟之點了頭便往前走。那丫鬟正是碧霜，拿捏著楊晟之歸家的時辰在竹林處等著，見楊晟之不睬她，忙喚道：「三爺慢些走。」

楊晟之止了腳步，扭頭看去，碧霜移著蓮步款款來到跟前，笑道：「我方才在路邊撿了個荷包，看著像是爺們帶的，不知是不是三爺的？」說著取出一個荷包給楊晟之看。

楊晟之看了看道：「這是原先用的了，半舊不新就賞給底下的丫頭，不知誰得了，妳問問她們去。」

碧霜道：「我瞧這配色素淨、花樣雅致，不像大俗之人配戴的，一猜便知是三爺這樣雅人用的東西。果然不錯。這物件能讓我撿了也算是一樁緣分。」看著楊晟之相貌威嚴英挺，臉兒便泛了紅，心也突突直跳，想看楊晟之又不敢看，默默忸怩著。

楊晟之何等精明，一看便知這丫鬟是何意，不由微蹙了眉，因見她姿容豔麗，有幾分眼熟，便問道：「妳是哪房的丫頭？我怎麼沒見過？」

碧霜心頭一喜，忙道：「我叫碧霜，在二房裡聽差，今年剛進府的，三爺人貴事忙，故沒見過我。」

楊晟之略一想，問道：「今年才進府的？妳是那個叫碧官的戲子吧？」

碧霜臉上一僵，仍堆了笑道：「正是。」送了個秋波，作出一副嬌羞之態。

楊晟之正了臉色道：「把荷包給我吧，我去問問底下的丫頭們。天色也不早了，妳們二爺今兒晚上興許會回來住，妳快些回去伺候吧。」將荷包拿回來，頭也不回便走了。走到小路拐彎處，餘光向外一溜，見碧霜仍在原地站著，戀戀不捨的瞧著他，便緊走了幾步，心中暗想：「好個不安生的丫頭，大哥因她氣死了老太太，我原還想著是大哥好美色，今兒個見了方知什麼叫『一個巴掌拍不響』，如今又惦念到我這兒來了。」

想著回了抱竹館，剛進院門就瞧見檀雪守在門口，迎上前道：「二姑奶奶來了，三奶奶說請三爺先到旁邊那屋躲躲。」

楊晟之便邁步進了裡間，悄悄將門簾子掀開一道縫，往裡看去，只見婉玉靠在窗下美人榻上，楊蕙菊坐了個繡墩子，旁邊有一梅花几子，擺著兩碟當令鮮果並茗碗等物。

楊蕙菊正強擠出笑道：「萬萬求三嫂跟三哥好好說說，好歹都是一家人，誰沒個三旺六衰要人幫襯的時候？三哥向來忠厚明理，我們倆從來沒紅過臉兒，三嫂也是極好的人，還望這一回多疼我這當妹妹的才是。」

婉玉道：「妳同我說的，我一字不漏的跟他提了，只是這爺們在外頭的事我不好多嘴多舌，還要他自個兒拿主意。妹妹也放寬心，沒有過不去的坎兒，柯琿不是已從大牢裡放出來了嗎？聽說過幾日就能銷案，日子也就太平了。」

楊蕙菊道：「出了這一樁事，家裡折騰得快乾淨了，如今這個光景，我好強的心真是一分都沒有了……」說著眼眶便紅了。婉玉心中不忍，拍了拍楊蕙菊的手，還未等勸慰，便聽楊蕙菊又道：「那兩家綢緞鋪子爹死活都不肯讓我入股來，三哥同三嫂一向恩愛，妳說的話他一準兒聽，妳替我說說，讓私下裡通融通融，等年底分了紅利，我必虧待不了妳。」

婉玉道：「鋪子裡都有公爹親自核帳，只怕唬弄不過。不如我們湊錢給妹妹，妳拿出去買莊子也好、開鋪子也好，豈不更方便？」

楊蕙菊道：「自己開店鋪哪是容易的事！柯家上下有誰長了做買賣的根骨？把話挑明了說吧，爹娘如今在世，我回來還理直氣壯，若百年之後爹娘走了呢，我還能指望誰？我也不圖別的，就要那兩家鋪子的紅利，那鋪子開一日，就得給我一日的錢！」

婉玉暗道：「楊蕙菊倒精明，可太過癡心妄想了，那兩家鋪子是楊家的根脈，公爹死也不願給柯家入股。」口中只敷衍道：「等妳三哥一回來我就跟他提。」

此時外面有人說：「大奶奶來了。」說著妍玉已走了進來，見楊蕙菊在屋裡，登時一愣，又掩著口笑道：「稀奇！二妹妹竟然在這兒呢！」

楊蕙菊早已收斂容色，淡淡道：「我來瞧瞧三嫂的身子。」

妍玉笑道：「哎喲！巧了，我也來看看三弟妹的身子。」說著在楊蕙菊身邊坐了下來。自婉玉同楊晟之從京城回來，妍玉還是頭一遭來抱竹館，四下打量，只見屋中陳設華美，玩器琳琅，隱隱有蓋過大房之勢，牙根便開始泛酸。口中道：「我看三弟妹好得緊，吃得好、住得也好，我們都萬萬及不上了。」

婉玉命人奉茶，聽妍玉這般一說，便笑道：「嫂子這麼說就寒磣我了，誰不知道大房裡是怎樣的氣派，光屋子就比這兒多出四、五間，我們哪兒比得過？」

妍玉聽了受用，端起茶來喝了一口，看著楊蕙菊道：「二妹妹也是有身子的人，不好好歇著，怎麼還往三弟妹這兒跑，萬一滑了胎可怎麼交代？這知道的，說是妳們姑嫂情深，一刻都離不開；這不知道的，還以為妳貪娘家的財產，巴巴跑來求著磨人呢！」原來妍玉早已得了春露通風報信，知楊蕙菊回娘家是沖著綢緞鋪子來的，還藉機打了不少秋風，不由怒恨，再見著楊蕙菊便有心刻薄幾句出氣。

楊蕙菊登時變了臉色，緩了片刻，涼涼道：「我心上記掛三嫂，過來瞧瞧犯了誰的歹？我們都是有身孕能生養的，只有那下不了蛋的才眼紅、說風涼話。」

這一句又刺著妍玉至今無嗣，妍玉冷笑一聲，對婉玉道：「瞧瞧，我不過替妳著想，說句公道話，萬一菊妹妹有什麼閃失，旁人問起來，說是在三弟妹這兒出的事，又或是為了看三弟妹才出了事，弟妹怎麼擔得起這個因果呢！旁人不知道的還以為是弟妹端架子，讓菊妹妹這有身孕的人親自登門來看，嚼舌根子說弟妹輕狂。」

婉玉方才一直低著頭不語，聽妍玉又往她身上扯，不由暗嘆一聲，心道：「前幾日這兩人見我還跟仇人似的，話裡話外的擠兌我，這麼一轉眼的工夫，我又成了好人，這兩人倒忙著為我著想來了。」臉上則帶了笑道：「說起來都是我的不是，大嫂和妹妹都疼我才來瞧我的。」又扯開話頭，大聲命道：「怡人，把家裡最上等的茶點端來，再重新泡一壺好茶，就用去年集在甕裡的雨水沏。」

楊蕙菊「噌」的站了起來，瞥了妍玉一眼道：「免了，今兒個乏了，我回去了，免得萬一真出了事故，旁人說是我存心賴在三嫂身上的。」說完轉身便往外走。

婉玉剛欲下榻攔著，妍玉已高聲道：「喲！二妹妹真走啦？不再坐坐了？那恕嫂子們就不送了！」楊蕙菊聞言緊走幾步跨出了門，婉玉只得命道：「采纖，快去替我送送二姑奶奶。」妍玉嗤笑道：「走得倒快，一溜煙就沒影兒了，跟急腳鬼似的。」

婉玉裝作沒聽見，讓妍玉吃點心，妍玉自顧自喝茶，婉玉知妍玉是個麻煩精，素來無是生非，懶得同她說話應承，屋裡一時靜下來。

半晌，妍玉用帕子抹了抹嘴道：「今兒個來也沒有旁的事，一來看看妳的身子，二來想讓老三同老爺提一提……大爺也在家閒了這麼多時日了，早該出去幫襯幫襯老爺，他想跟老爺提又抹不開顏面，想讓老三幫著說說。我這也是為你們著想，妳看看，如今老二也不大管事，老爺把大權都交老三一人手裡，這時日久了，旁人自然要說閒話，挑你們舌頭，說老三起了什麼不該的心思，想篡位奪權，圖謀家業，你們臉上也不好看不是？」

婉玉冷笑道：「嘴長在別人臉上，誰愛說什麼就說什麼，三爺也不過是依著老爺的意思辦點事情，若因此惹了閒話，也是嚼舌頭的人沒臉下作，跟我們有什麼相干？」話音未落便見妍玉豎起柳眉，正要翻臉，婉玉又把話拉回來道：「嫂子的意思我自然會跟三爺提，大哥在家閒著也不是長事。」

妍玉道：「既如此，我就走了。」踱到門口，忽又轉過身厲聲道：「老三如今討老爺歡喜，得了好處，眼見著闊起來，可也別忘形，以為自己是天王老子，他上頭兩個兄弟可也不是擺設的！」說完一甩簾子去了。

楊晟之掀簾子走進來道：「這兩位可算走了。」

婉玉嘆了口氣道：「可不是？菊妹妹為那兩間鋪子竟然肯跟我彎腰捨臉了，妍玉倒是沒變，求人的事還能擺出一副凌人模樣。」

楊晟之道：「她們來妳就拿話搪塞著，往我身上推，不樂意見了就說身上不舒坦，不必強打精神應承著。」說著在婉玉身邊坐下來，把手裡的荷包丟在榻上。

婉玉拿過來看了看道：「這不是你原先用的舊荷包嗎？我前些天給你做了個新的，舊的拿出去賞人了，怎麼又回到你手上？」

楊晟之將方才在竹林裡的事同婉玉說了，道：「這丫頭賊大的膽子，莫怪這麼些小戲子裡，就她跟大哥勾搭上了。」

婉玉似笑非笑道：「她可是個絕色美人，如今瞧上你了，你心裡可歡喜了？若是收進來，我也多了個臂膀。」

楊晟之笑道：「光生得美有什麼用？這世上的美人還會少了？半分品格都沒有，我看她給妳提鞋都不配。」

婉玉心裡發甜，口中道：「你哄我呢，男人都是見一個愛一個。」楊晟之只是笑，在婉玉臉上親了一口，道：「我就愛妳這一個。」轉身進裡屋換衣裳去了。

楊晟之一走，婉玉沈下臉，把怡人喚過來道：「去問問當初這荷包賞給誰了？」

怡人片刻後回來道：「當時將奶奶和三爺不用的小玩意兒收拾出來兩個茶盤，拿到底下分給人，荷包是寒香和惜霞她們拿走的。」

婉玉微微冷笑道：「原來如此。不知死活的東西，算計到我頭上，打量自己在二房，我就伸不過手了不成？再敢有第二次，揭了她的皮！」

且說碧霜素日無事就在抱竹館邊上亂晃，楊晟之或裝看不見，或快步走過，或一旁有丫鬟、婆子，故碧霜竟未等到機會下手。又過了一個月，楊晟之在屋裡跟婉玉說話，忽二房的小丫頭子來請說：「二爺請三爺過去喝杯酒。」楊晟之應了一聲，換了衣裳出去。婉玉見他出門，把心巧叫進來道：「妳去跟著三爺，盯緊了，尤其那個叫碧霜的。」心巧心領神會，跟著去了。

楊景之請楊晟之去是為了他續弦之事，原來楊景之聽說周家閨女容貌尋常便有些不願意，但楊崢已拿定了主意，竟作主給訂下了。楊晟之竭力誇讚周家閨女的好處，又道：「二哥前房有個好容貌，可又能怎麼樣呢？依我說周家的閨女不錯，溫柔賢慧，你說什麼，她指定不會有二話。二哥若是願意宿在外頭，跟愛奴一處，她不敢多嘴，日後二哥看中了哪個，想納進來，她也不會攔著，家裡多太平。」這一說楊景之又心動了，楊晟之低低勸了一番，方把楊景之勸得回心轉意。楊景之不勝酒力，喝了幾杯就醉倒了，楊晟之便告辭。

剛要出門，聽有人道：「三爺喝碗醒酒湯再走吧。」楊晟之回頭一瞧，只見碧霜已走了過來拉他胳膊，將他拽到桌前坐下，親手端了碗湯遞過來。碧霜刻意梳妝打扮一番，臉上勻了胭脂，襯得雙目益發水汪汪的，身上穿月白色的窄褸，露著一抹雪膚，渾身無一處不風流。碧霜眼波流轉，拋了媚眼過來，嬌笑道：「三爺，快把醒酒湯喝了，我親手熬的。」

楊晟之道：「妳家主子正在床上躺著，妳不餵他喝湯，倒給我這碗湯，是什麼道理？」

碧霜見楊晟之與她調笑，心中喜出望外，益發撩撥風情，吐氣如蘭道：「我的道理三爺還不明白？咱們府裡，我只認三爺一個。」

楊晟之向後靠了靠，道：「為何只認我？」

碧霜酥軟著身子朝楊晟之靠過來，綿軟著嗓子道：「三爺這樣的人，一百個、一千個裡也挑不出一個，我不認你還能認誰呢？」

楊晟之道：「我大哥聽了妳這話要傷心了。」

碧霜笑道：「提他做什麼？大爺跟你比不得。」說著伸出青蔥似的手握住楊晟之的手，捏了一把道：「我從今以後跟了三爺如何？我又會彈又會唱，平日裡能給三爺解悶兒呢。要是三爺肯疼疼奴，真是死了也願意了。」說著往楊晟之懷裡靠，只覺得楊晟之要把她摟在懷裡了。

正這個當兒，楊晟之猛地將碧霜搡在地上罵道：「賤婢！老太太喪期裡就勾引主子，藏的什麼心？」碧霜登時愣了，楊晟之冷著臉指著道：「打量自己有兩分顏色就想往主子床上爬，挑唆我們兄弟不和，打錯了妳的如意算盤！還不給我滾出去！」碧霜臉上一道白、一道紅，眼裡早已滾下淚來，哆哆嗦嗦爬起來跌跌撞撞跑了出去。

婉玉在抱竹館裡等楊晟之回來，見他帶了滿身酒氣，忙命人把解酒石拿出來給楊晟之含著，用熱毛巾擦面，服侍他睡了，才把心巧召到跟前。心巧道：「碧霜端了醒酒湯進去，沒過多久讓三爺給罵出來了。我在院裡不得進去，屋裡出了什麼事，我也不曾知道。」等心巧去了，怡人咬牙道：「碧霜那小蹄子起了混帳心，合該是作死了！」婉玉道：「碧霜弄的這些小計策出來，三爺哪隻眼睛瞧得上？」但轉念又想到碧霜綺年玉貌，頗具姿色，到底不能安心，慢慢思量起來。

碧霜勾引不成，反讓楊晟之攆了出來，趴在床上哭了一場。靜下一想，念著楊晟之模樣兒到底不能死心，在床上輾轉反側一夜，又重新盤算一番。過了兩日，在竹林邊上等著，見楊晟之單獨一人便找了上去，搶在跟前「撲通」跪下來，垂淚道：「前兩日是我油蒙了心竅、黑了肝肺，做出沒羞恥的事，三爺斥了我以後，我好幾日吃不下、睡不著，只覺沒臉再活著。」

楊晟之皺眉道：「快起來，在這裡跪著哭哭啼啼像什麼樣？」

碧霜淒淒哀哭道：「我今兒來跟三爺認錯，您大人大量，萬莫因我氣壞了自個兒身子。我是窮苦人家出身的，小時候家裡鬧災荒，爹娘把我賣了，天天挨打受罵，還要學戲受苦，吃不飽、穿不暖，沒有一日好過。自從進了楊家，方有了盼頭。可老爺惱恨我，我日日擔驚受怕，唯恐給拉出去賣了，才想找個依靠……」說著又哀哀哭起來，真個兒柔腸寸斷。

楊晟之低頭一瞧，見碧霜今日穿了極素淨整齊的衣衫，身上首飾一概全無，臉上也不用脂粉，美人一哭好比梨花帶雨，雙眼紅通通的，模樣甚為可憐，又見她磕頭認錯，心腸便有些軟了，道：「我不氣，妳起來回去吧。」

碧霜見楊晟之口氣鬆動了，忙趁熱打鐵，哀求道：「三爺萬萬不要厭棄我才好。」楊晟之道：「妳去吧，今後好自為之。」碧霜知已妥了，起身去了。

自此後，碧霜仍時不時在抱竹館附近走動，遇見楊晟之便打起十二萬分的溫柔甜美說話攀談。有道是「伸手不打笑臉人」，況碧霜這一回學了機靈，言談舉止極有分寸，故楊晟之不好太過嚴厲，偶爾也同碧霜說一、兩句。

沒過幾日府裡便傳了風言風語，楊昊之本是浮萍心性，今兒個愛東，明兒個愛西，這幾日在外有了新歡，暫把碧霜放到一邊，故而對閒話一概不知。妍玉和彩鳳視碧霜為眼中釘，巴不得她纏著楊晟之，見此光景自然心中稱快，妍玉暗道：「碧霜那小蹄子既戀上了楊晟之，我便助她一臂之力，也好去了一樁心病。」當下謀劃了一番。

過了兩日，婉玉扶了采纖在園子裡閒逛，忽聽有人喊她，回頭瞧見妍玉正靠在水榭門前跟她招手，便慢慢走了過去，進了水榭才看見柳氏和春露也在裡頭。

婉玉忙行禮道：「給太太請安。」

柳氏抬眼看了婉玉一眼道：「妳不在屋裡好生待著，怎麼出來了？」

婉玉道：「今兒個天氣好，出來逛逛。」

如今楊晟之在家中樹起威望，柳氏不好為難婉玉，便道：「坐吧。」婉玉方才坐了，自有丫鬟端茶送水。

屋中一時尷尬，婉玉只作了乖順模樣，垂了頭看著衣裳的花樣紋飾。春露和妍玉都是極能說會道的，揀了柳氏愛聽的話奉承，誇說園子裡花木繁盛，徵兆祥瑞，兩、三句便將柳氏逗樂了。

此時春露跟妍玉使了個眼色，後者會意，對婉玉道：「方才我還跟太太說起老三呢……聽說老三跟二房裡一個丫頭打得火熱，不知妳知道不知道？」

婉玉心道：「來了。」臉上裝了驚慌失措之態，道：「竟有這等事？到底哪個丫鬟？這、這還在老太太的孝期裡……」

春露道：「是二房的碧霜。」

婉玉一怔，看了柳氏一眼道：「那個叫碧霜的不是大哥……」

妍玉臉上登時不自在，搶白道：「聽下人們說碧霜成天圍著老三屁股後頭轉，我上回碰見過，老三多正經的人，竟還同她說笑呢，可見呀，這無風不起浪。」

婉玉道：「這怕是瞎傳的吧，三爺沒同我說過他有這個意思。」

妍玉道：「爺們的心思妳哪知道，這話還用得著他說？當媳婦的就得自己眼裡能瞧出來。老三這樣的人，平素跟丫頭半句話都沒有，如今能對碧霜另眼相待，想來是有了意思。依我看，不如把碧霜撥到三房，等老太太孝期一滿就收進來，豈不是兩全其美？」又看著柳氏笑道：「老三好容易瞧個丫頭順眼，太太可不能不疼三兒子，回頭老三該怪太太只偏心我們，不管他了。」

柳氏沈吟起來。這碧霜本是楊昊之看中的人，柳氏答應給他留著收房，如今妍玉一席話直把她擠住了。原來這幾天楊昊之同柳氏提及自己置了一房外室，如今已八個月身孕，將要生產了，想日後孩子生下來認祖歸宗，又怕妍玉撒潑拚命，故央告柳氏想想辦法。柳氏聽說楊昊之又將有孩兒，十分歡喜，當即出了銀子、藥材命人送去給孕婦補身。這些天又賞了妍玉不少東西哄著，只打算找個機會跟她開口提出此事。柳氏暗道：「究竟還是楊家的骨肉要緊些，不如就順了大媳婦兒的意，把那丫頭給三房，省得她堵心，日後也好把外頭那位接進來。」便道：「把碧霜叫來。」

片刻後碧霜到了，見太太、奶奶們坐了一屋子，不由心懷惴惴，只當自己糾纏楊晟之的事被太太知道，要懲罰或趕她出去，雙腿一軟，下跪道：「給太太、奶奶們磕頭。」

柳氏道：「我問妳，妳可願意去三房？」碧霜渾身一震，滿面愕然的抬起頭。柳氏道：「問妳話呢，願不願去？」

碧霜仍是不可置信，愣了愣，方才回神，旋即滿面喜色，激動道：「願意！願意！」

妍玉拍手笑道：「我就說嘛，願意不是？」說完看著婉玉道：「還不快謝謝太太。」

婉玉深深看了妍玉一眼，低頭看著碧霜，淡淡道：「妳當真願意？可別後悔。」

碧霜側過臉看著婉玉，只見一張豔若桃李的面孔，平靜安然，但雙目中似凝著隱隱寒光，碧霜心不由一跳，但想到楊晟之，握緊了雙拳道：「願意。」

婉玉道：「既如此，回去收拾東西，午飯後才准過來。」又對柳氏道：「謝太太疼我們。」

妍玉沒想到今日才一提，柳氏竟應允了，除了她心中最大的一塊石頭，不由歡喜起來，圍著柳氏說東說西，百般哄著逗笑。柳氏心中有鬼，自然也百般順著妍玉的意，二人親熱得彷彿母女一般。婉玉在水榭裡又坐了片刻，推說身子乏累，退了出去。

剛一出門，采纖便怒道：「碧霜這小浪蹄子，看我不教訓她！」婉玉攔道：「妳們別管，我自有道理。」

說話間二人回抱竹館，婉玉心裡早有主意，把心腹叫來吩咐了一番。待到中午，楊晟之回來見婉玉躺在床上，用帕子蓋著臉，便走到床沿坐下來道：「快起來，吃了飯再睡。」說了兩、三遍婉玉也不動，楊晟之便又推了推，婉玉道：「你吃吧，我不餓。」

楊晟之笑道：「妳不餓，我兒子也餓了，快起來。」說著去摸婉玉的肚子。

婉玉一把掀了帕子冷笑道：「早就到了吃飯的時辰了，我左等不來、右也等不來，飯菜熱了幾遭，不知你是不是讓美人在竹林子裡纏軟了腿，不願回來呢？」

楊晟之一怔，立時知道有他跟碧霜的閒話傳到婉玉耳朵裡，陪笑道：「我同爹一起回來的，今兒店鋪裡盤帳，耽擱了些，不信妳打發人問去。什麼美人、醜人的，不過是二房裡的一個丫頭，我同她只說過兩、三句話罷了，一丁點兒心思都沒有，騙妳不得好死！」

婉玉哼了一聲，又將帕子蓋在臉上。楊晟之賭咒發誓道：「我日後一準兒早回來，不讓妳等了。」見婉玉仍沒動靜，伏在她耳邊道：「我保證離那碧霜遠遠兒的，見了她就躲還不成？」

婉玉又掀開帕子，斜眼看著楊晟之道：「我問你，萬一太太把她給了你，讓她上咱們房裡來，你又如何？」

楊晟之立刻拍胸脯道：「隨妳處置，惹了太太不痛快，我替妳擔著就是！就是個丫頭，算什麼呢？妳若看她不舒坦，我這就給她攆出去。」

婉玉道：「當真？」

楊晟之使勁點頭道：「當真，比珍珠還真！」說著把婉玉扶起來。

婉玉靠在他胸膛上，伸指頭點了點楊晟之鼻子，笑道：「算你有良心，說過的話可別忘了。」

楊晟之道：「娘子吩咐的，死也不敢忘。」又笑道：「娘子，醋雖是個好東西，可吃多了傷身，快跟我吃飯去吧。」婉玉既已探明了楊晟之的話，便命丫頭把炕桌搭到床上，同楊晟之用了飯，不在話下。

用罷飯，楊晟之犯了食睏，歪在床裡頭睡了，婉玉靠在外頭，剛合眼睡了不多時，怡人便進來，伏在婉玉耳邊小聲道：「奶奶，碧霜帶著包袱來了，就站在外頭。」

婉玉看楊晟之睡得正熟，便讓怡人扶起來，道：「讓她就立在外頭等著。」命小丫頭打水進來梳洗了，方才慢慢走到堂前坐下，道：「把人叫進來吧。」

碧霜早在外頭站得煩了，臉上不敢顯出來，只在心裡頭抱怨，見小丫頭子出來叫她，連忙走了進去，跪下道：「給三奶奶磕頭。」直起身悄悄往上看，只見婉玉端坐在椅上，容色凜然，旁邊各立兩個丫鬟，只覺情勢不對，連忙低下頭，心裡不住敲鼓。

婉玉讓她跪了片刻，吩咐道：「去，把寒香和惜霞也叫來。」

寒香和惜霞一進屋，只見堂上一派肅殺，碧霜跪在地上，再瞧婉玉神色不比往常，便唬著了，撐著膽子立在旁邊。

婉玉對碧霜道：「妳起來吧。」碧霜方才站了起來。婉玉喝了口茶，道：「今兒叫妳們三個來，是特給妳們道喜的。」話音剛落，這三人臉上登時便白了。婉玉道：「前兒個三爺跟我說，他身邊幾個奴才一直忠心耿耿的跟著他，如今也到了該成家的歲數，要我放出幾個丫頭配了。我特別看過他們品貌，都是極忠厚老實的，家裡也攢了些體己錢，妳們嫁過去萬萬不會委屈……」

婉玉還未說完，碧霜已慌得魂不附體，「撲通」跪倒在地，咚咚磕頭道：「三奶奶開恩！我不願嫁人！我寧死了也不出府！」碧霜這一跪，寒香和惜霞也跟著跪在地上求饒，放聲哭了起來。

婉玉道：「嫁人是好事，年歲大了哪有不嫁人的道理？」

碧霜哭道：「我給奶奶當牛做馬一輩子，求奶奶別把我配出去！何況太太的意思是……是……」

婉玉一腔火頂上嗓子，「啪」一拍桌子，厲聲道：「好奴才！說！太太的意思是什麼？」碧霜嚇得脖子一縮，哭都忘了。

婉玉指著碧霜厲聲道：「作死的下流東西！瞧妳做的這些醜事！妳不嫌臊，我都嫌臊！竟還有臉提出來！掌嘴！」當下心巧便挽袖子要上前掌嘴，婉玉立著柳眉喝住道：「讓她自己打！」

碧霜呆跪著不動。婉玉冷笑道：「怎麼？愛惜自己那張臉，捨不得打？」碧霜一咬牙，左右開弓打自己嘴巴，不一會兒眼淚、鼻涕流了一臉，一邊打一邊哭道：「奶奶息怒！奶奶息怒！」寒香和惜霞從未見過婉玉如此神色，早已嚇呆了，跪在地上，連哭都不敢哭。

婉玉喝住了道：「妳知不知罪？」

碧霜咬緊牙，只是流淚，不說話。婉玉看了看兩邊的丫鬟，指著碧霜道：「瞧見了？鐵嘴鋼牙，這會兒還沒覺出自己錯處呢！」臉色一沈道：「下流蹄子！仗著自己有兩、三分姿色，就敢在府裡頭調三窩四，還在老太太的孝期裡就敢發浪勾引爺們，挑唆主子們不和，竟還鬧到讓太太知道了，三爺是做官的人，日後傳出他在祖母守孝期間就看上丫頭要收進來，豈不是毀了三爺的英名！妳天天做出輕狂樣兒勾引三爺，打量我不知道呢！三爺宅心仁厚的一個人，拉不下臉呵斥妳這樣沒廉恥的，如今妳倒越發得了意，做出混帳事壞三爺的事業，又連帶傳出混帳閒話毀三爺的聲望，我如今再不管，妳還當我是死人不成？說！妳如今知不知罪？」

碧霜伏在地上哭道：「知罪了。」

婉玉冷笑道：「知罪了就好，省得再找沒臉。妳這就跟婆子們出去吧，門口有馬車等著接妳到莊子上去，等過兩日成了親再回府裡謝恩。」

碧霜恍若頭上打了個驚雷，連連磕著響頭，大哭道：「奶奶莫要趕我走呀！饒過我這一回，我日後再不敢了！」

婉玉道：「饒過妳這一回？妳勾引大爺，又勾引三爺，沒人倫的畜生，留妳這樣的狐媚子在房裡豈不是留個禍害！如今沒叫人牙子來把妳賣了，已是我法外開恩了。妳若識抬舉，這會兒就乖乖跟了去。」

原來碧霜是抱著一腔火熱來的，只覺作夢一般便進了三房，聽太太的意思就是將她給了三爺了，這一喜非同小可，方才回房收拾東西滿面的得意躊躇，腳下都帶著風，渾身輕飄飄的，將要飛到天上去，弄霏嫉妒得眼珠子都紅了。誰想這一來三房，兜頭一盆冰水就將她打入十八層地獄，眼見富貴夢雞飛蛋打，碧霜轉身便往外衝，發狠嚷道：「我要見太太！我要見太太！」

門口早有兩個身高馬大的婆子守著，碧霜見出不去，暗道：「已然如此，不如破釜沈舟，興許還有生機。」遂口中亂嚷道：「我一頭碰死也不出去！」言罷便往牆上撞，「咚」

一聲血就淌了下來，人也癱倒在地上。惜霞登時尖叫起來，眾人俱已驚呆了。
婉玉一怔，旋即冷笑道：「倒是豁得出去，要拚命呢！如此我便更不能留了！來人，給她上點藥把血止住了，搭到外頭馬車送到莊子上去！」采纖立時拿了藥來，眾人七手八腳把碧霜的頭包紮上。
碧霜耳邊嗡嗡直響，心裡又惱又恨又驚又怒，身上無一絲氣力，只聽采纖在她頭上道：「想用死要脅我們奶奶，以為見了血就能留在這兒了？呸！命是妳自個兒的，即便死，也別在這裡髒了我們的地！」
碧霜怒氣攻心，直著脖子對婉玉罵道：「妳這母夜叉想要生生逼死我，妳且等著，我做鬼了跟妳拚命……」
怡人指著厲聲道：「還不把這賤人的嘴堵上！」當下有婆子拿了塊破抹布把碧霜的嘴塞了個嚴實，又有取繩子來綁的，三兩下便將碧霜綁得同粽子一般，抱著頭腳搭走了。
屋裡一時靜悄悄的，寒香和惜霞嚇破了膽，戰戰兢兢的跪著不敢說話。婉玉朝她倆望來，寒香機靈，磕頭道：「我這就收拾東西，聽奶奶吩咐，說走就走。」惜霞渾身抖得篩糠一般，說不出話，也跟著磕頭。
婉玉道：「妳們好歹也來這兒服侍我一遭兒，雖然時候不長，我也不會虧待，每人賞二十兩銀子、一匹緞子、兩匹布，另三爺那裡也有賞。可有一節，妳們出去若提一個字兒，也莫怪我不留情面。」

那二人連聲道：「不敢，殺死也不敢說！」婉玉便將她們二人打發去了，慢慢回轉到屏風後頭，楊晟之正站在那裡。婉玉跟他對望了好一會兒，楊晟之笑了一聲道：「方才比唱戲還熱鬧，妳同我說一聲，我打發了就是，妳何必為她們動氣？」又探出身子對房裡的丫鬟道：「如若有人問起來，就說是我把碧霜打發出去的。」拉著婉玉的手道：「我這會兒還乏著，妳也累了吧？再陪我去躺躺。」婉玉一怔，看著楊晟之的目光便柔和了，心裡一團暖，想說又說不出，任楊晟之拉著，默默的回了房。

且說婉玉當即命人抬了碧霜出府，送上馬車拉到莊子上。這廂香燭酒飯早已齊備，等碧霜一到便拜堂成親，碧霜渾身綁得嚴嚴實實，此刻身不由己，蒙上蓋頭就送入洞房。娶碧霜的是楊晟之派來看莊子的下人，喚作全福，為人伶俐，為市儈狡詐之徒，為楊晟之辦了兩件得力的事，頗得主人青眼，手裡攢了幾個體己錢，身量瘦小，但容貌仍算端正，卻因雙頰上各有一大塊黑色胎記，立時醜陋猙獰了幾分，稍好的姑娘都不願嫁他，全福眼界又高，等閒村婦瞧不上眼，一心要娶楊府裡出來的丫鬟為妻，故年近三十還未成親。

當下成親已畢，有楊家跟來的婆子將事情始末略略同全福說了一番，竭力讚碧霜美貌，全福進屋見新娘子綁在床上，側著身子向前一探，瞧見碧霜美貌登時魂飛魄散，恐碧霜瞧見他容貌，一把扯下幔帳便行了周公之禮。事後碧霜自是尋死覓活，只覺這全福非但同楊晟之有如雲泥之別，即便是楊昊之也萬萬及不上了。她進楊府做丫鬟之前，但求嫁個全福這樣有幾個錢的男人過舒坦日子便知足了，如今眼界已開，一心要飛上枝頭，如今落得這般境地豈能甘願？口中恨罵婉玉，又要上吊尋死。全福又哄又勸，後來惱了，兩記大耳刮子扇上去，指著罵道：「賤貨，府裡頭跟爺們勾三搭四被逐出來，老子不計較妳，妳倒成了精了！再鬧老子把妳賣到窯子裡去！」碧霜見全福凶神惡煞，被這兩記耳刮子扇掉了膽，況她並非真心想死，只得忍氣吞聲，大哭一場罷了。

過了兩日，寒香和惜霞也收拾東西從府裡出來配了楊晟之身邊的長隨。寒香白作了一場富貴夢，回想在楊府度日的光景，對照如今，不由百般抱怨，終日鬱鬱。惜霞秉性柔弱，逆來順受，故嫁了人之後反而一心一意過起日子來。這一樁事就此帶過，平添了幾番茶餘飯後的消遣談笑而已。

第四十三回　楊昊之縱慾丟性命　梅婉玉遺情笑花間

話說楊昊之這幾日十分忙碌。他與妍玉都是自小嬌生慣養，一個驕縱放逸，一個使性弄氣，二人無一個肯謙讓，故前一刻還蜜裡調油，好得形影不離，後一刻便吵得翻天覆地，惡言相向。尤以楊昊之是個風流種子，貪愛女色，妍玉虎視眈眈，家中的通房、丫頭俱不讓他沾身，夫妻每每因此反目。楊昊之索性在外偷嘴，不光流連煙花巷陌，還託人牽線搭橋，勾搭上一個二十出頭的俏寡婦，喚作王好姐。楊昊之原是色迷人眼，以財物相誘，只想幾夜風流快活而已，誰想那王好姐不但臉蛋俊俏、體格風騷，更兼有高明手段，將楊昊之伺候得舒舒服服，又會哄人說話，知疼著熱的體貼著。楊昊之終日尋花問柳，早落下腰腿痠疼，渾身乏力的毛病，王好姐便花了重金，買了胡僧藥回來，只一粒便勇不可擋。楊昊之如獲至寶，同王好姐一處享不盡溫柔滋味，益發覺得自己離不開王好姐，便在外租了間宅子，買了幾個奴婢，將她當作外室養了起來。

這王好姐絕非愚鈍婦人，既攀上楊昊之，便打定了入豪門的主意。她是尋常百姓出身，如今得了楊昊之的銀子，過起奢侈日子，有道是「由儉入奢易，由奢入儉難」，既已嘗了甜頭，要再過先前的日子簡直比死了還難過。她知楊昊之不過是圖新鮮才與她恩愛，時日一長定將她拋之腦後。當下便算計一番，一面向楊昊之榨錢，一面偷倒了避孕的湯藥，懷了孩兒。頭幾個月並無異狀，後來肚子漸漸大了，便纏了白布束著，到快瞞不住的時候，楊昊之忽迷戀上碧霜，又同浪蕩子弟勾搭，眠花宿柳，便不往她這兒來，待楊昊之再來時，王好姐的肚皮已渾圓似熟透的西瓜了。

楊昊之又怒又驚，給灌了一碗打胎藥，胎兒卻沒打下來。王好姐苦苦哀求道：「我真心愛大爺，才想給你生個孩兒，捨不得打胎，大爺就讓我留下吧！若日後大爺厭棄我了，我留個孩子在身邊，也是我的念想。」又哭：「我不求別的，但求大爺得了閒，能來瞧瞧我們娘兒倆也就知足了！」諸如此類央告了半日，挺著大肚又下跪又磕頭，楊昊之便有些心軟，王好姐見狀忙取出兩樣東西遞到楊昊之手中，淚流滿面道：「這是我這些天想大爺的時候做的東西。」楊昊之一看，只見一樣是王好姐用自己的青絲加上五色線編成的同心結，底下綁著金墜流蘇，十分別致精細，另一樣是王好姐親手繡的一疊帕子，楊昊之吟風弄月寫的詩，俱讓她繡在帕子上。楊昊之立時軟了心腸，再看王好姐美貌溫柔，憶起往昔海誓山盟，便答應了。

正逢楊昊之因碧霜之事與妍玉爭執，氣死了楊母，楊崢怒氣攻心，對他又打又罵，妍玉也鎮日與他鬧彆扭，楊昊之心頭鬱結便經常到王好姐處散心消遣。王好姐求之不得，百般溫存，善體人意，處處揣摩著楊昊之的意思說話兒，還親自洗手作羹湯服侍。楊昊之只覺普天之下唯有王好姐是他的知心人。王好姐又乘機在枕邊軟語道：「眼下我也快要生了，大爺要是真心疼我、愛我，把這孩子帶到楊府去認祖歸宗。若是男孩，日後享大家公子的福氣；若是女孩，日後也好嫁個體面人家。」

楊昊之連連搖頭道：「不成、不成！若帶回去，先甭說我爹，家裡那母夜叉頭一個就要我的命！」

王好姐輕輕推了楊昊之一把道：「你怕她呢！不如去求你親娘，老人家都愛兒孫繞膝，你跟她說了，她一準兒歡心。」

楊昊之道：「孩子不跟在親娘身邊，進了大宅門又怎樣？少人疼。」

這一句正撞在王好姐心坎上，道：「你家老婆凶惡，我本是想天高皇帝遠的躲著的，但為了孩兒，我寧願跟著進府，日日挨打受罵我也認了！」

楊昊之瞪眼道：「妳認了，我還沒認呢！我爹若聽說我同個寡婦一處，還有了孩兒，還不生生打死我！」

王好姐聽了低頭不語，淚汪汪的一副強忍委屈的模樣，強顏歡笑給楊昊之端茶倒水。如此幾次三番，楊昊之禁不住她苦苦哀求，勉強答應了王好姐，回家對柳氏透露了點意思，柳氏竟十分高興，派人送錢、送補藥，王好姐頓時安下心來。

又過了一個月，王好姐果生下一子，因懷胎時灌了打胎湯藥，故從胎裡帶了許多症候來，一直病懨懨的。王好姐一舉得男，歡喜異常，只覺腰桿子硬挺，終身有靠，時時催楊昊之將他們母子接到府裡頭去。

楊昊之想到此事要被其父知道，必少不得一頓嚴厲管教，心中犯怵，想著妍玉也會鬧個天翻地覆，便拿定主意回去先討好妍玉。

這一日，楊昊之從王好姐處回到家，剛走到臥房門口，還沒掀簾子，便聽裡頭妍玉道：「噺……作死呢，下手這麼重，要把我頭髮揪下來不成？」

紅芍陪笑道：「是我手重了，定輕著些。」

妍玉哼一聲道：「越發笨手笨腳的，連個頭都梳不好。幸虧妳上輩子積了福報，這一世跟在我身邊，否則妳這樣的手腳，哪個小姐、奶奶樂意要？還抬舉妳當房裡人呢！」

紅芍低聲下氣道：「奶奶待我好，我一輩子都忘不了。」

妍玉道：「妳知道就好，就怕妳沒這個心。」

紅芍堆著笑道：「哪兒會呢，若不是奶奶，我哪有如今這個體面……奶奶要用金鳳釵，還是用這個滴珠的？」

楊昊之聽到此處便掀簾子進去，瞧見妍玉正坐在梳妝檯前，拿了一支金釵在頭上比著，紅芍站在她身後梳頭，遂笑道：「喲，忙著哪？」

紅芍一見楊昊之，登時精神一振，臉上不知該怎麼笑，想對楊昊之親熱，又怕妍玉瞧出來，福了一福道：「大爺回來了。」一忙不迭的去給楊昊之燒水倒茶。

妍玉將釵丟到妝檯上，懶洋洋道：「你也知道回來？一天到晚往外跑，不知外頭有什麼迷了你的心竅，難不成有什麼小妖精？」

楊昊之心頭一跳，陪笑道：「胡說什麼呢！鎮日在家裡悶得慌，我去外頭會會官場上的朋友。」

妍玉嗤笑道：「呸！虧你還有臉說什麼官場，芝麻粒兒大的小官兒，還是花銀子買的，充什麼體面？有本事你也學老三，入科考中一個回來，那才叫本事！」

這一句說得楊昊之心裡犯堵，皺著眉不耐煩道：「行行行，有完沒完？」

妍玉道：「怎麼？嫌我說得不好聽了？哪一句說錯了，你說來我聽聽？」

楊昊之惱怒，剛欲發作，又想起王好姐和新添的孩兒，遂壓下火氣，走上前攬著妍玉笑道：「咱不說那些生氣的。我看看妳今天戴的什麼戒指、搽的什麼粉兒？」說著湊過去，只覺異香撲鼻。

妍玉極喜楊昊之與她親熱，偏又裝出厭倦模樣，嗔道：「離我遠些！」

楊昊之見她嬌俏慵懶，一時動情，摟著妍玉道：「我偏就離妳近，看看妳戴了什麼香餅子、香球子，嘴上的胭脂讓我吃了吧。」說著要親嘴，正此時紅芍端了茶進來，碰掉了桌上的扇子，「噹」一聲驚動了屋裡兩人，楊昊之不悅，隨手脫了鞋朝紅芍扔去，罵道：「沒眼色的小蹄子，誰讓妳進來的？」

紅芍唬了一跳，慌忙閃躲，手上的茶沒端穩，熱水燙了一手，茗碗也掉在地上摔個粉碎。妍玉呵斥道：「還不滾去拿東西收拾！」

紅芍又委屈又恨，含著淚退了出去。片刻拿了抹布進屋收拾，只見屋裡靜悄悄的，屏風後傳來低低的說話聲。紅芍大著膽子湊過去，透過屏風的縫隙往屋裡瞧，只見這二人坐在床上，楊昊之手裡拿了一紅色的香袋，從內取出一丸藥放入口中。妍玉道：「你方才吃的是什麼東西？」

楊昊之笑嘻嘻道：「這可是個好東西，胡僧做的藥，都叫『紅鉛丸』。但只一粒就金槍不倒，讓妳乖乖求饒。」

妍玉滿面通紅，啐道：「天還沒黑，就不正經，說什麼渾話！再說還在老太太孝期裡呢。」

楊昊之道：「妳我不說，誰知道？還不快受用一回。」說完抱著妍玉親嘴。妍玉半推半就，二人雲雨起來。

紅芍從屋裡退出回到外間，惱一回、怒一回。她隨妍玉嫁到楊家，因早有爭強的心，同楊昊之眉來眼去傳情，終如願以償當了通房丫頭。楊昊之也同她相好了幾日，誰想還沒過多久，楊昊之對她就淡了，妍玉看得又緊，不准楊昊之隨意沾碰，楊昊之漸漸的把她看成糞土一般。她上有惡主刁難，下無子女傍身，左右無一靠山，連丫頭、婆子因她素日張狂也不同她交好，如今又失了男主人的寵愛，日子熬得極苦。想到自己當初若一直跟著婉玉，而今在三房定然是另外一番風光，眼見怡人吃穿用度已是小姐般的體面，不由又悔又恨，哭了一場。

且說紅芍暗暗垂淚，楊昊之和妍玉直到過了晚飯時刻方才收了雲雨，妍玉渾身發懶，喚紅芍打水進來擦洗。紅芍端了水盆進來，眼瞥見楊昊之裝胡僧藥的香袋就放在床頭，不由心生一計，大著膽子偷倒出一粒，又將香袋放好。

妍玉擦洗一番便沈沈睡去，楊昊之嚷餓，披了衣衫到外間用飯。紅芍暗道：「真真兒天助我也！合該我與大爺獨處，若不趁此挽回大爺的心，日後只怕難尋這樣的時機。」在燈下見楊昊之俊顏如玉，益發春心蕩漾，藉著端菜的當兒，將藥丸子掰了一半丟到湯碗裡，等化得差不多了，便端上前勸楊昊之多喝一碗湯滋補身體。

楊昊之一口氣灌了半碗湯，不多時便覺一股春意上湧，紅芍在一旁殷勤伺候，賣弄風情，楊昊之見紅芍嫵媚，按捺不住，一把摟著求歡，二人便歡好起來。紅芍乃久曠之人，纏著楊昊之沒個饜足，楊昊之早已被酒色掏空了身子，方才又與妍玉行房多時耗盡心力，此刻勉強應承，正當雲情雨意正濃時，忽感一陣暈眩，臉色慘白，捂著胸口直喘粗氣。紅芍嚇了一跳，忙扶楊昊之在外頭矮榻上躺下，想去叫人，又怕被人知曉她與楊昊之在孝期裡交歡；若不叫人，眼見楊昊之連喘不止，正猶豫的當兒，忽有個丫鬟進來，見了此景登時大吃一驚，尖聲嚷道：「不好了！大爺不好了！」跌跌撞撞跑出去。楊昊之一把拽住紅芍，眼睛瞪得如銅鈴一般，喉嚨裡咯咯直響，欲說話又講不出，眼白一翻，頭已歪倒了，口中涎津順著嘴角淌下來，再探鼻間已沒了氣。紅芍唬得魂不附體，身子一軟栽倒在地，驚怕之下嚎啕大哭起來。

妍玉在屋裡合著眼睡得正沈，忽有丫鬟慌慌張張跑進來說：「大爺出了事了！」妍玉忙起身，披了衣衫出來，到外頭一見楊昊之赤身裸體躺在榻上，又瞧紅芍雲鬢散亂、襖釦全開，便知做出什麼好事，登時氣得柳眉倒豎，狠狠打了紅芍幾下，罵道：「好淫婦，竟敢背著我跟主子發浪！看我不收拾妳？」說罷方才轉回身看楊昊之，只見歪倒在榻上，一絲活氣全無，登時大吃一驚，晴天霹靂一般，拚命推搡幾下道：「冤家！你快些起來說句話哇！」說著放聲大哭起來。

一時間各屋的丫頭、婆子全圍了過來，有年長經事的老嬤嬤上前摸了摸脈門，又掐了人中、探了鼻息，俱皆大驚失色，大叫道：「大爺……大爺不中用了！」言罷嚎哭起來，眾人跟著一齊大哭，黑壓壓跪了一地。早有小丫頭子往各房傳信，柳氏正在卸妝，聽丫鬟傳信說大房出了事，因楊崢與楊晟之在外宅書房裡頭，便打發廊下的小丫頭去叫人，自己穿了衣裳急急忙忙的往大房中來。

進屋一瞧楊昊之裸身躺在榻上，面色鐵青，瞪著雙目，口角涎津橫流，魂魄便已唬飛了一半，如同摘了心肝一般，眼前一黑，直挺挺的暈了過去。眾人大驚，又是抹胸又是掐人中，柳氏方才蘇醒過來，狠命推了推楊昊之道：「我的兒！莫要嚇唬娘，快回個話兒！」旁有丫鬟道：「太太節哀，大爺怕已是不行了……」一語未了，柳氏便「啪」的給了一記大耳刮子，指著罵道：「哪兒來的小蹄子，藏了歹毒的心，要咒我兒死！誰說我兒不行了？快！趕緊去請大夫！金陵城裡有名的大夫統統給我請來！若能醫好我兒的病，要多少銀子隨他開口，即便要我的命也成！」緊接著摟著楊昊之，「哇」一聲大哭起來道：「我苦命的兒呀！你喘口氣吱個聲兒，你如此不是要了我的命嗎！」

此時楊景之、鄭姨娘等也得了信兒，紛紛到了。不一會兒，婉玉讓采纖和怡人攙著來，進屋往榻上瞧了一眼便連忙退了出來，只在外間尋了地方坐著。鄭姨娘見婉玉來了，一時去尋茶壺給婉玉倒茶，一時又恐人多擠著婉玉，一時又恐哭聲大了驚動胎氣，急忙的催她回去，反倒忙亂上十分。

正鬧得不可開交處，忽聽丫鬟報說：「老爺、三爺來了！」話音未落，楊崢和楊晟之已邁步走進來。妍玉衣衫不整，忙躲進臥室。柳氏一見楊崢，如同得了珍寶一般，幾步上前「撲通」跪在地上，抱著楊崢的腿，哭道：「老爺你來得正好，快救救咱們的昊兒吧！」

楊崢湊前掀開被子，伸手一摸，胸口已冰涼了，再一看楊昊之死狀，心裡便明白了八、九分，又是痛又是驚又是恨，指著厲聲道：「這、這是誰幹的好事？還不從實招來！」眼略在屋中一掃，一下便瞧見紅芍，走幾步上前一腳兜翻在地，罵道：「好奴才！是妳害死我兒！」

紅芍抖得如篩糠一般，哪裡管得了許多，一心想找陪同拉下水的，大哭著磕頭道：「不光我！先前還有大奶奶，若不是大奶奶，也不至於到這一層，今兒大爺下午剛一歸家，便跟大奶奶進屋，直到過了晚飯時還沒出來，我不敢叫，又怕人瞧見，一直在外守著，晚飯都熱了好幾遭……」

妍玉在屋裡聽得真切，一時又羞又惱，隔著門簾子道：「刁奴，血口噴人！我這兩天身上不爽利，下午就躺在屋裡睡，外頭出什麼事我一概不知。」又大聲道：「妳沒臉，害死大爺還拉上我！老爺、太太要為我作主呀！」說罷想到楊昊之已死，心中惶惶，眼裡早已滾出淚珠來，嚎啕痛哭起來，一邊哭一邊道：「我的夫君，你可起來為我說句話兒！我怎麼這般命苦哇！」

楊晟之暗道：「大哥既已死了，若裡頭真與大嫂有干係，追究起來必連累她的名譽，傷了同柳家的交情，又何必呢？本就是樁醜事，還是大事化小、小事化了為宜。」遂上前對楊崢道：「這還在老太太的孝期裡，大嫂是名門小姐出身，怎會做出這等事來？定是那丫頭急臊了心，亂攀咬。」

楊崢立時便信了，道：「好個妖貨！我好好的兒子就是讓妳們勾搭壞的！如今、如今又賠上性命⋯⋯」說著眼眶就紅了，咬牙道：「把她給我捆到外頭往死裡打！」

紅芍見楊崢這番形容，知不比往常，怕是要生生打死她，一時間屎尿齊流，磕頭如搗蒜一般，大哭道：「老爺饒命！老爺饒命！我再也不敢了！再也不敢了！」左右早有力壯的婆子上前將紅芍拖了出去。

柳氏哭得上氣不接下氣道：「老爺，莫非你也蒙糊了心了？昊兒怎麼就死了？今兒早晨還來跟我請安，哄我歡喜來著，快叫大夫來給他治病！」

楊崢長嘆一聲，淚早已滴下來，啞著聲道：「老大已經沒了⋯⋯」言罷真真兒心力交瘁，再發不出一絲聲音，而柳氏早已軟倒在楊崢身上，「兒」一聲、「肉」一聲的哭道：「不孝子，你怎麼捨得丟下你娘親就這麼去了！讓我跟你爹白髮人送黑髮人！你讓我日後指望哪一個，你可讓我怎麼活？」哭得肝腸寸斷，不管周遭。妍玉與楊昊之到底仍有幾分夫妻情分，又想到自己從此以後便成了寡婦，沒個依靠，也在屋內哭得死去活來。一時哭聲連成一片，夾雜著不時傳來紅芍挨打的哀叫聲。

柳氏哭一回又捶楊崢道：「你先前總嫌棄昊兒，時時逼他，如今他死了，你可稱心了！他死了，我也不活了，明兒個安葬了他，我就隨他去！」眾人又忙上前勸解柳氏道：「大爺沒了，老爺心裡何曾好過？太太還是保重身子要緊。」柳氏伏在楊昊之屍首上，並不聽人勸，只是哀哀的哭。

婉玉坐在外頭，將屋裡的事聽了個明白，暗道：「楊昊之是咎由自取，天理昭彰，早該有他這一日的報應！只可憐我那珍哥兒，小小年紀又沒了父親庇佑，雖說那個『爹』只是個擺設，但有總好過沒有。」正暗嘆著，鄭姨娘走進來，臉上掩不住喜色道：「原來昊哥兒真死了！阿彌陀佛，老天長眼，也該我們晟哥兒出頭了！」婉玉忙握住鄭姨娘的手，看了看四周，嗔道：「姨娘有分寸些，若讓人聽到怎麼得了？」

自上次鄭姨娘隨婉玉去給梅海泉祝壽以後，鄭姨娘見識了梅家的聲勢地位，從此便對婉玉心存畏懼，說話也不再像原先那般隨便，變得縮手縮腳的，故立時噤聲，陪笑道：「我冒失了、冒失了。」

正此時，有婆子進來大聲回報：「回稟老爺、太太，那淫婦已暈死過去了！」柳氏恨道：「真便宜了她！把她拖出去報官，莫要髒了我們家的地，讓昊兒不得安寧……」又哭起來。

婉玉暗道：「我進屋瞧瞧，出了這樣大的事，我不露一面便失了禮數了。」便讓人攙著進屋走到柳氏身邊，勸了兩句道：「太太還是珍重身體，莫要哭壞了。」

柳氏正是滿腔的憤懣哀怨沒得出氣，一瞧見婉玉大著肚子，登時勾起心病，指著罵道：「妳個喪門的掃把星！自妳嫁進來，我們便沒得了好！懷了孩子剋死我們楊家三條人命，先是老太太，接著是二媳婦兒，現在又剋死昊兒！妳還我兒子命來！」哭著便要踢婉玉的肚子。春雨眼明身快，搶到婉玉前頭擋著，生生挨了一腳，道：「太太保重，萬不可輕率了！」眾人先呆住了，此刻方才七手八腳上前攔著柳氏。楊晟之趕緊搶上前將婉玉拉到身後，婉玉嚇了一跳，滾下淚來，緊緊抱著肚子，垂頭不語。

楊晟之沈著臉道：「太太這話說得不像話！大哥是讓淫婦治死的，跟我們有什麼相干？即便是那和尚說的話，也說是今年內『添一丁，損三人』，我媳婦兒明年才產育，太太又何必怪罪我們？」轉過身拉婉玉道：「屋裡太亂，莫要再碰著妳，走，我送妳回去。」言罷便送婉玉回抱竹館，一路上軟言安慰道：「太太是急紅了眼了，妳莫要放心裡頭。」

婉玉道：「我心裡明白，你不必安慰我。」

楊晟之道：「妳明白怎麼剛在屋裡還哭了？」

婉玉笑道：「方才嚇著了，也是做給人家看的，我不委屈，你怎會心疼送我回來呢？」

楊晟之笑道：「妳個機靈鬼兒，待會兒先睡吧，我還得回大房那兒去。」

婉玉道：「把珍哥兒送到咱們這兒吧。一來有人陪我睡，二來今兒晚上亂糟糟的，也沒個人顧他。」楊晟之答應著去了。

當下楊昊之的喪事也緊著操辦起來。楊崢犯了頭痛的舊疾；柳氏病倒在床，已不能起身；妍玉鎮日裡只顧哭天抹淚；楊景之又是指望不上的，故家裡內外全靠楊晟之一人承擔。婉玉恐他太過勞苦，少不得將宅內的事務承擔起來，兼顧操持楊昊之的喪事。幸而楊氏家族裡有幾房跟他們交好的妯娌過來幫忙，方不致忙亂。

一切準備妥當，但出殯那天卻生了是非。原來那王好姐在家中一心盼著楊昊之能接他們母子進府，等來等去卻接獲告知楊昊之已命喪黃泉了。王好姐只覺一生的指望就此付之東流，渾身癱軟，捶胸頓足哭了一場。又瞧見襁褓裡的孩兒嗷嗷待哺，少不得擦乾眼淚重新計算。出殯那天披麻戴孝，抱了孩兒到楊家去，衝上前要攔棺材車馬，又哭又鬧。

楊晟之忙出面勸解，聽王好姐說孩子是楊昊之的，口口聲聲說柳氏知道此事，又取出許多信物來。楊晟之只得打發人回府稟明實情，柳氏聽說王好姐生個男嬰，登時破口罵道：「我還道是三房媳婦兒，原來是她生的種害死了昊兒！討債討命來的冤孽，快打發走吧！認他做啥？」楊晟之聽柳氏如此說，心裡便有了數，揭開襁褓一瞧，只見那男嬰面色發暗、病㦏㦏的，哭聲跟小貓叫一般，知天生帶病氣，對王好姐道：「太太不肯認，我們也沒法，每個月楊家自會打發人去送些米麵錢銀，若再鬧恐怕也沒妳的好處。等日子久了，太太的氣消了，興許還有轉機。」說著摸出十兩銀子遞與王好姐道：「妳先回去吧，這孩兒身體孱弱，再折騰怕要鬧出病來。」王好姐只得含著淚收下銀子走了。

偏生這件事傳到妍玉耳朵裡，妍玉本因楊昊之撒手人寰傷心欲絕，忽聽聞楊昊之竟在外頭養了外室，如今孩子都生了，不由勃然大怒，傷心盡成了糞土，一氣之下收拾了包袱行李，當日晚上便乘馬車回了娘家，一住下去便沒回返。

時值楊昊之喪事已畢，府中人人筋疲力竭，楊崢想著如今內宅中的事務無人能管，便命人將楊晟之夫婦喚到跟前，楊晟之見楊崢雙頰消瘦乾枯，便道：「父親身上不好，應多歇歇，家裡內外有我，不必操心。」

楊崢搖了搖頭道：「我怎能不操心？如今咱們家上下沒個準兒的，你母親病倒了，老大媳婦回娘家，老二媳婦沒了，你媳婦兒又懷了身孕，家裡頭不成體統。我這段日子冷眼瞧著，你媳婦兒是一把好手，思來想去，還是由她料理家中大小事務最相宜。」

楊晟之道：「媳婦兒的身子一天比一天重，她臉面又薄，只怕做不好平白落人褒貶。」

楊崢道：「家中實在是無人可用了，只好委屈辛苦她一段時日，我並非不明理的人，若她行事有憑有據，我自會給她撐腰。」

楊晟之不說話，只用眼看著婉玉。婉玉心道：「家裡正值無人，是收權回來的好時機。何況話說到這個分上，不答應也要答應了。」便笑道：「公爹器重我，我也自當盡心盡力。」

楊崢知婉玉允了，面上露出欣慰之色，對婉玉道：「妳行事穩重，家裡的事交給妳也放心，妳母親如今病著，妳拿不準的事不必問她，直接來問我。這些日子要辛苦妳了。」婉玉連稱不敢，同楊晟之陪楊崢又說了一回話，方才出去了。

回到抱竹館，楊晟之問道：「妳怎麼應下來了？先前妳勉力撐了一段時日，不是同我說家裡帳目亂得很，大哥、大嫂胡亂往帳上支銀子，又有下人偷東西，物件一概對不上，還有不服管的、偷懶的，家裡鬆鬆垮垮的不成樣子，妳如今身子越來越重，何必蹚這一渾水?!」

婉玉笑道：「我心裡有數，知道能料理才答應的。你不是想掌家業？不如就趁如今太太病著，把內宅裡的人事理順了，省得日後蹦出幾個刺兒頭沒白的煩心。」

楊晟之道：「妳日後不想幹了只管同我說，別硬撐著，大不了咱們倆一同回京城去。」

婉玉搖頭，只是笑。

當下府中人人得了消息，知婉玉已被楊崢委派掌家理事，有人拍手稱慶道：「三奶奶是尊菩薩，同誰說話兒都和風細雨的，對老嬤嬤們更一百個客氣，她如今來了，咱們日子可不算難過。」又有人道：「我看不像，你忘了碧霜那幾個丫頭進了三房，當天下午就給攆出去的事兒？只怕不好對付。」又有道：「年紀輕輕的，還生得像花兒一樣嬌嫩，只怕讓幾個老油條算計了去。」

第二日，婉玉端坐房中，命怡人把早已訂造好的名冊拿出來點名，又將登記庫房物品的名冊拿出來一一對照，因東西對不上名冊，便將掌管庫房的陳嬤嬤叫到跟前，問道：「東西為何對不上？」

陳嬤嬤是柳氏身邊的老人兒，倚老賣老，欺負婉玉年輕面嫩，敷衍道：「老太太的喪事、二奶奶的喪事、還有大爺喪事，這些天裡人多手雜，怕是遺失了。」

婉玉問道：「每日不是都清點東西？遺失了怎麼不報上來？」

陳嬤嬤道：「一來事多忙亂，給忘了；二來我年歲也大，太太讓我管庫房就是憐恤我，不讓平日裡太過勞累。我今兒還想同三奶奶提提，讓撥兩個年輕伶俐的丫頭到我那裡幫上一幫。」

婉玉冷笑道：「我還沒問妳，妳倒給我開起方子來了。妳是主子還我是主子？既已年歲大了，那庫房的事日後也不必管了，省得累壞了您，我也難向太太交代！妳幹不得，自然有幹得的，楊府裡最不缺人！」沈著臉道：「來人，給我核對丟了多少東西，折算成銀兩從她例銀裡扣！陳嬤嬤辦事不力，再革她三個月的米糧，送她回家養老去吧！本是要打板子的，看在太太面上，體恤她年老，板子就不必挨了！」又高喝道：「魏全力家的進來！」

立時有個年輕的媳婦從外頭走進來道：「三奶奶有何吩咐？」

婉玉道：「從今兒起，妳去管庫房，丟失一樣東西唯妳是問！」魏全力家的媳婦立刻領了差事去了。

陳嬤嬤頓時呆了，緩過神來方知自己惹了大禍、丟了清閒差事，心中後悔不迭，見婉玉容色肅殺，剛提了膽子要求情，左右早有人來將她帶了下去。

婉玉又高聲道：「如今我說的話就是『軍令如山』，有不按照規矩辦的，我不管她有多大體面，一律從嚴查辦！」眾人見婉玉如此，方知道厲害，一個個瞠目結舌，暗道這三奶奶原不是菩薩，竟是個閻王，頓時不敢再偷懶懈怠，打起了十二萬分精神應對。

這一日，婉玉坐在房中理事，春雨走進來，見婉玉埋頭正忙，不敢打擾，立在一旁。直到看婉玉抬脖子要茶喝，方笑道：「三奶奶辛勞了，今天莊子上孝敬了太太幾籃當令果子，我給奶奶挑了一籃子，送來給您嚐嚐鮮。」

婉玉笑道：「難為妳費心。」命怡人把果籃收了，又特別囑咐道：「洗幾個給珍哥兒吃。」看著春雨問道：「太太今日身上好些了？」

春雨壓低聲音道：「還是那個模樣，病歪歪的，時不時嘴裡還胡言亂語，瞧著不像是正常的症候。」

婉玉皺眉道：「大夫來看過怎麼說？」

春雨道：「大夫說是憂思過重，有些癔症（注）的徵兆。這幾日吃藥就跟喝湯似的，總也

注：癔症，也稱為歇斯底里，是一種常見的精神病。

不見好轉。」瞧著婉玉的神色，低聲道：「太太病了，春露在房裡越發橫行起來，我也覺著自己熬不到頭了，還求奶奶救我。」

婉玉微微笑道：「要我怎麼救？」

春雨含笑道：「奶奶揣著明白裝糊塗，還會不知是什麼意思？」

婉玉看了春雨一眼，朝左右看看，見周遭無人，方低聲道：「妳什麼意思我怎麼不知道？妳跟春露是死對頭，非要把她弄走才有妳出頭之日。這兩天我也拿捏著這檔子事，甭說妳同我有交情，即便沒有交情，就衝著妳那一日在太太跟前替我挨了一腳，我也該替妳出這個頭。只是她精明得緊，沒有一絲把柄落在我手裡，不好就這麼發落她。」

春雨道：「有您這句話就成了！」說罷掏出一本名冊道：「我手裡捏著春露的把柄呢，她偷太太的東西出去賣，我這兒都記著。」

婉玉拿在手裡翻了翻道：「絕對是實？」

春雨道：「拿我這條命擔保。」

婉玉將名冊收了，道：「妳回去吧，我知道了。」言畢叫人去請春露。

春露是個極伶俐的人，自楊昊之一死就知自己的靠山倒了，只求多撈些銀子出府後有一番體面，聽說婉玉傳她便知凶多吉少。待婉玉將名冊拿出來，春露大呼冤枉道：「還請奶奶明察秋毫！有小人栽贓陷害，如此我在府裡也無立足之地，我願即刻出府，以證清白！」

婉玉暗道：「想必是榨夠了銀子，想抹嘴溜了。」春露見婉玉沈吟不語，心裡七上八下，又忙道：「家裡也早給我說妥了一門親，正是咱們府裡的家奴，我回去成家立業，到莊子上住，永不會回來了。」

婉玉方才道：「如此妳便收拾東西去吧。」又吩咐怡人道：「去告訴太太房裡管事的丫鬟，春露收拾行李時，瞧瞧她有沒有私藏太太房裡的東西。」

春雨這廂得了令，在她手下一查，春露的首飾衣裳、小大物件一大半都成了太太房裡的東西。春露敢怒不敢言，唯恐鬧起來將她以前做的事全翻出來，只得忍氣吞聲，將積攢了多年的金銀首飾留了下來，又去向柳氏磕頭。柳氏早已病得不知東南西北，春露含著淚磕了三個頭，淒惶惶的出了府。

且說自婉玉當家，柳氏、姸玉、柯穎鸞安插的親信大半都已打發殆盡，府裡一派新氣象。王好姐又來找過幾次，均被門房擋了回去。王好姐見楊家每月都送米麵銀子來，自己帶著兒子已可度日，便漸漸絕了進楊家的心。又過了兩個月，梅書達在京城迎娶李秀微進門。一時也相安無事。

到了隔年五月，婉玉誕下一子，取名楊林瑜，楊晟之喜之不盡。楊家難得有了這樣的喜事，待孩子滿月，府裡擺了幾桌酒宴，又請戲班子唱上三天才罷。吳氏和紫萱往楊家來探望了好幾遭，等婉玉坐完月子，紫萱便與她說：「上次我去柳家探望姊姊的時候，聽姊姊說柳世伯還問起妳如今的光景，聽他語氣很是惦念。」

婉玉一怔，心想：「在柳家時日短，回了自己家竟把柳家給忘了，當日柳伯父對我多有庇護，理應報答，我又曾答應姝玉要替她照看周姨娘。」口中道：「我這就派人送帖子，明兒個一早就跟夫君一道去柳家瞧瞧。」

紫萱拍手笑道：「我正是這意思，明兒我同你們一起去。」

第二日便去了柳家，柳壽峰在外辦差，特別留話要婉玉等中午留下吃飯，孫氏一早也出去串門子。婉玉同紫萱撲了個空，紫菱卻極殷勤，將二人讓到自己房裡，招待備至。柳禛同楊晟之在外頭喝茶閒話。

婉玉見紫菱身量胖了一圈，小腹微凸，便笑道：「恭喜姊姊又有身孕了。」

紫菱笑道：「只盼著這次再生個哥兒。」

紫萱撇嘴道：「生個哥兒又怎樣？妳那個不省事的婆婆，照樣一天到晚跟妳橫挑鼻子豎挑眼。讓她認便宜去，要是我進了她家門，早晚把她氣死。」

紫菱道：「還用得著妳？老爺的愛妾韓姨娘生了個兒子，這就快要把她氣死了。後來柯琿進了大牢，娟玉跑回家央告老爺使銀子救人，太太頭髮急白了一半。再後來楊昊之死了，妍玉回娘家直住到現在，太太想起來就哭一回，這一年多的時間，老了十來歲的光景，早已沒心思挑我錯處了。」

婉玉問道：「妍玉如今可好？」

紫菱道：「剛回府裡那幾天每日都哭天搶地的，折騰得府裡不得安寧，後來漸漸好了，又不停的要這要那，老爺左瞧右瞧的看她不順眼，說她在楊家添了一身的毛病，見了她的影兒都要訓斥幾句，妍玉便整日躲自己院裡不出來。老爺給她物色了一門親事，家境尋常些，但也是書香門第，對方為人極忠厚正派，同妍玉年歲也相當，容貌端正。只是妍玉嫌棄他並非名門出身，長相也不出挑，並不十分願意。可我聽說，老爺已悄悄把親事訂下了，只等年底操辦。」

婉玉嘆道：「妍玉年輕，也該再走一步。只盼這一回能修成個正果，先前她嫁楊昊之，實是害了她。」

紫菱道：「她這次回來，我也覺著她好似變了個人，但願日後能改好了吧。」

紫萱笑嘻嘻道：「妳們唉聲嘆氣的做什麼，只要咱們幾個好好的不就成了？旁人的事咱們想管也插不上手。」

紫菱道：「說得是。我倒聽說娟玉那頭也有好事，柯琿從大牢裡放出來，吃喝嫖賭的行徑居然改了，規規矩矩拿了銀子做正經生意，待娟玉也比往日好了，他關在大牢裡這些時日，素日裡的那些個相好躲得一乾二淨，唯有娟玉耗盡心力搭救他，嫁妝都賣乾淨了，柯琿也算有良心的人，說再不好好待自個兒老婆就不配當人了。」

婉玉道：「阿彌陀佛，真真兒是好事一件。娟玉厚道老實，也該她熬出頭了。」

紫菱問婉玉道：「妳婆婆身子好些了嗎？」

婉玉道：「還是老樣子，明白一陣、糊塗一陣的，也不大記得事了。請了好些大夫來看，銀子花得跟流水似的，總也不好。」

正說著，只聽丫鬟報道：「太太回來了。」婉玉忙到孫氏房裡拜見，只見孫氏容顏蒼老了許多，鬢角全是白髮，一見便知過得極不順心。孫氏見婉玉滿面紅光，又聽說她夫妻恩愛，還添了個兒子，再想到妍玉如今光景，心中又嫉妒又惱恨，暗道：「那賤人生的孽種怎能過得強過我的女兒？」口中酸道：「我姑爺一死，妳倒得意了，當了楊府的家，否則楊老三庶出，哪能輪得上妳？」

婉玉暗嘆道：「孫氏還是看不開。」懶於口舌之爭，只低眉順眼道：「伯母說得是。」

孫氏道：「其實妍丫頭離了楊家是件大好事，她模樣好、性子好，又聰明又會說話兒，合該配個更高的門第。前些天還有鎮國公的外甥託人來打聽，他們家可是沾了皇親的。」

婉玉一逕微微含笑，並不說話。孫氏只覺自己一拳打在棉花上，見婉玉笑模笑樣的，彷彿早已看透了似的，反倒尷尬起來。

幸而此刻柳壽峰回來了，婉玉行了晚輩之禮。柳壽峰將婉玉從上到下細細打量，目光裡隱含淚光，欣慰道：「我們婉兒長大了，聽說前些日子還添了孩兒，我委實歡喜得很……」

婉玉心裡一暖，道：「早該過來探望，只是家裡接二連三的白事，不宜出門，便耽擱下來了。如今孩子還太小，等再大些了，定抱來給伯父看看。」

柳壽峰撚鬚笑道：「這個自然，一定要抱來。」命人取來一套赤金的手腳鐲和瓔珞長命鎖相贈。

婉玉道謝不止，道：「這次來沒帶什麼像樣的禮物，只有一件物兒稀奇，前陣子當鋪上收來一只瓷瓶，畫著四愛圖，聽說是前朝宮裡流出的。我夫君想著是伯父才配得上的東西，特意留下了。」說罷命人將瓷瓶取出來。

柳壽峰接過一瞧，只見瓷瓶上畫的四愛圖乃是林和靖愛梅、陶淵明愛菊、周敦頤愛蓮、王羲之愛蘭，用色淡雅，極其精緻，迎合他風流清雅之好，心中不由歡喜，對婉玉噓寒問暖，細細問了平日起居飲食、婆家人待她可好、夫君待她可好等語。婉玉一一答了。

柳壽峰又把楊晟之喚進來說話，婉玉見無事便退了下去，悄悄繞到周姨娘的住處，見周姨娘正坐在炕上做針線，便走進去笑道：「姨娘可安好？」

周姨娘一怔，抬頭見婉玉來了，忙不迭的讓座，又打發小丫頭子沏茶。婉玉握了周姨娘的手道：「姨娘不用忙。」說著坐在炕沿上，口中絮絮問起周姨娘和柳祥飲食起居，周姨娘答了，又得知婉玉生了一子，說了許多吉祥的話兒。二人攀談了一回，婉玉便從懷裡掏了一個沈甸甸的荷包出來，塞到周姨娘手中道：「沒有什麼像樣的東西，只有些銀子，給祥哥兒買文房四寶，也算我的一點心意。」

周姨娘連忙推辭道：「這可使不得！」

婉玉道：「姨娘收下吧，我曾答應過姝姊姊，日後替她多照拂姨娘。」

周姨娘聽婉玉提到姝玉，眼眶立時紅了，哽咽道：「我那……命苦的傻女兒，不聽我的勸，硬生生折了自己小命，如若當年不進宮，這會兒也該成親生子了……」

婉玉勸道：「姨娘莫要太過傷悲，為了祥哥兒也要愛惜自個兒身子，若有為難的事，也只管打發人上楊家找我。」娓娓說了一回方才走了。

婉玉和楊晟之在柳家用了午飯便歸家，楊晟之午睡醒來見婉玉不在身邊，走到碧紗櫥一瞧，只見碧紗櫥裡頭睡著珍哥兒，外頭躺著瑜哥兒，婉玉躺在最外邊，一手撐著頭，一手輕輕拍著孩子。

楊晟之挨在婉玉身邊坐下來，看著兒子瑩白豐潤的小臉兒道：「這小子能吃能睡，嚎的聲兒比打雷還響，這才幾個月，長了這麼多肉。」見婉玉不吭聲，只一臉溫情看著兩個孩兒，便推了她一下，輕聲問道：「想什麼呢？」

婉玉道：「沒想什麼，就是覺著知足。」扭過臉兒看著楊晟之笑道：「在柳家的時候，看見他們家池子裡的蓮花冒出花苞了，想來咱們在京城的家裡，蓮花也快開了。」

楊晟之伸手把婉玉拉到懷裡，道：「這園子裡的蓮花也快開了，待會兒咱們倆就瞧瞧去。」

這時從茜紗窗吹外來一陣微風，竹葉沙沙作響，窗臺上擺著一盆茉莉，暗暗送來一脈香。婉玉仰起臉，楊晟之眼眸溫柔正含笑看著她，婉玉與他相望片刻不由微笑起來，只覺人生至此，已別無所求。

——全書完

番外篇

一年後・京城。

當下已到了除夕。楊晟之在順天府內的州縣裡辦公差，已去了七、八天仍未回返。婉玉和珍哥兒團坐在熏籠上說話兒，瑜哥兒邁著小腿兒在地上搖搖擺擺走來走去，奶娘和丫鬟們一時怕他碰著了頭，一時怕他揀不乾淨的東西吃，反比瑜哥兒還忙碌幾分。忽見金簪進屋道：「稟三奶奶，達二爺差人送來幾盆花，有四盆臘梅、兩盆水仙、兩盆杜鵑。問三爺回來了沒？要三爺、三奶奶和兩個哥兒到他們府上過除夕去。」

婉玉道：「妳回他們，若是三爺晚上還不回來，我就帶著兩個哥兒過去。那幾盆花兒趕緊讓人搬進來。」又命怡人給送東西的小廝厚厚打賞。幾個粗壯的媳婦、婆子將花搬到院裡，婉玉披了斗篷出去看了看，伸手指點道：「這盆水仙和臘梅搬屋裡去，這四盆擺宗祠去，另兩盆搬到待客的廳堂上，擺條案兩邊。」說完進了屋。

婆子將臘梅擺在屋裡的八仙桌上，婉玉見花栽在大理石的盆子裡，根處墊著幾塊卵石，枝蔓疏曲，頗有姿態，因讚道：「好花。」珍哥兒爬到椅子上，小手撐著桌子，湊向前使勁嗅了嗅臘梅道：「這花兒不如水仙清香，嬸娘，我要那盆水仙，擺在床頭上，每晚聞著花香睡覺。」

婉玉摸了摸珍哥兒的頭笑道：「給你也不難，須作一篇詠水仙的詩來，容你想三天，回頭謄寫在紙上給我看。」珍哥兒立時皺了臉兒，婉玉心裡暗笑，又想起楊晟之不知是否回來，便鋪了信箋，戲謔寫道：「歌罷陽關折紅梅，不知故人何時歸？獨臥不堪錦衾冷，唯盼除夕共守歲。」折了一小枝臘梅花，連同信箋一併裝到信封裡糊上，命小廝給楊晟之送去。

中午時分，小廝捎了信回來，婉玉拆了信紙一瞧，只見信箋上畫了一個男子握著一小枝梅花，愁眉苦臉、朝思夜想的伏在床頭，旁邊雲霧繚繞，有一美人在雲霧裡抱著一瓶梅，另題了一首小令：「君唱陽關曲，我繞清江水，杏子黃衫折紅梅，一笑花間裡。此曲何時絕，此水何時已，忽來入夢話相思。春夢沈，不復醒。」

婉玉捧著信箋「噗哧」一聲笑了出來，道：「也不知他什麼時候變得這麼酸了，呸、呸，還『春夢沈，不復醒』呢。」但看了半天也仍不知楊晟之能不能回來，遂嘆了一口氣。正值銀鎖托了一茶盤銀錁子進來道：「回三奶奶，新打的壓歲錁子已經送來了，上好的紋銀，共三百四十八兩，一兩打了一個。」

婉玉看了看，道：「前兩天不是做了一疊小荷包，就每個荷包裡裝一個錁子，回頭半數交給三爺，過年裡四處走動總用得上。」

采纖笑道：「今年到京城裡，過年比往年省了，若是在金陵，這樣的銀錁子豈不要送出去一千兩？過年都是各家轉著吃年茶，即便咱們不走動，別人也要上門來拜年，見了小孩子哪有不給壓歲紅包的道理？」

怡人嘆道：「得虧是奶奶這樣的人家，若是尋常小戶，這樣過一場年，還不折騰精窮了。」

婉玉道：「只怕到京城裡更省不了，我昨兒開箱子，看還有些剩下的銀錁子，所以才囑咐少打了些。」說著倚在床上新鋪的大紅彩繡百蝶鴛鴦閃緞褥上，神情懶懶的。

怡人道：「中午了，奶奶用飯吧。」

婉玉搖了搖頭，道：「不大想吃。」

珍哥兒一頭滾到婉玉懷裡撒嬌道：「孃娘怎麼不吃？珍兒已經餓了，弟弟也肯定餓了。」

婉玉摩挲著珍哥兒的臉，道：「好孩子，讓丫頭們端上來你先去吃，我身上懶，先歇一會兒。」珍哥兒道：「孃娘是身上疼嗎？我給妳捶捶。」說著便給婉玉捶腿，又要給婉玉捏肩膀。

婉玉抱著珍哥兒狠狠親了一口道：「小乖乖，我沒白疼你。」命丫鬟搭了炕桌上來，桌上擺的均是上等的果品菜餚，二人淨了手，婉玉又命把瑜哥兒抱來，一面給珍哥兒挾菜，一面親手餵瑜哥兒吃飯。瑜哥兒生得又白又胖，同婉玉長得更像些，一雙大眼睛烏溜溜亂轉，婉玉餵了他幾勺軟糯的鵪鶉腿肉，便不敢再多給。偏瑜哥兒愛吃，看著婉玉「咿咿呀呀」了幾聲，見仍不給便咧著小嘴要哭，婉玉不睬，挾了別的給他吃，瑜哥兒眼裡盈了一泡淚，嘴裡含著菜一臉委屈。珍哥兒瞧著不忍，趁婉玉一扭頭的工夫，往瑜哥兒嘴裡塞了一塊鵪鶉肉，瑜哥兒這才心滿意足，「嘖嘖」吃了起來，珍哥兒卻扮作若無其事狀。一旁丫鬟們看了忍不住捂著嘴笑。

吃過飯，珍哥兒和瑜哥兒都由奶娘帶到碧紗櫥裡睡覺，婉玉用了一碗糯米紅棗粥，歪在床上，看了一回書，又丟開了。采纖見她沒精打采的，便道：「昨兒個給奶奶彈詞解悶的女先生還沒走呢，要不再叫上來給奶奶說一段？」

婉玉道：「那東西聽一、兩段也夠了，都是些沒譜兒的野話，要讓我編，也能編出一大套來呢，不聽也罷，打發她們去吧，也是可憐見的，多賞些錢，讓人家也過個好年。」采纖領命去了。

婉玉心裡惦念著楊晟之，只覺做什麼都沒意思，渾渾噩噩挨到酉時，見天擦黑了，只得命道：「套車馬，去我二哥家吧。」一語未了，便聽門口有人道：「要去小舅哥家怎麼不等我？」

婉玉一怔，楊晟之已撩開厚氈簾，帶著滿身寒氣走了進來，珍哥兒立時奔過去，口中喚道：「三叔！」楊晟之將珍哥兒抱起來親一口，又放到地上，一拍珍哥兒後腦勺道：「外頭丫鬟那兒有我給你買的上好的新奇玩意兒，瞧瞧去！」珍哥兒歡呼一聲便往外跑，婉玉緊喊了一句：「慢著點兒，別跌跤！」又抬頭看楊晟之，見他風塵僕僕，臉凍得通紅，皮帽子和狐裘大氅上沾著雪花兒，便去握楊晟之的手，道：「外頭下雪了？」

楊晟之忙閃躲道：「我手涼，妳別摸，莫凍著妳。」

婉玉笑道：「這怕什麼？」上去便將楊晟之的手握實了。楊晟之看著婉玉的臉兒，只覺得粉腮酥融，嬌豔無雙，看得他心裡一片柔軟，這些時日的相思之苦一併解了，卻怎麼看都看不夠，一逕兒傻笑起來。

婉玉握了一陣，幫楊晟之除去帽子和大氅，命丫鬟端熱湯、熱茶來，又親自絞熱手巾給楊晟之擦面，問道：「公事辦妥了？今兒早晨我還給你去信，看你的口風不像能回來過年似的。」

楊晟之抱起瑜哥兒，親了一口，又將孩子交給丫鬟，笑道：「媳婦兒說想跟我守歲，我哪有不回來的道理？事情倒是辦完了，原本要多留一宿，自接了妳的信，我就跟心裡長草似的，沒乘馬車，一路快馬加鞭趕回來的。」

婉玉道：「哎喲，莫怪你渾身冷得跟冰塊似的，這可不得了，萬一凍出病如何是好？」

楊晟之一拉婉玉的手腕，帶到自己懷裡摟住，在她耳鬢邊嗅著香氣道：「還不是想妳，我這會兒抱著妳，不是作夢吧？」

婉玉臉兒有些燙，推開道：「還沒喝酒呢，你倒醉上了，快放手，我取些紫薑來給你祛祛寒氣。」

楊晟之笑道：「我見了妳什麼寒氣都沒了，妳身上熱呼呼、軟綿綿、香噴噴的，我抱著妳便祛寒氣了。」又低聲道：「方才我怎麼聽妳說要去小舅哥家？咱們去他家做什麼？我這些天日日夜夜想妳，今兒咱就在自己家裡過年，『春夢沈，不復醒』呢。」

婉玉見楊晟之目光灼熱，哪還有不明白的，臉一下紅了，白了他一眼，啐道：「偏不，今兒就去我二哥家過年。」

楊晟之垂頭喪氣倒在床上道：「媳婦兒，妳忒凶悍呢。」

婉玉撐不住笑了起來，走到外間對怡人道：「不必備車了，打發個小廝去我二哥那裡說一聲，今兒我們在自己家守歲，明兒個一早去他那裡吃年茶。」一語未了，又聽楊晟之在屋裡一聲聲喚道：「媳婦兒！媳婦兒！」復轉過身，一邊往臥室裡走，一邊說道：「快些起來換身衣裳，我已叫人把馬車備好了。」

楊晟之歪在床上一動也不動，悶聲道：「偏不換衣裳。」婉玉又笑了起來，她忽覺得自己越來越愛笑了，這一、兩年的光景，她臉上時時帶著笑，覺著日子越來越有興味。她俯下身在楊晟之耳邊輕聲道：「騙你的，今兒咱們在自己家過年……」還沒說完，只覺腰間一緊，楊晟之便親在她嘴唇上。

屋中頓時靜了下來，唯有溫情旖旎。而深院重門之外，無數爆竹煙火一色又一色飛響綻放，喜意祥和早已盈滿萬家燈火。

春濃花開

重生報仇雪恨＋豪門世家宅鬥
步步為營 佈局精巧／禾晏

同人不同命，同樣重生，
怎麼她就是比別人心酸又辛苦?!

獲2010年第一屆晉江文學城&悅讀紀合辦
「女性原創網路小說大賽」**古代組第一名**

文創風 074 **上**

可恨哪！
只因愛了個虛情假意的男人，
她葬送了自己的性命，
雖獲重生，卻有家不能回，
有仇不能報，有子不能認……

文創風 075 **中**

可笑哪！
四年結髮夫妻，他對她始終冷冷淡淡，
末了還見死不救；
如今她只是換了個好皮囊，
才見幾次面，他竟這般溫柔體貼……

＊隨書附贈 上、中 卷封面圖精緻書卡共二張

文創風 076 **下**

可歎哪！
再世為人竟又再次出嫁，
而且是嫁入同一個家門，
不同的是，
這次她絕不再委屈自己了……

＊隨書附贈 下 卷封面圖精緻書卡

文創風 076

春濃花開 下

國家圖書館出版品預行編目資料

春濃花開 / 禾晏著. --
初版. -- 臺北市 : 狗屋, 民102.03-
冊 ; 公分. --（文創風）
ISBN 978-986-328-041-5（下冊：平裝）. --

857.7　　102002806

著作者	禾晏
編輯	呂秋惠
校對	林逸雲　黃亭蓁
發行所	狗屋出版社有限公司
地址	台北市104中山區龍江路71巷15號1樓
電話	02-2776-5889～0
發行字號	局版台業字845號
法律顧問	蕭雄淋律師
總經銷	知遠文化事業有限公司
電話	02-2664-8800
初版	102年4月
國際書碼	ISBN-13　978-986-328-041-5
原著書名	《花间一梦》，由北京晉江原創網絡科技有限公司授權出版

定價230元

狗屋劃撥帳號：19001626

網址：love.doghouse.com.tw　E-mail：love@doghouse.com.tw